여자의 삶은 처음이라

여자의 삶은 처음이라

1판 1쇄 인쇄 2021년 3월 10일
1판 1쇄 발행 2021년 3월 18일

지은이 김영임
펴낸이 백미옥
펴낸곳 리더북스
출판등록 2004년 10월 15일(제2004-000132호)
주소 경기도 고양시 덕양구 지도로 84, 301호(토당동, 영빌딩)
전화 031)971-2691
팩스 031)971-2692
이메일 leaderbooks@hanmail.net

ISBN 979-11-90616-30-0 03810

• 잘못된 책은 서점에서 바꿔드립니다.
• 책값은 뒤표지에 있습니다.

김영임 소설
여자의 삶은 처음이라
리더북스

작가의 말

코로나19 팬데믹으로 전 세계가 비대면 생활을 한 지 1년이 넘었다. 지난 구정 명절에 정부에서는 직계가족이라도 5인 이상이 모이면 10만 원 이하의 과태료를 부과한다는 '5인 이상 집합금지령'을 내렸다. 세배, 차례, 제사를 지내야 하는 한국전통문화 명절에 전국에 흩어져 사는 며느리들이 시댁에 총집합해 온종일 음식을 만들지 않아도 되는 '5인 이상 집합금지령'이 나는 참 반가웠다.

정부에서 내린 '금지령'이니 며느리가 시댁에 가지 않아도 시부모님은 섭섭하거나 노여워하지 않으시겠지. 꽉 막힌 주차장 도로를 뚫고 시댁에 가서 음식을 만들어야 하는 부담감에서 해방되는 명절을 보내다니. 이번 명절에는 나만의 시간을 가져보리라. 내 생에 한 번도 경험해 보지 못한 자유로운 명절을 보내게 될 거라는 즐거움에 행복한 웃음이 저절로 흘러나왔다. 그러나 그 기쁨도 잠시, 시어머니의 전화를 받았다.

"다섯 명 모이면 벌금 낸다니까 너희는 돌아가면서 와라. 조상님께 제사를 지내야 하니까 맏며느리인 너는 차례 지낼 음식을 해서 먼저 오너라."

시어머니 전화를 받고 화도 나고, 코로나19 종식을 줄이기 위해 불가피하게 금지령을 내렸는데 꼭 며느리를 불러야만 하는지 속이 상했다. 부모님은 자식과 꼭 대면을 해야 명절일까. 시어머니의 명령이 하달되었는데 가지 않으면 불효한 며느리로 낙인찍힐 게 뻔한데 불편한 마음으로 시댁에 가야 하나. 이런저런 생각이 많았다.

명절이 코앞에 다가오니 정부의 '5인 이상 집합금지령'과는 별개로 온라인 커뮤니티에는 "시댁을 신고해 달라", "회사에 확진자가 나왔다고 시댁에 거짓말을 하려 한다", "시댁에 가지 않으면 시부모님께 단단히 미운털이 박힐 것 같다. 때문에 코로나 감염 위험을 무릅쓰고라도 가야 할 것 같다"며 상당수 며느리들이 고통을 호소하는 글을 올렸다고 한다. 이런 인터넷 뉴스를 보면서 내 마음과 하나도 다르지 않은 며느리들이 이렇게 많다는 사실에 놀랐다.

코로나 시국에도 며느리는 시댁에 가서 음식을 만들고, 제사를 지내야 하는 전통문화에 나는 강한 의문이 들었다. 전통문화는 과연 누구를 위한 것인가. 조상님은 코로나 팬데믹이 위중함에도 꼭 며느리가 손수 만든 음식의 제사상을 받으셔야만 할까? 시부모님은 이런 시국에 꼭 자식들을 불러 효와 도리를 검증받으셔야만 직성이 풀리시는 걸까? 명절이라는 문화적 특수성을 감안하더라도 코로나 시국에 무엇이 진정 효이며 도리일까? 나는 왜 '코로나로 위험한 시국이니 시댁에 갈 수 없다.'고 내 주장을 내세우지 못했는가. 정녕 코로나로 위험한 와중에도 남성우월주의 전통문화와 가풍에 따라 시댁에 가야만 하는가. 나는 묻지 않을 수 없었다. 여성의 목소리가 높아졌다는 작금에도 코로나 팬데믹 위험을 감수하면서 시댁 호령에 달려가야만 하는 나를 보면서 온전한 '나'는 없음에 씁쓸하고 자괴감마저 들었다.

우리 여성들은 언제까지 시어머니의 호출에 달려가야만 하는가. 반문하고 울분하면서도 5형제의 맏며느리인 나는 어쩔 수 없이 혼자 음식을 만들어 도둑처럼 시댁에 가서 제사를 지내야만 했다. 정말이지 내 생에 한 번도 경험해 보지 못한 명절을 보내고 집으로 돌아오는 내내 부부싸움만 하고 말았다.

제아무리 좋은 미풍양속일지라도 사람 위에 군림하는 미풍양속이라면 더는 아름답고 좋은 것은 아니다. 사람 위에 군림하는 '미풍양속'을 과연 이대로 계승해야 하는가.

며칠 전, 인도에서 한 남성이 17세 친딸을 살해해 참수한 목을 들고 경찰서를 향하다가 체포되는 충격적인 사건이 발생했다. 나는 이 뉴스를 보고 절망했다. 현지 경찰에 따르면, 피의자는 자신이 좋아하지 않는 남자를 딸이 만나는 것을 목격하고 분노해 딸을 살해했다는 거였다. 인간에게 가장 아름답고 숭고한 사랑을 보고 딸을 참수한 아버지라니!

인도에는 '카스트'라는 세습적 계급 제도가 뿌리 깊게 자리 잡고 있는데, 계급이 다른 이성과 사귀거나 결혼을 하는 사람은 가족 구성원에 의해 목숨을 잃는 일이 종종 발생한다고 한다. 이런 관습은 '명예살인'이라고도 불리는데, 사회운동가들의 말에 따르면 인도에서는 해마다 수백 명이 '카스트'로 인해 희생되는 것으로 추정한다고 했다.

문명이 첨단으로 발전한 21세기에도 사람 위에 군림하는 전통문화, 관습, 신분제도로 여성들이 참수된다는 것은 가슴 깊이 슬픈 일이며 참을 수 없는 분노를 불러일으킨다.

나는 소망한다. 나의 보석 같은 세상의 딸들이 더 이상 사람 위에 군림하는 전통문화, 관습, 신분제도에 희생되지 않는 세상이 하루빨리 펼쳐지기를. 그 무엇에도 얽매이지 않고 마음껏 사랑하고 또 사랑하며 멋진 인생을 살아가기를.

차례

프롤로그

아악~~! 아악~!

비명 소리가 집 안을 뒤흔들었다. 열 살 희숙은 낮잠을 자다가 소스라치게 놀라 눈을 번쩍 떴다. 귓속에서는 비명 소리가 파동을 일으켰다. 꿈인지 생시인지 분간이 되지 않았다. 방 안을 빙 둘러 보았으나 사람의 그림자라곤 비치지도 않았다.

"아아악~"

귀를 찢는 여자의 비명 소리가 다시금 들려왔다. 순간 가슴이 두근두근 뛰어대면서 온몸에 소름이 돋고 이마엔 송골송골 땀이 맺혔다. 비명이 들려오는 근원지는 부엌이었다.

"세상이 말세로구나! 지아비가 두 눈 시퍼렇게 뜨고 살아있는데 대낮에 외간 놈과 놀아나!"

남자의 음성이 크게 들려왔다. 희숙은 자신이 무슨 끔찍한 일을 당하고 있는 것처럼 온몸이 부들부들 떨렸다. 부엌에서 무슨 일이 벌어지고 있는 것일까. 희숙은 이를 악물고 몸을 일으켰다. 무릎을 꿇은 채로 살금살금 부엌으로 나가는 쪽문 앞으로 다가갔다. 쪽문 창호지는 군데군데 찢겨 있었다. 마음 같아서는 쪽문을 활짝 열고 부엌의 광경을 두 눈으로 훤히 보고 싶었다. 그러나 무서웠다. 찢긴 창호지로 부엌을 내다보았다. 이모 얼굴이 먼저 보였다. 이모는 남자 앞에 무릎을 꿇고 두 손을 싹싹 빌고 있었고, 이모를 때리는 남자의 등이 보였다. 연두색 반소매와 팥죽색 반바지 밖으로 드러난 구릿빛 팔과 종아리는 꼭 도둑놈 같았다.

"화냥년! 보지가 근질근질하더냐! 시뻘건 대낮부터 서방질이야!"

남자는 빌고 있는 이모에게 얼굴이며 온몸을 주먹으로 두들겨 팼다. 남자한테 맞고 있는 이모를 보자니 희숙의 마음은 갈기갈기 찢어지는 것만 같았다. 이모는 빌다가 폭력을 행사하는 남자의 팔을 잡아 저지하려고 애썼다. 하지만 힘에 부치는 모양이었다. 그도 그럴 것이 남자의 덩치가 일단 이모 두 배는 되었다.

남자는 부엌 한구석에 나뭇단이 쌓여있는 곳으로 몸을 돌려 나무를 집어 들었다. 몸을 돌릴 때 드러난 얼굴은 다름 아닌 이모부였다. 이모를 무차별 때리는 사람이 이모부라는 사실에 희숙은 경악했다.

희숙은 이모와 한동네에 살면서 이모부 얼굴을 본 적이 많지 않았다. 좀처럼 얼굴을 볼 수 없었던 이모부가 언제 나타났는지 모르겠지만 이모를 때리고 있었던 것이었다. 이모부가 무슨 연유로 이모를 때리는 걸까. 까닭이야 모르겠지만 이모가 비는 것으로 보아 아무래도 무언가 단단히 잘못한 일이 있는 모양이었다. 그렇지 않고서야 이모부가 저렇게 이모를 두들겨 패지는 않을 거라는 생각이 들었다. 이모부가 휘둘러 대는 나무 매질에 필사적으로 방어를 하던 이모가 급기야 뒤로 나자빠졌다.

"화냥년은 죽어야 해!"

이모부는 쓰러진 이모 배를 깔고 올라앉더니 두 손으로 이모의 목을 거머쥐었다. 이모는 목을 조르는 이모부의 손을 떼어보려고 안간힘을 썼다. 그러나 이모부는 커다란 바위처럼 꿈쩍도 하지 않았다. 이모부에게 목 조임을 당한 이모는 곧 죽을 것만 같았다.

'이모부! 이모를 한 번만 용서해 주세요! 이모를 살려주세요!'

희숙은 당장이라도 쪽문을 활짝 열고 부엌으로 튀어나가 이모부 앞에 무릎을 꿇고 두 손이 발이 되도록 빌고 싶었다. 아니면 밖으로 뛰쳐나가 동네 사람들한테나 엄마에게 위험에 처한 이모의 상황을 소상히 알리고도 싶었다. 그러나 이 상황이 너무나도 무섭고 공포가 엄습해 밖으로 나갈 엄두가 나지 않았다. 몸은 사시나무 떨리듯 덜덜 떨리고 애끓는 마음뿐, 몸은 그 자리에 결박해 있는 듯 옴짝달싹도 하지 않았다. 목을 조르는 이모부의 손을 잡고 안간힘을 쓰던 이모의 손이 어느 순간 바닥에 툭, 떨어졌다. 발버둥 치던 발도 뻗은 그 자세로 움직이지 않았다.

이모가 아무 저항도 하지 않자 이모부는 그제야 이모 목에서 두 손을 떼며 일어섰다. 이모 얼굴이며 옷엔 새빨간 피로 물들어있었고, 이모부는 피투성이 이모의 얼굴을 내려다보면서 매우 흡족한 듯 벙긋 웃었다.

"화냥년!"

이모부는 미동도 하지 않는 이모에게 욕설을 내뱉으며 부엌을 나갔다. 이모의 모습을 내다보는 희숙의 동공에서는 왕사탕 같은 눈물만이 뚝뚝 떨어졌다. 이모는 죽었는지 살았는지 꼼짝도 하지 않았다. 이모가 죽었으면 어쩌나. 이모를 구해주지 못한 자책감과 미안함에 어쩔 줄 몰라 눈물만이 흐르는데 문득 걱정이 앞섰다. '혹시라도 울음소리가 밖으로 새어나가 이모부 귀에 들린다면 어쩌나. 이모부는 불꽃 튀는 눈빛으로 나를 노려보며 목을 조이리라.' 이미 목엔 이모부의 두 손이 목 졸림을 가하는 듯 숨이 잘 쉬어지지 않았다.

내가 방에 있다는 것을 이모부한테 알리지 말아야 한다. 희숙은 울음소리가 입 밖으로 새어나가지 못하게 두 손으로 입을 꽉꽉 틀어막았다. 입을 틀어막는데 자신의 행위가 무언가 큰 잘못을 저지르고 있는 것만 같았다. 누구에게인지 모르는데 마구 부끄러워 숨고 싶은 심정이었다.

'이모부에게 목 졸림을 당해 죽어가는 이모의 위중함을 엄마에게 알려야 한다!'

마음의 소리가 메아리쳤다. 희숙은 마음의 소리를 따라 일어났다. 방문을 열고 밖을 내다보니 아무도 없었다. 그사이 이모부가 집을 나간 모양이었다. 빨리 집을 빠져나가 이모의 위중함을 엄마한테 알리리라. 방을 나가려 마루에 발을 내놓으려는 그 순간이었다.

"네년이 있었구나. 맛이 기가 막히겠군! 흙흙흙…"

이모부가 담배 냄새를 풍기며 뒤란에서 걸어 나왔다. 언젠가 보았던 그 모습. 이모부는 바지 지퍼를 열어 남자의 그것을 손에 쥐고 흔들며 다가오고 있었다.

"으악~"

희숙은 동공이 확장된 채 비명을 지르며 그대로 방 안에 털썩 주저앉고 말았다. 이모부를 피해 방 안에서 벗어나고 싶은데 얼음물을 뒤집어쓴 듯 그대로 몸은 얼어버렸다. 이모부가 방으로 들어오려고 오른발을 마루에 올려놓는 절체절명의 순간이었다.

“개자식! 하늘이 무섭지도 않더냐!”

이모의 목소리가 천둥처럼 울려 퍼졌다. 이모부가 뒤돌아보는 순간이었다.

“짐승만도 못한 쓰레기!”

이모가 비호처럼 마루로 올라와 한 치의 망설임도 없이 이모부에게 칼을 휘둘렀다. 칼을 휘두르던 이모의 행동이 얼마나 재빠른지 마치 군인 아저씨 같았다.

“으악~ 으악~”

이모가 휘두른 칼에 찔린 이모부가 괴성을 질러댔다. 목덜미가 훤히 드러난 이모부 목에서는 새빨간 피가 막 새어 나왔다.

“화냥~년!”

이모부는 비척거리면서 이모 멱살을 잡아 내동댕이쳤다. 이모가 마당으로 나가 쓰러지면서 손에 들려있던 칼이 바닥에 떨어졌다. 이모부는 얼른 칼을 주워들더니 그대로 이모를 찔렀다.

“아!~”

이모부가 휘두른 칼에 찔린 이모의 비명이 희숙의 심장에 오롯이 박혔다. 희숙은 현기증을 느끼면서 그 자리에 쓰러지고 말았다. 입에서는 침이 흘러나오고 머리는 둔기로 맞은 듯 정신이 혼미했다. 낡은 문갑, 문고리가 떨어진 서랍장, 벽에 걸린 옷이며 모자, 이모가 무언가를 뜨고 수를 놓던 뜨개질 바구니, 반듯하게 자리를 잡고 있던 가재도구들이 한데 뒤엉킨 채로 빙글빙글 돌아갔다.

희숙은 정신을 차려야 한다고, 어서 빨리 일어나 엄마한테 이모의 위중함을 알려야 한다고 생각했다. 그런데 아무리 일어나려고 해도 어지러워 일어날 수가 없었다. 빙글빙글 돌던 가재도구들이 급기야 희숙을 들이덮쳤다.

높은 절벽에서 떨어져 온몸이 산산이 조각나는 듯 고통스러웠다. 오줌을 누고 싶지도 않은데 오줌이 막 나왔다. 아무리 오줌을 참으려 해도 참아지지 않았다. 가재도구들이 쓰러진 희숙을 빙 둘러싸고 빙글빙글 돌면서 이모를 구해주지 못한 겁쟁이라고 비웃어댔다. 오줌이 바지를 적시고 방바닥으로 흘러나오고 있었다.

1
멍에를 지고 가는 그녀

엄마, 지금 내가 억장이 무너지고 기가 막혀 이대로 있다가는 숨이 꼴깍 넘어갈 것 같아. 12시가 훌쩍 넘어 새벽 시간을 내달리도록 잠 한숨 못 자고 펄펄 끓는 속앓이를 어디다 풀어 놓자니 창피해서 입을 열지는 못하겠고, 엄마한테는 뭔 말을 해도 동네방네 새나가지는 않잖아. 해서 가슴에서 펄펄 끓는 울화통을 엄마한테 필리버스터로 풀어내려고. 들으면서 꽉 막힌 내 속이나 헤아려 주셔~

엄마, 내가 딸의 전화를 받고 미치고 환장한 건 일주일 전에 주문한 엄마의 수의를 받아 막 펼치던 중이었어. 엄마는 웬 수의냐고 반문할까. 아니면 잘 했다고 칭찬해 줄까. 엄마의 반응이 궁금하네.

옛날 말에 수의를 장만해 두면 장수한다는 속담이 있긴 한데, 사실 수의를 산 건 엄마의 장수를 기원하는 마음에서 비롯된 것은 아니었어. 엄마의 수의를 주문하던 그 날은 내가 두 번째 이혼 도장을 쾅! 찍은 날이었지. 내가 왜 두 번째 이혼 도장을 찍던 날에 엄마의 수의를 사려고 마음먹었는지 지금으로서는 나도 내 마음을 잘 모르겠어. 다만 그날 엄마의 수의를 사야겠다고 마음이 동요됐다는 것밖에는.

"미안합니다. 잘 살아요."

두 번째 남편과 이혼 도장을 찍고 법원을 타박타박 걸어 나오는데 등 뒤에서 그의 목소리가 들려왔어. 그는 내가 그렇게나 듣고 싶었던 "미안합니다."라는 말을 왜 이제야 하는 걸까. 내게 미안한 마음이 있긴 있었던 걸까. 정녕 미안한 마음이 들어서 진심으로 미안하다는 말을 했을까. 나는 잠시 망설였어. 돌아서서 그의 얼굴을 바라보며 웃어주어야 하나. 아니면 가던 길을 흔들림 없이 야멸차게 걸어가야 하나. 나는 돌아섰어. 그가 내 등을 바라보고 있다가 내 얼굴과 정면으로 마주치자 어색하게 웃으며 고개를 끄덕였어. 나도 웃어주며 고개를 끄덕였지. 그는 손을 들어 보이더니 돌아섰고, 허둥지둥 주차장 쪽으로 발걸음을 옮기는 그의 등을 보고 나도 돌아서서 걸었지.

두 번째 남편과의 결혼생활 50여 개월을 돌아보자니 나도 모르게 콧잔등이 시큰해지면서 갑자기 눈앞이 뿌옇지 뭐야. 이 무슨 주책이란 말인가. 나는 얼른 고개를 흔들며 하늘을 올려다보았어. 그런데 갑자기 눈앞이 환했어. 이게 웬일인가. 사물이 뿌옇고 어룽어룽해 하늘을 올려다보았을 뿐인데 환하다니. 무엇 때문에 이렇게 환한 걸까. 가만 보니 눈처럼 흰 새하얀 꽃들이 눈앞에 장막처럼 펼쳐져 있었어. 자세히 보니 벚꽃이었어. 그러니까 만개한 벚꽃이 내 시야를 덮고 있었던 거야. 법정에 들어갈 때만 해도 벚꽃을 보지 못했는데 어느새 벚꽃이 만개했을까. 가슴이 살짝 심쿵거렸어.

엄마, 나는 지금껏 살아오면서 그날처럼 세상이 환하게 보이는 벚꽃은 만나보질 못했어. 내가 생각해도 참 신기한 일이었어. 어떻게 나이 쉰 살이 넘어 내일모레면 환갑을 코앞에 두고 있으면서 환한 벚꽃을 만나지 못했을까. 그러니까 그동안 나는 내 나이만큼이나 봄을 맞이했을 거잖아. 그 쉰 번이 넘는 봄을 맞이하는 동안 벚꽃이 만개한 세상이 이렇게 환하고 아름답구나, 라고 느끼지 못했다니. 아름다운 벚꽃을 보면서 처음에 나는 내 눈을 의심했어. 어떻게 이렇게 세상이 환할 수가 있지. 나는 정말이지 거짓말 하나도 안 보태고 꽃이 세상을 환하게 한다는 걸 그날 처음으로 알았어.

세상에 태어나 처음으로 벚꽃을 보는 양 아름다운 벚꽃 하늘을 한참 올려다보았지. 그날의 벚꽃은 정말 아름다웠어. 만개한 벚꽃을 머리에 이고 첫눈처럼 떨어져 내리는 벚꽃 잎을 맞으며 인도에 깔린 벚꽃 잎을 차분차분 밟으면서 참 아름답구나, 감탄을 연발하는데 글쎄 눈처럼 떨어지는 벚꽃 잎에 엄마의 얼굴이 아롱아롱 매달려 있지 뭐유. 세상에 꽃잎에 엄마의 얼굴이 아롱지다니.

엄마를 생각하자니 미안한 마음부터 들었어. 무엇보다도 나이 쉰 살이 넘어가도록 엄마한테 그럴듯한 선물 한 번 해 드린 적이 없다는 자책감이 막 들더라는 거지.

사람들이 흔히 “부모님 살아계실 때 잘 해라. 돌아가시고 상다리 부러지게 제사상 차리는 건 다 쓸데없는 헛짓이다.”라고 하잖아. 사람들 하는 말이 모두 맞는 말이라고 고개를 끄덕이면서도 사실 나 살기 급급했어. 내 남편 자식, 며느리로서 시부모며 시댁 경조사는 한 번도 빠짐없이 꼬박꼬박 챙기면서 친정엄마한테는 소홀했지. 엄마는 내 형편을 이해하겠지. 형편이 나아지면 용돈도 드리고 근사한 옷도 사드리자. 내일 또 내일이 찾아와도 그놈의 형편은 맨날 그 자리.

나에게 늘 뒷전이었던 엄마를 생각하니 막 미안해지면서 가슴이 체한 것처럼 꽉 막혔어. 쇠뿔도 단숨에 빼자. 오늘은 하늘이 두 쪽 나도 엄마한테 꼭 선물을 해야겠다는 다짐이 막 드는 거야. 그 무슨 조화 속인지 몰라도 내가 나를 생각해 봐도 참으로 신통방통한 일이었어. 소리만 요란한 통장을 생각하면 내일이 고구마 같은데 설마 산 입에 거미줄 치랴. 설령 거미줄 칠지라도 엄마한테 꼭 선물해야겠다는 각오가 다져지더라니까. 두 번째 남편과 이혼하고 법정을 나오며 만개한 벚나무 아래서 말이야.

엄마한테 무엇이 가장 좋은, 의미 있는 선물이 될까. 떠올려 보는데 문득 수의가 떠오르지 뭐야. 그런데 그 많고 많은 옷 중에 왜 하필 수의냐고 엄마가 묻는다면 딱히 할 말은 없네. 나도 그 순간 왜 머릿속에 번쩍! 무슨 특출한 아이디어가 떠오르듯 수의가 떠올랐는지 말이야. 엄마가 걸어 다닐 수만 있다면 멋진 외출복이 떠올랐을까. 그건 잘 모르겠어. 다만 지금 엄마는 치매라는 망각의 병을 앓고 내가 엄마의 딸인지도 잘 모르잖아. 게다가 밖에 외출하기도 어렵고 요양원 내에서만 생활하니 아마도 외출복은 생각조차 엄두를 내지 못했던 거 같아.

나는 서둘러 집으로 돌아와 컴퓨터부터 켰어. 인터넷 쇼핑몰을 이 잡듯 샅샅이 뒤져 마침내 수의를 맞춤으로 제작하는 곳을 알아내었고, 머릿속에 그려지는 수의를 곧바로 주문했지.

“이년아~ 시방 수의가 중하냐? 내가 두 번 이혼은 절대 하지 말라고 했지?”

내가 두 번 이혼한 걸 엄마가 안다면 어디 욕뿐이겠어. 등짝 몇 대는 맞았을 거 같아 웃음이 나네. 그래요, 엄마의 딸이 두 번이나 이혼했네. 남들은 한 번도 안 하는 이혼을 두 번씩이나 했네. 두 번 이혼한 기념으로 엄마 수의를 준비했으니 받아주셔. 내 아무리 주머니 사정이 여의치 않다고 해서 싸구려 수입품이라고는 꿈에라도 생각지 마셔. 엄마의 수의는 보통의 일반 수의가 아니야. 엄마의 키와 몸무게에 맞췄고, 수의 앞과 등 뒤에는 날개를 활짝 펴고 멋지게 비상하는 새를 금박으로 수놓아 제작한 메이딘 코리아 황금 수의야.

"이년아~ 매딘 꼬랑진지 날갯죽진지 시방 네가 제정신이여! 금 자가 들어가면 비쌀 것 아냐~ 목구멍에 거미줄 치게 생긴 년이 뭔 지랄한다고 황금 수의여 황금 수의가! 어차피 죽으면 썩어질 몸뚱이! 비싼 수의 입었다고 세세토록 썩지 않는다던! 저승사자가 깜짝 놀라 다시 이승으로 돌려보내 준다더냐!"

엄마의 지청구가 들리는 듯하네. 그래요. 비상하는 새를 황금으로 수놓았으니 일반 수의보다는 당연히 비싸지. 그래도 비상하는 새를 황금으로 수놓은 수의를 엄마한테 꼭 선물해 드리고 싶었어. 그런데 수의에 웬 비상하는 새냐고? 여든이 넘은 세월을 살도록 비상하는 새를 수놓았다는 수의는 듣도 보도 못했다고? 나도 모르겠어. 왜 엄마 수의를 사야겠다고 마음먹으니 수의 등과 앞부분에 비상하는 새를 금박으로 수놓으면 좋겠다는 생각이 번뜩 들었는지 말이야. 다만 수의를 주문할 그 당시 마음이 그렇게 움직이고 있었다는 것밖에는 달리 내 마음을 설명할 길이 없네.

엄마, 엄마가 알다시피 내 형편이 당장 손가락 빨게 생겼잖아. 그런데도 엄마의 수의를 주문하고 나니 이상하게 기분이 좋아지지 뭐야. 괜히 우쭐해졌어. 마치 미루고 있던 큰일을 해낸 것처럼 말이야. 어찌나 기분이 좋은지 친구나 지인들한테 자랑하고 싶었어. 친구들한테 전화라도 해볼까. 마음이 통하는 두 친구 얼굴을 떠올려 보니 직장에 매여있는 몸이라 통화할 수가 없었어. 뿌듯한 기분을 접으려니 아쉬워 맑은 봄볕을 쬐며 커피라도 마시자. 커피 한 잔을 타들고 베란다로 나가 창문을 열자 아이들의 함성이 마구 쏟아져 들어왔어. 언제 들어도 청포도 같은 아이들의 목소리를 듣노라니 밤송이처럼 입이 저절로 벌어졌어. 베란다 너머로 내다보이는 초등학교 운동장에 만국기가 가득 걸려있는 걸 보니 운동회 날인가 봐.

내가 초등학교 다닐 때만 해도 운동회는 가을에 열렸었는데 요즘에는 봄에 운동회가 열려. 사실 운동회가 가을에 열리라는 법은 없지. 그런데도 봄에 운동회가 열리니 나로선 생소하긴 해. 바람에 펄럭이는 만국기를 보자니 내가 초등학생이 된 기분이 들지 뭐야. 나는 어느새 계주경기에 한 주자가 되어 바통을 이어받아 운동장 한가운데를 내달리고 있었고, 순자는 나보다 앞서 뛰고 있었어. 뛰다가 쓰러져 죽을지언정 순자를 이겨야 한다. 나는 이를 악물며 젖 먹던 힘까지 내어 드디어 순자를 따라잡았고 내 팀에게 바통을 건네주었지. 순자 앞에서는 한순간도 방심할 수 없었던 유년이 떠오르니 갑자기 우울해졌어. 울적해진 기분을 떨쳐내려 콧노래를 흥얼거리는데 친구 영숙이한테서 전화가 왔어.

"법원은 잘 다녀왔니?"

내가 재혼한다고 했을 때 이것저것 묻지도 따지지도 않고 전적으로 응원해준 영숙이. 재혼을 응원해준 만큼 내가 두 번째 남편하고 잘 살기를 누구보다 간절히 바랐던 친구지.

영숙이와는 사회 친구인데, 내 딸 주현이가 다섯 살 때 다니던 어린이집에서 만난 엄마였어. 영숙이 아들은 여섯 살이었는데 어린이집에 마지막까지 남아 있던 아이가 내 딸과 영숙이 아들이었지.

영숙이와 나는 요즘 시대 용어로 말하자면 워킹맘이었어. 직장생활하면서 아이를 양육한다는 건 그때나 지금이나 얼마나 힘든 일인지 엄마는 잘 알겠지. 퇴근하고 부랴부랴 어린이집으로 달려가면 두 아이만 덩그러니 남아 있었어. 내가 조금 먼저 가거나 영숙이가 먼저 가거나 우리 둘은 어린이집에서 매일 만나다시피 했지. 알고 보니 나이가 동갑인 거야. 어느새 우리 두 사람은 직장생활에 육아의 고충을 눈빛만으로도 이해하는 돈독한 친구가 된 거지. 그로부터 20여 년이 훌쩍 넘는 세월을 동고동락했으니 나의 인생사를 누구보다 많이 알고 있는 유일한 친구지. 이혼하기 전에 영숙이와 통화를 했었어. 두 번째 남편과 잘 살지 못하고 이혼하게 되었다고.

"그만한 이유가 있었겠지."

세상일을 합리적으로 생각하는 영숙이는 이혼 사유에 대해서는 속속들이 묻지 않았어. 하지만 내가 두 번 결혼에 실패했다는 것에는 무척이나 안타까워했어. 그러면서 부부가 살면서 두 번 아니라 세 번, 열 번도 헤어질 수 있는 일이라고, 두 사람이 부부로 살아갈 수 없는데 억지로 산다는 것은 고문이며 생지옥이라면서 두 번째 이혼을 지지했지만, 그래도 한편 걱정되어 전화한 거라는 걸 내 어찌 모르겠어.

"쇼핑도 하고 저녁이나 먹을까?"

나를 불러낸 영숙이가 얼마나 고마운지 업어주고 싶었어.

"영숙아~ 버선발로 달려갈게~"

세수하려고 욕실로 들어가려는데 문득 시아버님 밑반찬 생각이 났지. 재혼하고 4년이 넘는 동안 친구나 직장 동료 지인들과 저녁을 먹어본 적이 두어 번 정도. 퇴근하면 재빠르게 집으로 달려와 저녁 준비하면서 시아버님께 드릴 밑반찬을 만드느라 바빴지. 오늘은 무슨 만찬을 만들어야 하나. 비가 오나 눈이 오나 일주일에 두 번 시아버님이 좋아하시는 밑반찬을 만드느라 잔뜩 신경을 썼었는데 밑반찬에서 해방하는 날도 다 있구나. 마음이 그렇게 가벼울 수가 없었어. 와! 소리가 저절로 흘러나왔어. 나도 모르는 사이에 내 손발을 채우고 있던 반찬 수갑이 풀어져 자유인이 되어있었던 거지.

나는 콧노래를 부르며 오랜만에 화장했어. 뽀얀 파운데이션을 바르고 빨간 립스틱도 바르고. 딸이 입다가 안 입는 양 무릎이 찢어진 청바지를 입고, 역시나 딸이 입던 베이지색 후드티를 입었지. 청바지에 후드티를 입어서인지 거울 속에 비친 내 얼굴은 생기가 넘쳐나고 한층 젊어 보였어. 물론 두 번의 이혼녀라는 주홍글씨를 새긴 여자로 보이지도 않았어. 한껏 멋을 내고 화려한 외출에 나선 나의 기분은 하늘을 나는 것만 같았고, 무언가 대박 날 일이 곧 생길 것처럼 가슴이 심쿵거렸어.

"근데 아까부터 심쿵심쿵 하는데 도대체 심쿵이 뭐야? 코부랑 말로 강낭콩이냐 땅콩이냐? 알아듣게 한국말로 해!"

엄마도 참. 강낭콩도 땅콩도 아니야. 요즘 젊은이들 말로 심장이 쿵쿵 뛴다는 뜻이야. 나도 조금 젊어지고파 젊은이들 좀 따라 해봤어. 뭘 그걸 가지고 퉁을 주고 그래요. 하여튼 집을 나와 버스정류장 쪽으로 걸어가는 발걸음은 깃털처럼 가볍고 콧노래가 흥얼거려졌어. 아마도 내 얼굴은 18세 소녀가 따로 없었고 그 어느 때보다 환하고 생기가 넘쳐났을 거야.

105동 앞의 놀이터에는 시소며 미끄럼틀을 타고 있는 아이들, 모랫바닥에 앉아 장난감 트럭에 열심히 모래를 퍼 담는 아이들이 보였어. 몇몇 젊은 엄마들이 놀고 있는 자녀를 지켜보는 모습은 꼭 동화 속의 한 장면 같았지. 가슴에 꼭 품어 안아 보고 싶은 단풍 같은 아이들을 바라보자니 기분은 배가 되고 미소가 저절로 흘러나왔지. 그때였어. 갑자기 누군가 내 앞을 떡하니 가로막았어. 깜짝 놀라 바라보니 두 번째 남편의 누나와 여동생이었어. 두 시누이가 나를 찾아오다가 마침 놀이터 앞에서 딱 맞닥뜨린 거지. 나는 너무나 깜짝 놀라 심장이 벌렁벌렁 뛰었어.

"불여우 같은 년! 주둥아리가 쥐 잡아 처먹은 걸 보니 아주 살판이 났구먼! 내 동생하고 이혼하니 아주 살 맛 나니? 이년아! 네년이 사람이냐 짐승이지! 내 동생하고 이혼할 거 같았으면 애초에 결혼 허락도 안 했어!"

돼지 큰 시누이가 다짜고짜 욕설을 퍼부어대며 내 뺨을 이리저리 후려치는데 얼굴에서 불이 번쩍번쩍 났어.

"너 나한테 뭐라고 했니? 동석 씨하고 잘살아 보겠다고 했어 안 했어? 내 앞에서 뻔뻔하게 말도 잘 하더니 겨우 오 년도 못 살고 내 동생을 뒷발로 걷어차! 벼락을 맞아 뒈질 년! 이번에는 어떤 놈하고 붙어먹었냐! 남자 없이는 하루도 못 사는 년! 남자에 환장한 년! 짐승도 너보다는 낫다 걸레 같은 년아 이년아!"

돼지 시누이가 등 뒤에서 내 양팔을 뒤로 젖혀 꽉 잡았고, 돼지 시누이의 압도적인 힘에 제압당한 나는 옴짝달싹도 못 하고 결박한 상태가 된 거지.

"꼬리가 아홉 달린 구미호 같은 년! 너 전남편하고 이혼도 하기 전에 우리 오빠하고 바람난 거 다 알고 있었어! 남의 가정 파탄 내고 우리 오빠 꼬여 살자고 한 게 너잖아 이년아~. 너 처음부터 탐탁지 않았어!"

젓가락처럼 마른 작은 시누이는 꼼짝 못 하는 내 뺨을 후려치더니 머리채를 잡아 흔들어댔어. 그 둘은 마치 예행연습이라도 한 것처럼 환상의 한 조가 되어 나를 결박하고 한 사람은 그 틈을 타서 개 패듯 했지. 나는 무방비 상태로 그녀들에게 얻어맞고 머리채를 잡힐 수밖에 없었어.

"동네 사람들! 여기 이년 상판대기를 똑바로 보세요. 이년이 가정 꾸리고 잘 사는 내 동생을 꼬드겼어요! 그러니까 남편의 친구와 바람이 난 겁니다. 세상에 널린 게 남잔데 남자가 없어서 남편의 친구하고 바람이 납니까? 이년 때문에 천사였던 올케가 자살했어요. 벼락 맞아 뒈질 년! 이년은 가정파괴자입니다!"

돼지 시누이는 덩치에 걸맞은 우렁찬 목소리로 나팔을 불어댔지. 지나가던 사람들이 놀이터로 하나둘 몰려들어 세 여자를 빙 둘러싸고 구경했지.

"순진한 내 동생 꼬여 남의 가정 파탄 낸 음탕하고 가증스러운 불여우! 이 미친년 때문에 내 동생 인생이 송두리째 작살이 났습니다! 학생들 가르치던 선생님이었던 내 동생이 선생도 때려치우고 술만 먹는 폐인이 됐습니다!"

"내 조카한테도 얼마나 못된 짓을 많이 했는지 입이 열 개라도 말을 다 못한다니까요! 악마 같은 계모! 이년아! 우리 오빠 통장에서 돈도 다

빼갔지? 당장 내놔! 사악하고 쓰레기 같은 년! 가정파괴자는 능지처참해야 합니다! 이년은 죽을 때도 그냥 못 죽고 벼락 맞아 뒈질 겁니다!"

두 시누이는 세상 욕설을 퍼부으며 내 머리채를 잡고 흔들어댔고, 두 시누이로부터 욕 세례와 몰매를 맞은 나는 어지러워 서 있지 못하고 그만 그 자리에 쓰러지고 말았지. 정신이 혼미한데 꿈속처럼 사이렌 소리가 들려왔어. 누군가 경찰에 신고한 모양인데 사이렌 소리가 구세주 같았어.

"억울하면 고소를 하세요! 싸우지 말고!"

경찰 두 명이 세 여자 앞에 나타나 소리 질렀어. 경찰이 나타나자 두 시누이의 말 폭탄이 그제야 멈췄지.

"휴지 있는 분!"

경찰이 나를 일으키며 구경하던 사람들을 향해 휴지를 요청하자 누군가 건네주었고, 그 휴지를 다시 나에게 건네주었어. 나는 얼굴을 닦았고 휴지는 피투성이였지.

"우리는 아무런 잘못이 없어요. 인간말종 저년이 내 동생 인생을 망쳐놓았다고요!"

"우리 오빠가 술독에 빠졌어요! 오죽하면 우리가 이러겠어요!"

"서로 갑시다!"

경찰이 내 팔을 잡아끌며 빨리 차에 타라고 종용했어. 그 목소리며 손길은 누가 보아도 남편의 친구를 꼬인 음탕한 불여우를 다루듯 거칠었지. 나는 경찰차에 올라타 엉클어진 머리를 뒤로 쓸어내리며 무심코 차창 밖을 내다보았어. 우리 세 여자를 빙 둘러싸고 있는 많던 사람들의 눈이 자동차를 바라보고 있었고, 그 무리 속에는 내가 사는 110동 3, 4

라인의 앳된 얼굴의 엄마들도 보였지. 그들이 나를 바라보던 눈빛은 악랄한 계모에 한 사람의 인생을 망쳐놓은 인간말종에게 보내는 혐오와 분노였어.

세 여자는 경찰서로 연행되었고, 경찰은 세 여자를 강력계 명패가 붙어 있는 문을 열더니 짐짝 밀듯 들이밀었어. 세 여자는 강력계로 분류되었고, 형사는 통화를 하고 있으면서 턱짓으로 앉으라고 했지.

"아줌마도 맞았어요?"

형사는 전화를 끊으며 내 얼굴을 수박 겉핥듯 쓱 훑어보면서 작은 시누이한테 물었어. 큰 시누이는 덩치로 보아 남한테 맞을 사람처럼 보이지는 않았나 봐.

"불여우 이년도 나를 때렸어요."

젓가락 시누이는 내가 먼저 때렸다면서 정당방위라고, 저 불여우한테 맞아 온몸이 아프지 않은 데가 없다며 팔을 주물러대면서 엄살을 떨었지.

"두 사람은 어떤 사입니까?"

형사는 오만상을 찡그리며 작은 시누이한테 물었어.

"자맵니다."

젓가락 시누이가 돼지 시누이와 자매지간이라고 하자 형사가 쓰게 웃으며 나에게 물었어.

"두 사람을 폭행죄로 고발할 겁니까?"

"고발이라니요? 우리가 왜 저년한테 고발을 당해야 합니까? 저년이야말로 악질입니다. 가정파괴범이라고요. 저런 년은 돌로 쳐 죽여야 합니다."

"이년아! 인생 똑바로 살아! 하늘이 두 눈 시퍼렇게 뜨고 내려다보고 있어!"

"두 아줌마 조용히 하세요. 맞은 아줌마! 이 두 사람을 고발할 거냐고 묻는데 왜 대답을 하지 않으세요!"

형사는 나에게 다그쳤고 나는 기어들어 가는 목소리로 고발하지 않는다고 했지.

"두 분! 대한민국은 법치국갑니다. 억울하면 정식으로 고소장 접수하세요. 법이 판결해 줍니다. 분하고 원통하다고 주먹부터 휘두르면 되레 콩밥 먹습니다!"

형사는 싸우지 말고 서로 이해하면서 잘 살라고 덕담을 건네며 나에게 종이 한 장을 내밀었어. 두 시누이의 폭행에 대해 다음에도 이의를 제기하지 않겠다는 합의서였지. 합의서 맨 끝에 내 이름을 쓰자 형사가 인주를 내밀었고, 나는 엄지에 인주를 묻혀 합의서에 꾹 찍었지.

"형님~ 고소하세요."

두 시누이가 고소하면 어떤 처벌이 내려질지 모르겠으나 달게 받겠노라 하고 두 시누이보다 먼저 자리에서 일어났지.

엄마, 경찰서를 나오는데 참 허망했어. 세상의 손가락질을 받으며 살라고 엄마가 나를 낳아주신 건 아닐진대 인생 말년에 이런 만신창이로서 있단 말인가. 나름은 물건이든 사람이든 남의 것 탐하지 않고 정직하게 열심히 살아왔다고 자부했었지. 그런데 살인 방조범에 악질계모, 남편의 친구를 꼬인 화냥년이라는 수식어를 달고 있는 나 스스로가 참으로 모욕적이고 한심했어. 그 비참한 심정을 기분대로 하자면 그 자리에서 혀를 캭! 깨물어 죽고 싶었어.

집으로 돌아오는 길. 버스를 타려는데 멈칫거려지는 거야. 피로 얼룩진 얼굴로 버스를 탈 수도 없었거니와 내가 버스 탈 자격이나 있을까. 그냥 걸었고, 끝도 없이 걷고 싶었지. 땅거미 내려앉는 어둠을 마중하며 터벅터벅 걷는데 삶에 대한 회의가 들면서 뜨거운 눈물이 두 뺨 위로 하염없이 흘러내렸어.

두 시누이의 말처럼 나는 정녕 인간말종이란 말인가. 어쩌다 이렇게 전락한 삶을 살고 있는가. 매연을 내뿜으며 내달리는 자동차에 달려들고 싶은 충동을 여러 번 잠재웠어. 이런 험한 꼴로 살아야 하는 이유가 있다면 그래도 내게는 딸이 있다. 그 딸을 지켜주려면 나는 살아야 한다. 엄마가 내게 기둥이고 울타리인 것처럼, 내가 딸에게 경제적으로 큰 도움을 주지는 못해도 그래도 부모는 살아있는 것만으로도 힘이고 울타리다. 딸을 위해 살리라. 모진 삶을 견뎌 내리라.

내가 사는 아파트 110동 앞에 다다랐고, 엘리베이터를 타려고 1층에서 버튼을 눌렀지. 지하에서 아이들 소리가 왁자지껄 들려오면서 엘리베이터가 올라오더니 문이 활짝 열렸어. 엘리베이터 안에는 두 여성이 아이들과 함께 타고 있었는데, 그 두 여성은 내가 놀이터에서 시누이들로부터 맞고 있는 광경을 보고 있던 사람들이었어. 그 두 엄마는 나를 보더니 흠칫하면서 재빠르게 서로를 향해 눈웃음을 쳤어. 두 시누한테 얻어맞아 피로 얼룩지고 울기까지 했으니 퉁퉁 부은 얼굴은 보지 않아도 몰골이었을 테지. 하지만 그녀들이 만신창이 내 모습에 눈웃음쳤을까. 누가 보아도 그녀들은 살인 방조범에 악질계모, 남편의 친구를 꼬드긴 화냥년을 바라보는 눈웃음이었지. 두 시누에게 머리채를 잡혀 두들겨 맞은 아픔보다 그녀들의 눈빛이 더 아프고 무서웠어. 내 몰골이 마음에 걸렸을까. 별을 닮은 한 아이가 안타까운 눈빛으로 나를 자꾸만 바라보는 거야. 티 없이 맑은 아이 앞에 너무나도 부끄러워 쥐구멍이라도 숨고 싶었지. 나는 얼른 고개를 떨구었어. 한정된 공간에 그녀들과 함께 있노라니 숨이 막혀 질식사할 것만 같았고, 온몸은 장작불에 타고 있는 것만 같았어.

"내일 보자고~"

한 여자가 5층에서 내리며 내일 보자던 목소리엔 웃음기가 가득 배어 있었지. 마치 '이년아! 어디 할 짓이 없어서 남편 친구와 바람이 나서 막장으로 사니? 벼락 맞아 뒈지지 않으려면 인생 똑바로 살아라!'라는 조롱처럼 들렸어. 다른 한 여자는 8층에서 내렸지. 엘리베이터가 1층에서부터 8층을 올라가는 시간이 1시간처럼 길었어. 엘리베이터는 곧 맨 꼭대기 층 10층에 섰고 나는 누군가 볼세라 후다닥 집 안으로 튀어 들어왔지. 집 안에는 아무도 없건만 사람들의 경멸의 눈빛이 나를 집중하여 포화하는 것만 같았고 나는 비참함에 견딜 수가 없었어. 앞으로 세상 밖으로 나갈 수 있을까. 집을 나갔다가 사람들의 조롱과 마주친다면. 나는 한 발자국도 밖으로 나갈 수가 없을 것 같았고, 직장도 그만두어야 할 거 같았지. 10여 년 근무한 회사를 그만두려니 아쉬움이 컸지만 어쩔 수 없었어. 총무부장님께 전화를 걸었지.

"윤희숙 씨~ 집안일 해결되면 출근하세요. 기다릴게요."

총무과 부장님은 무한 기다려준다고 했어. 그래도 회사에는 미운털이 박히지 않았나 봐. 회사의 배려는 감사했지만, 공개재판을 받은 신분으로 사회생활을 할 수 있을까. 나의 신상이 노출되지 않은 곳으로 이사를 가야 하나. 지금의 형편으로는 어디 갈 수도 없고 벼랑 끝에 서 있는 심정인데 어디선가 '화냥년! 친구 남편을 꼬인 음탕한 년!' 사람들의 비난이 귓가에 왕왕 울리는데 맨정신으로는 도저히 견딜 수가 없었어. 마트에 전화를 걸어 소주 한 상자를 배달 주문했고, 곧 소주는 배달되었지.

나는 만신창이 몸뚱이를 씻는 것도 잊은 채 소주를 병째 들이켰어. 직면한 현실을 잊고자 술을 마셨는데 '살인 방조범에 악랄한 계모. 너는 죽어야 해! 가정파괴범! 남편의 친구를 꼬인 화냥년!' 소리가 환청처럼 들려왔어. 그 무엇과도 마주 보지 않으리라. 싹~다 잊으리라. 소주를 마시고 잠들었는데 두 시누이에게 머리채가 뽑히는 악몽은 꾸어지고, 사람들이 던지는 돌팔매를 맞지 않으려 소주를 들이부었지. 알코올이 빈 식도를 후벼 파면서 들쑤셔대는데 차라리 그 고통이 사람들의 경멸보다 견디기 수월했어. 소주를 들이붓고 쓰러졌다가 깨어나면 다시 들이붓는 시간이 흘러가고 있었지.

"이년아~ 정신 차려! 고작 개돼지 눈이 무서워 그들한테 너를 통째로 제물로 바치냐! 썩어질 년! 너 나이를 어디로 처먹었냐? 똥구멍으로 처먹었냐? 모든 인생살이가 일촉즉발인 것이다! 그 나이를 처먹도록 세상 물정 모르고 살았냐 이 말이다! 그것들도 다 똑같은 것들이다! 세상에 깨끗한 놈들보다 땟국물 흐르는 것들이 남의 말 하는 거야! 너처럼 살았다가는 세상천지 목숨 부지할 놈이 한 놈도 없겠다! 정신 차려! 이년아!"

6일째 되던 날이었지. 갑자기 엄마가 부지깽이로 내 등짝을 세차게 후려치면서 찰진 욕바가지를 퍼부었어. 너무도 깜짝 놀라 눈을 번쩍 뜨니 내 집 거실이었고, 내 딸 웃음 같은 햇살이 거실로 쏟아져 들어오고 있었지. 정신은 혼미하고 누운 그대로 눈만 멀뚱거리는데 엄마한테 부지깽이로 얻어맞은 양 등짝이 뜨끔거리지 뭐야. 엄마는 나에게 정신 차리라고, 마음 수습하고 당차게 살아가라고 등짝을 후려쳤으리라. 다들 똑같다고, 그들도 훌러덩 털어보면 먼지 안 나는 사람은 한 사람도 없으니 훌훌 털고 일어나라고.

그래요. 엄마가 주는 용기를 힘입어 다시 일어나자. 기운을 차리려면 밥부터 먹자. 나는 얼른 쌀을 씻어 취사를 눌러놓고 욕실로 들어가 머리며 몸뚱이에 잔뜩 끼어 있는 땟국물을 깨끗이 씻어냈지. 집 안 청소를 구석구석 하고 세탁기에 빨래를 돌리고 나니 어느새 밥은 다 되어있었어. 방금 지어진 따끈따끈한 밥에 김치 하나를 척 올려서 먹으려던 바로 그 순간이었어.

5층과 8층에 사는 젊은 두 엄마의 경멸의 눈이 불쑥 수저에 앉아 있었어. 한 가정을 파탄을 내고 남편의 전 부인을 자살하도록 유도한 살인방조범. 전대미문의 불여우 같은 악마! 뒈져라! 두 엄마의 조롱이 다시금 머릿속에서 우레처럼 울려댔어. 나는 너무도 깜짝 놀라 수저를 바닥에 떨어뜨리고 말았지.

나는 마음을 다잡고 살아보려 했어. 그러나 사람들이 보내는 조롱에 살해당하는 모습만이 자꾸만 떠올랐고, 그들을 보지 않으려 눈을 질끈 감았어. 삶이란 게 어찌 좋은 날만 있으랴. 엄마 말대로 그 모든 삶은 일촉즉발이 아니던가. 남의 말 삼 일 간다고 했으니 이 또한 지나가리라.

사람들 눈길에서 멀어지면 내 삶도 자유로워지리라. 그 날을 위하여 용기를 가지고 내일을 위해 희망의 노를 저어보리라. 한데 그건 희망 사항에 불과한 거였어. 사람들이 퍼붓는 비웃음이 가시가 되어 온몸을 마구 찔러댔고, 돌팔매에 맞아 만신창이 된 내 모습만 떠올랐어. 왜 이렇게 구차한 삶을 지탱하려 하는지. 왜 살아야 하는지에 대한 이유를 잃어버렸던 거지. 그러니까 살아있음만으로도 자식에게는 기둥이 되는 엄마로 살겠다던 각오도 딸의 나이 앞에서 물거품이 되더라는 거지. 딸의 나이 스물아홉. 눈앞에서 아장아장 걷는 아기가 아니다. 스물아홉이면 성인이고 지 앞가림 자기가 알아서 잘 살아갈 것이다. 성인이 된 딸을 물가에 내놓은 자식이라며 볼모로 붙잡고 살아보려 이승에 미련을 가지지 말자.

엄마, 나는 두 번째 남편의 시누이들한테 머리채가 뽑히고 얻어맞기 전까지는 두 번의 이혼에 대해서 비관적이지 않았어. 비록 두 번의 이혼이라는 주홍글씨를 새겼지만 당당하리라. 남편 시댁에 종속 관계가 아닌 한 인간으로서 존중받으며 내 길을 흔들림 없이 견고하게 걸어가리라. 그런데 두 시누이한테 만신창이가 되도록 얻어맞는 광경을 아파트 주민들이 지켜보았다는 사실은 시시때때로 숨통을 졸라댔어. 그렇다고 공개재판이 그 한 번으로 끝났다고 장담할 수도 없었어. 그녀들은 그녀들의 동생이 술병을 끼고 사는 원죄를 내게 뒤집어씌우며 분이 풀릴 때까지 광장에서 조리돌림을 할 게 불 보듯 뻔했고, 주민들은 발가벗겨진 희대의 악녀에게 돌을 던지리라. 그뿐인가. 내 육신을 먹여 살려주는 직장에서도 두 번 이혼녀가 된 사실을 알게 된다면 앞에서는 웃겠지만 뒤에서는 손가락질하겠지.

두 번의 이혼으로 말미암아 사람들에게 희대의 악녀 후폭풍에 마주서게 될 줄 알았더라면 첫 번째 남편과 이혼하지 말 것을. 두 번째 남편이며 시누이들의 시집살이를 여자의 인생이거니 여기며 기어서라도 견

더낼 것을 그랬나. 여성으로서 두 번 이혼은 정녕 잘못된 선택이었나. 여자는 무엇으로 사는가. 해묵은 여자의 인생을 들먹거리며 두 번의 이혼 이력 앞에서 매일매일 작아져 갔고, 내 의식의 영혼은 춥고 배고파 헐떡거렸어.

나는 앞으로 어떤 모습으로 세상에 서야 하는가. 생각해 보니 나는 어떤 모습으로든 세상에 발을 내디딜 자신도 없었어. 그렇다고 세상이 보내는 뭇매를 맞아가며 낮은 포복으로 연명하고 싶지도 않았지. 그처럼 연명하면서 인생을 연장하고 싶을 만큼 혹시나 하면서 이루고 싶은 소망도 사실은 없었으니까. 조리돌린 공개재판으로 가택연금을 종신형으로 받은 인생. 세상 밖으로 한 발자국도 나아갈 수 없는 영어의 몸이 된 나는 인생의 패배자다, 라는 자괴감에서 벗어날 수 없었고, 나를 자책하며 끝 모르게 추락하고 있었어. 그러니까 나는 세상의 눈에 쫓겨 벼랑 끝으로 점점 내몰리고 있었던 거지.

가택연금 7일째 되던 날 정답이 내려졌어. 나 같은 패배자는 살아갈 가치조차 없다. 나의 인생은 여기까지라는 결론에 이르니 뒤엉킨 실타래 같던 머릿속은 평온해지고 오히려 마음이 홀가분해졌어.

나는 베란다로 씩씩하게 걸어 나가 창문을 활짝 열었지. 뛰어내리자. 베란다 창문을 열자 벚꽃 닮은 햇살이 무슨 축복처럼 나를 향해 막 쏟아져 들어왔어. 눈이 부셔 잠시 눈을 감았는데 지나온 삶이 주마등처럼 스쳐 지나면서 콧잔등이 시큰해지더니 왈칵 눈물이 솟았어.

엄마, 그 어느 인생인들 회한 없는 인생이 어디 있을까. 그런데도 내 인생만이 회한으로 가득한 것 같다는 연민에 휩싸였어. 나는 도리질을 치며 마음을 다잡았지. 나 같은 인간은 회한에 젖을 자격마저도 없는 쓰레기다. 사치스러운 감상에 젖어 행여 살아야 함을 정당화하며 연연하지 말자. 비겁한 모습 보이지 말고 장엄하게 뛰어내리자.

10층 베란다에 서서 저 아래를 내려다보았지. 그런데 초록으로 물들어 가는 조경수는 얼마나 눈부시게 푸르던지. 초록 나무 사이로 군데군데 군무를 이룬 영산홍은 또 얼마나 아름답던지. 영산홍 앞에서 어린아이와 사진을 찍는 젊은 엄마도 보였어. 나도 한때는 저렇게 꽃 무더기 앞에서 영산홍보다 더 고운 딸 사진을 찍어주던 때가 있었는데. 어쩌다 남의 가정 파탄을 낸 불여우가 되어 여기까지 흘러왔을까. 회한 가득한 인생이 다시금 떠오르니 서글펐을까. 참으려 애써도 뜨거운 눈물이 주체할 수 없이 흘러내렸어.

나는 베란다에서 뛰어내리기 전에 다시 한번 나에게 물었어. 나는 죽어야 마땅한 인생일까?

2
멍에를 던져버린 딸

나는 과연 죽어야만 하는가. 여자의 인생은 참는 게 미덕이라고 참고 살았더라면 지금 이렇게 10층 베란다에 서 있지는 않았을까. 내 의식의 영혼은 따듯하고 배불렀을까.

삶에 대해 한 점 열망도 가지지 않건만 베란다에서 뛰어내리려니 용기가 생겨나질 않았어. 뭔 부귀영화를 누리겠다고 이승에 집착하는지. 나 자신이 참 한심하면서도 나에게 조소를 보내는 그들을 향한 결기로 마주 섰지.

'나에게 돌을 던지려는 너희들! 나보다 올곧게 살아온 놈이 있다면 주저하지 말고 나에게 돌을 던져보아라!'

나 자신을 비판하던 내가 어느 순간 세상에게 항변을 하고 있었어. 내가 이렇게밖에 살 수 없었던 건 너희들의 책임이 더 크다고 말이야. 세상에 이 무슨 억지란 말인가. 세상에서 제일 못난 사람이 남 탓, 세상 탓하는 사람이잖아. 그런데도 나는 내 눈의 들보는 보지 않으면서 남의 눈 속 티를 탓하면서 억울하다고 항변을 하는 나를 본 거지. 남 탓하면서 어떡하든 살겠다고 발버둥 치는 내 모습은 참으로 추하고 추했어. 다시는 추해지지 말자. 환갑을 코앞에 두고 있는 사람의 삶은 온전히 자신의 책임이다! 딸에게 가정파괴범이자 악랄한 계모, 남편의 부인을 자살하도록 유도한 살인 방조범의 엄마보다는 결연히 이승을 작별한 용감한 엄마가 되자. 내가 여기까지 다다른 것은 온전히 내 인생의 운전을 잘못해서다. 개도 물어가지 않을 개떡 같은 내 인생. 삶에 미련 따윈 한 점 두지 말자. 씩씩하게, 작렬하게 뛰어내리면 되는 거라고.

나는 베란다 창문 문턱에 올라서 한쪽 발을 난간 위로 올렸지. 하나, 둘, 셋! 몸의 무게중심을 난간 너머로 모으려는 그 찰나 같은 순간에 글쎄 초인종이 울리지 뭐야. 초인종 소리는 세상은 살만하다고, 그 누구든 마음속에는 손가락으로 꼽을 수 없을 만큼 상처가 있는 거라고, 지금 이 순간에도 상처받은 가슴에서 선혈이 흐르는 이들이 얼마나 많은지 아느냐고, 그러니 어서 눈을 뜨라고 누군가 속삭이는데 미치겠더라고. 마음은 달콤한 속삭임에 눈을 번쩍 뜨고 싶었어. 개똥밭에 구르더라도 열 달 품었다 낳은 주옥같은 딸을 멀리서라도 보며 살고 싶은 마음이 간절했어. 그러나 광장에서 군중에게 돌 맞는 엄마의 모습을 딸에게 보여줄 수는 없었지. 엄마라면 눈을 뜨면 안 된다. 일말의 자존심이라도 지켜내는 게 엄마다. 자식 앞에서는 비굴한 민낯을 보이면 안 된다. 마음을 다잡으며 초인종 소리를 무시했지.

"윤희숙 씨! 특급 택뱁니다!"

그런데 대문 두드리는 소리가 쾅! 쾅! 쾅! 들려오고 특급 택배라는 말을 듣는 순간 번뜩 엄마 수의가 생각나면서 저절로 눈이 번쩍! 떠졌어.

수의를 주문할 때 받는 이가 부재중이라도 경비실에 맡기지 말라고 했어. 엄마의 고귀한 수의가 아무렇게나 방치되는 게 싫었거든. 하여간 내가 두 손으로 받을 수 있게 특급 택배로 보내 달라고 판매자에게 부탁하고 부탁했었지. 난간에 걸쳐져 있던 다리가 어느 순간 내려왔는지 나는 벌써 현관 앞으로 달려가 대문을 활짝 열고 있었어.

우체국 택배 기사님은 가려던 참이었다며 운반용 카트에 실려 있는 큰 상자를 번쩍 들어 내게 건네주었지. 상자를 받아 가슴에 안는데 가슴이 뭉클했어. 수의 함은 생각보다 크고 무거웠고, 얼른 집 안으로 들고 들어와 거실에 내려놓았지.

세상에서 단 하나뿐인 큰 새가 비상하는 황금 수의는 어떤 옷일까. 아주 아름답고 근사하리라. 기대감으로 수의 함을 열었지. 고이 개어져 있는 상의 수의를 꺼내 바닥에 놓고 펼치려는데 핸드폰이 막 울렸어. 수의를 보려는 마음에 전화벨이 귀찮았지만 한편 누가 전화를 했을까 궁금해 무심히 전화기 화면을 들여다보니 '행복 보따리!' 문구가 뜨지 뭐유.

엄마, 전화기 화면에 '행복 보따리!'를 확인하는 순간 동공이 확장되고 입이 쩍 벌어졌어. 행복 보따리는 다름 아닌 나의 딸 주현이야. 내가 딸을 낳고 양육하면서 딸에 대한 느낌은, 딸은 나에게 행복을 주는 사람이고, 딸이 있어 나는 웃고 울고 작은 것에서 행복을 알았던 거지. 하여 딸의 별명을 '행복 보따리'로 지었지.

세상에! 이 순간에 딸이 전화를 다 하다니. 하늘을 날아갈 것처럼 기뻤어. 전시회 준비 때문에 눈코 뜰 새 없이 바쁘다고 두어 달 전부터 전화 한 번 안 하던 딸이었거든. 세상에 바쁘신 몸이 전화를 다 하셨다니.

이심전심이라고 했던가. 혹시 내 딸이 삶의 끝자락 벼랑 끝에 서 있는 이 어미의 심경을 눈치라도 챘을까. 하여 엄마의 치맛자락을 단단히 붙잡아 주려고 전화를 했을까. 아! 딸이 동아줄을 내려 주는구나. 찰나 같은 순간에 걸려온 딸의 뜻밖의 전화는 눈앞을 턱 가로막고 있던 두 번 이혼녀 주홍글씨의 히말라야산맥을 단숨에 무너뜨리기에 충분했어.

아! 역시 내 인생의 행복 보따리는 딸이구나. 나의 기대를 한 번도 저버린 적이 없는 내 사랑하는 금쪽같은 딸! 감탄사가 저절로 흘러나왔지.

'주현아, 엄마가 조금 울적하거든. 지금 당장 올래?'

딸아, 엄마가 여차여차해서 이혼하게 되었다. 그래서 기분이 우울해. 아니지. 재혼 5년도 안 되어 이혼했다고 하면 딸이 얼마나 충격을 받을까. 이혼 소식을 급하게 전할 필요는 하나도 없다. 천천히 알린다고 전쟁이 일어나는 것도 아니니 두 번째 이혼 소식은 잠시 접어두자.

'행복을 무한대로 이어 나르는 오~ 나의 딸! 오늘 엄마랑 같이 근사한 곳에 가보자. 우리도 텔레비전에서 나오는 연예인들처럼 누가 잘 먹나 먹는 방송이나 해볼까? 맛있는 음식을 배불리 먹고, 커피 마시고, 심야 영화도 볼까? 모녀끼리 근사한 데이트 어때? 시간 없다고? 그럼 내일? 모레는 꼭 와야 해~'

요즘 세상에는 열 아들보다 딸 하나가 최고라는데 역시 딸 낳기를 정말 잘했구나. 내 생에 가장 큰 업적이 있다면 딸을 낳은 거라고. 딸을 낳은 내가 스스로 얼마나 대견하고 위대해 보였는지 몰라.

엄마, 딸의 전화를 받기 전까지만 해도 나는 내 딸이 튼튼한 동아줄을 내려 주는 거라고 철석같이 믿어 의심치 않았어. 딸은 꺼져가는 심장의 박동을 뛰게 해주는 심장제세동기. 산소가 부족해 숨을 쉬지 못해 헐떡이는 나에게 청정공기. 딸이 내려주는 튼튼한 동아줄을 두 손으로 꽉 잡으리라.

"엉, 나의 딸~"

10층 베란다에서 뛰어 내리려던 마음이 언제 적이었나. 딸의 전화 한 통으로 나는 어느새 사춘기 소녀가 되어있었지. 영산홍으로 물든 얼굴은 장작불로 타오르는 아궁이처럼 뜨거웠고, 달뜬 목소리에서는 실로폰 소리가 났어.

"엄마, 왜 이렇게 전화를 늦게 받아! 나 지금 인천공항이야. 남자친구랑 4박 5일 태국 여행 떠나거든. 비행기 탑승하면 전화 안 터져. 전화 안 받으면 괴한한테 납치라도 당한 줄 알고 경찰에 실종 신고 할까 봐 전화한 거야."

딸은 무 토막 자르듯 제 말만 말이라고 한바탕 늘어놓더니 끊으려는 거였어.

"뭐, 남, 자, 친구랑 여, 여행을 떠난다고?"

남자친구랑 해외여행을 떠난다는 통보 앞에 벼락을 맞은 듯 하늘이 노랗고 어질어질했어.

엄마, 내 딸이 나한테 전화한 것이 두 달이 넘어 처음이었지. 그동안 딸은 작품전시횐가 뭐시긴가 준비하느라 밤낮으로 바쁘다고 했어. 나는 그 전시회가 딸의 앞날에 아주 중요한 것이려니 했지. 그런데 두 달이 넘어 엄마라는 사람한테 전화해서 거두절미하고 다짜고짜 남자친구랑 여행을 떠난다니. 무박도 아니고 4박 5일씩이나. 그러니까 딸은 결혼도 하지 않은 처녀가 남자랑 섹스하겠다고 엄마한테 자랑스럽게 선전포고를 한 거였어. 정말이지 기가 막히다 못해 졸도할 것만 같았어. 지금까지 나한테 남자친구에 대해서는 일언반구도 없었어. 그런데 갑자기 남자친구와 해외여행을 떠난다니.

남자친구가 어제 생겨 오늘 해외 여행 가는 건 아닐 거잖아. 적어도 몇 달 전, 아니면 1년여 정도는 되었을 거잖아. 지금 딸의 나이가 29세이면 성인이지. 성인이니만큼 아무리 부모와 자식 간이라 해도 자식의 사생활에 대해 일거수일투족을 알려고 하면 안 되고, 딸이 남자친구가 있다는 것을 나한테 말하지 않았다고 해서 서운해해서도 안 되겠지. 딸은 엄연히 내 품에서 떠난 성인이니 사생활을 존중해 주어야 하니까. 그런데 딸의 선전포고를 듣고는 왜 그렇게 괘씸한 생각이 먼저 드는지 알 수가 없었어. 그럼 작품전시회 준비 때문에 눈코 뜰 새 없이 바쁘다는 말은 새빨간 거짓말? 세상에 믿을 놈이 하나도 없다고 하더니 딸마저도 믿을 수가 없구나. 딸은 튼튼한 동아줄이라 했는데 동아줄은 개뿔! 썩은 밧줄이었어. 행복 보따리가 일시에 와르르 풀어지면서 행복은 다 쏟아져버리고 말았지. 애지중지 키워준 어미한테 핵폭탄을 터뜨린 딸에 대한 실망감은 이루 말할 수 없었어. 딸은 나에게 행복 보따리가 아니라 실망 보따리였어.

엄마, 나는 굳게 결심했지. 딸이 제아무리 쇠로 만든 동아줄을 내려 줄지라도 절대 잡지 않을 거라고. 아닌 밤중에 홍두깨도 유분수지 남자친구와 여행을 떠난다니. 내가 저를 어떻게 키웠는데. 딸이 원망스러웠어. 그런데 엄마, 딸이 내려 주는 동아줄은 잡지 않을지라도 그렇다고 천륜이 아니지는 않잖아. 지금의 마음 같아서는 너는 내 딸이 아니다.

딸을 호적에서 파양하고 싶지만 어떡하겠어. 호적에서 파버렸다고 해서 내 뱃속에서 열 달 품었다 낳은 고슴도치라는 진실이 변하지는 않는 거잖아. 딸은 내가 죽으면 눈물은커녕 콧물도 흘리지 않고 꽁꽁 언 땅에 콱 묻어버리겠지. 하지만 나는 딸이 죽으면 가슴에 고이 묻고 평생을 눈물로 지새울 게 뻔하잖아. 눈물이고 콧물이고 파양이고 실망이고 나발이고 지금 그걸 따질 때가 아니었어.

딸이 남자친구와 4박 5일 여행을 떠나겠다는 건 결혼도 하지 않은 남자랑 섹스한다는 걸 선포한 거다! 즉 엄마라는 사람한테 수류탄을 한 아름 안겨준 내 딸. 간땡이가 붓다 못 해 배 밖으로 튀어나오게 생긴 딸에게 어떻게 대응을 해야 하는지에 직면한 거였어. 남산만 하게 부른 배를 내밀며 남자 손 잡고 집으로 들어오지 않은 것만이라도 감사해야 하는 건가. 이 황당하고도 코미디 같은 상황을 어떻게 수습해야 하는지 깜깜했지.

지금 딸은 남자친구와 공항에 있다. 곧 비행기를 탈 것이다. 그럼 제일 먼저 해야 할 것이 무엇인가. 딸이 비행기를 타게 해서는 안 된다. 마음이 다급해졌어. 우선은 딸이 비행기를 타지 못하게 막아야 한다. 그 다음은? 그때 가서 생각하자. 지금 당장은 딸이 전화를 끊기 전에 남자친구와 해외여행 떠나는 것을 접고 집으로 돌아오게 하는 게 급선무다. 지금 막지 않으면 딸은 곧 남산만 하게 부른 배를 불쑥 내밀며 집으로 들어올 게 뻔하다. 결혼도 하지 않은 처녀가 아기부터 낳는다면. 아~ 딸의 앞날은 불행으로 점철될 게 불 보듯 뻔했어. 치마폭에 화약을 안고 화마 속으로 뛰어들어가는 딸의 치맛자락을 나는 단단히 붙잡아야 했지.

나는 딸과의 전쟁을 선포하면서 가위를 들었어. 딸이 들고 있을 항공권을 싹둑 자르리라. 아니 딸의 가슴에 불타오르는 청춘의 사랑을 싹둑 자르리라. 두 청춘 남녀의 내상은 피를 철철 흘리며 견우와 직녀가 되겠지. 그래도 하는 수 없다. 목표를 이루어가는 과정에서 내상의 상처는 당연히 입는 법. 딸을 가진 엄마로서 딸이 남자친구와 비행기를 타기 전에 여행을 포기하게 만들려면 불가피하게 가위를 휘두를 수밖에 없다!

"김주현! 너 전화 끊으면 죽을 줄 알아! 전화 끊지 말고 똑바로 들어! 너 지금 제정신이니?"

"희숙 씨!"

딸은 상냥하게 웃으며 여느 때처럼 내 이름으로 호칭했어. 엄마도 알지? 딸이 나를 엄마라고 호칭할 때보다 희숙 씨, 라고 내 이름으로 호칭할 때가 더 많다는 걸. 왜 엄마한테도 그랬었잖아. 우리 함창순 여사님, 하고 말이야. 평소 희숙 씨라고 호칭할 때면 은근히 기분이 좋았어. 나를 구시대적 사고에 갇혀 사는 꼰대 엄마가 아닌, 케케묵은 구시대적 관습을 초월하여 빛의 속도로 급변하는 시대를 발맞춰 가는 센스 있는 엄마로 인정해 준다는 증표 같았거든.

"뭐 희숙 씨!"

희숙 씨라는 호칭이 은근 좋았던 기억은 온데간데없었어. 그 순간엔 희숙 씨라는 호칭이 더더욱 화를 돋우는 트집거리, 촉매제가 되었던 거야.

"이년아! 어디다 대고 엄마한테 희숙 씨야! 너를 낳아준 엄마한테 희숙 씨가 뭐야. 적어도 나는 자식한테 그렇게 버르장머리 없는 가정교육은 하지 않았거든! 희숙 씨고 나발이고 뭐, 뭐라고? 남자친구랑 여행을 떠난다고? 남자랑 외박한다는 게 무슨 뜻인지나 알고 떠드는 거냐? 네가 지금 제정신이야?"

화가 머리꼭지까지 치솟은 나는 이성을 잃고 욕부터 퍼부었지.

"엄마, 그렇게 에둘러 말하지 마. 나 어린애가 아니고 알 거 다 아는 스물아홉 살이야. 그러니까 결혼도 하지 않은 처녀가 남자랑 섹스한다는 게 말이나 되는 거냐, 너 미친 거 아니냐 이 말을 하려는 거잖아?"

딸의 입에서 섹스라는 발음이 거침없이 쏟아져 나오는데 내 얼굴이 다 뜨끈하다 못 해 불이 날 지경이었어. 동시에 저것이 내 뱃속에 열 달 있다가 세상에 튀어나온 것이 맞는지 의심이 다 들더라니까. 혹시 산부인과에서 남의 집 딸과 뒤바뀐 건 아닐까. 29년 전 제왕절개로 출산한 4명의 산모가 입원해 있던 강산부인과 302호 병실을 떠올려 보았지. 지금껏 강산부인과 측에서 아기가 바뀌었다는 말은 없었지. 그런데 엄마, 딸이 남자친구랑 여행 간다는 걸 감출 수도 있었잖아. 내가 저랑 같이 사는 것도 아니니, 남자친구랑 여행 간다는 걸 얼마든지 속일 수도 있는데 당당하게 말하는 그 솔직함 하나만 보더라도 내가 낳은 딸이 순도 99.99%가 확실했어.

"그래. 너 말 한번 잘했다. 네가 지금 결혼할 나이지 철부지 애들처럼 남자친구랑 띵까띵까 놀러 다닐 때냐고! 결혼도 하지 않은 처녀가 여행을 간다고? 여행 같은 소리 하고 자빠졌네. 이년이 망신살이 뻗쳐도 보통 뻗친 게 아니네. 당장 복귀해! 내 눈에 흙이 들어가지 않는 한 너를 남자랑 여행 보낼 수 없어!"

나는 기차 화통을 삶아 먹은 목소리로 소리 질렀어.

"엄마, 공항에 사람들이 얼마나 많은지 알아. 엄마 목소리가 하도 크니까 다 들려. 옆에 있던 사람들이 다 쳐다보잖아! 창피하게!"

세상이나 마상에나. 딸은 결혼도 안 한 처녀가 남자친구와 외박을 하는 게 창피한 것이 아니라 기차 화통 내 목소리가 창피하다며 성질을 냈어. 참 가관이었어. 옆에 있었더라면 모가지를 비틀어버려도 시원치 않았을 거야. 나야말로 결혼도 하지 않은 처녀가 남자친구와 여행 떠난다는 걸 지인들이 알면 얼마나 손가락질을 할까. 온몸이 달아오른 가마솥 안에 들어앉아 있는 것만 같았어.

"근데 엄마, 남친이랑 자는 게 뭐 어때서? 나는 남자친구 사랑해. 사랑하면 매일 같이 보고 싶고, 같이 있고 싶고, 손잡고 싶고, 손잡으면 키스하고, 키스하면 섹스하고 싶은 건 당연한 거 아냐? 인간의 본능이자 신의 섭리라고!"

딸은 남자친구와의 섹스는 창피한 것이 아니라는 이유를 사랑이라는 이름으로 조목조목 반박했어. 그러면서 세상은 첨단 AI 시대를 살고 있는데 조선 시대로 후퇴하고 있는 엄마를 두어 매우 실망이라고.

처녀가 애를 낳아도 할 말이 있다는 옛말처럼 참으로 갈수록 가관이었어. 그래서 너는 지금 남자친구랑 잠잔다는 게 자랑스럽다는 거니! 욱하는 마음에 내 입에서도 섹스라는 말이 튀어나올 뻔했어. 참아야 하느니라. 아무리 세상이 변했다 해도 차마 딸에게 섹스라는 단어를 쏟아낼 수는 없었어. 그래도 나는 57살 먹은, 인생살이 쓴맛 단맛 신맛 겪어낸 선배이자 동시에 인생의 원로이지 않은가. 원로 이전에 엄마다. 엄마라면 딸 앞에서 망측한 언어는 삼가야지. 아무리 화가 머리꼭지까지 치솟다 못 해 뚜껑이 열릴지라도 엄마로서 최소한의 겸양은 가지자.

"남녀 사이라는 건 한 치 앞을 예단할 수 없는 거야! 결혼을 약속했다가도 하루아침에 틀어지는 게 남녀 사이라고! 그런데 결혼도 안 한 남자랑 잔다는 게 말이나 되는 소리니?"

나는 금방이라도 확 열릴 거 같은 머리 뚜껑을 애써 눌러 가며 조곤조곤 말했지.

"엄마, 나 청춘이야. 빛나는 청춘에 남자친구 한 번 사귀어보지도 못하고 비석처럼 지나가라는 말이야? 차라리 가슴에 은장도를 품고서 이슬람 여성처럼 부르카를 입으라고 하시지그려!"

딸은 도발적으로 물으며 항변했어. 불타오르는 청춘에 사랑도 하지 말고 낭만도 누리지 말라는 거냐고. 선남선녀가 만나 사랑을 하고 섹스를 하는 건 지극히 당연한 일이지 비난받을 일이 아니라고. 더더욱 법을 위배한 범법자도 아니니 죄인 취급하지 말라고. 딸이 조목조목 늘어놓는 항변을 따지고 보자니 어디 하나 틀린 구석이 없었어. 그렇지. 딸의 말대로 사랑하는 청춘남녀의 섹스는 사랑의 결정체이지 범법행위는 아니지. 이론이야 딸의 말이 백번 맞지. 근데 엄마, 인생이, 세상살이가 내 주의대로 살아도 되는 건 아니잖소. 즉 세상의 눈이라는 게 있다는 거지.

엄마도 알다시피 우리 사는 세상에는 전통관습으로 불리는 사회적 규범이라는 게 있잖아. 법적 구속력이 없는 사회적 관습이라지만 세상의 잣대는 관습에 매우 엄격하잖아. 내가 아무리 옳은 행동을 했어도 전통관습에 조금이라도 어긋나면 가차 없이 사회적 뭇매를 맞잖아. 사회규범이 별거 아닌 거 같아도 관습에 뭇매를 맞아 죽기도 하고, 관습에 발목이 잡혀 평생 불행한 인생을 살기도 한다는 거지. 특히나 결혼도 하지 않은 처녀가 혼외 섹스를 했다고 하면 세상은 내 딸에게 정말 잘했구나 손뼉 쳐 줄까? 처녀가 혼외 섹스가 웬 말이냐. 돌 던질 게 자명하다는 거지.

엄마, 인생에 있어 가장 아름다운 시기가 청춘이라는 걸 그 누가 부인할 수가 있겠어. 청춘은 인생의 절정. 그 빛나는 청춘에 사랑과 낭만이 없다면 청춘이라 말할 수 없지. 그러나 아무리 빛나는 청춘이라 해도 딸이 미혼이니 순결을 지켜야 한다는 게 내 논리야. 왜냐하면, 대한민국은 여성의 순결을 중시하는 나라니까.

내 딸이 사랑하는 사람과의 혼외 섹스로 말미암아 미래의 남편에게 순결을 잃어 책잡히면 어쩌나. 하여 사랑, 낭만, 찬란한 청춘을 누리겠다는 딸에게 향유 불가 방침을 내린 나는 과연 불타는 청춘에게 협박한 걸까?

엄마, 여자 남자를 떠나 사람은 누구에게나 성적 자기결정권이 있잖아. 성적 자기결정권으로 비추어볼 때 혼외 섹스의 불가 방침은 딸의 말처럼 은장도를 품고 부르카를 입으라고 종용하는 것이나 다름없지. 나도 청춘이라는 질풍노도의 언덕을 거슬러 온 사람으로서 청춘의 사랑은 봄꽃이 가득 피어난 정원이지. 사랑하는 사람의 손을 꼭 잡고 꽃향기 가득한 정원을 마음껏 누비는 낭만을 다 이해할 수 있어. 그 질풍노도를 사랑과 낭만 없이 통과해야 한다는 건 딸의 말처럼 비석처럼 살라는 가옥함이지. 사랑하는 사람과의 섹스가 정당하다는 딸의 항변에 나는 혼란스러웠어. 혼외 섹스에 반대를 위한 무조건 반대가 아니라 반대를 뒤집을 만한 논리가 생각나지 않았어. 머릿속이 텅 빈 듯하더니 문득 떠오르는 단어가 여자였어.

"이년아! 너를 위해서야. 너는 남자가 아니고 여자니까!"

여성이라서 혼외 섹스를 하면 안 된다고 말을 했지만, 나의 논리가 어딘가 궁색했지. 그래도 막무가내로 밀어붙였어. 너는 여자, 여자, 여자라고.

딸이 조목조목 반박하는 반론에 대해 뭉뚱그려 너를 위해서, 너는 여자라고 한 말은, 덧붙이자면 네가 결혼해서 남편한테 사랑받으며 잘 살아가려면 혼외 섹스는 당연히 금물이고 사랑도 낭만도 절제해야 한다고. 물론 사랑하는 사람과의 섹스는 범법행위가 아니라는 너의 주장은 옳아. 하지만 사회적 관습으로 비추어 볼 때 너는 순결 잃은 여자라는 주홍글씨를 새기게 되는 거라고 말하고 싶었던 거지.

"엄마, 내가 여자, 여자, 여자면 남자는 남자, 남자, 남자 아니야? 합리적인 울 희숙 씨께서 참 궁색한 말씀을 하시네. 궁색해!"

딸은 내 뱃속에 들어갔다가 나온 사람처럼 내 마음을 콕 찍어 정면으로 비판했어.

'이년아~ 순결은 여자의 행복이야. 너의 행복을 위해서야.'

너는 여자니까 미래의 남편을 위해 순결을 잃으면 안 돼! 말하고 싶은 걸 꾹 참았어. 딸이 '남자는 순결이 없어?'라고 되물으면 뭐라 말해야 하는지 떠오르지 않아서. 내 딸이 남자는 혼외 섹스를 해도 괜찮은데 여자한테만 단죄를 내리느냐고 물을까 봐 얼른 말머리를 돌렸지.

"그럼 남자친구랑 결혼 약속은 했니?"

엄마, 나는 딸이 남자친구와 결혼 약속을 한 줄 알았어. 사랑하면 결혼하고 싶은 게 사람의 심리잖아. 4박 5일 해외여행을 같이 가고 싶을 정도로 사랑하는 남자라면 눈에 콩깍지가 단단히 씌었을 거라고, 하여 결혼 약속은 당연히 했을 거라고, 설령 결혼 약속까진 하지 않았을지라도 결혼은 염두에 두었을 거라고 말이야.

"엄마 말대로 남녀 사이에 내일 일을 어떻게 점칠 수 있겠어."

딸은 결혼이라는 물음에 박장대소를 하며 지금은 남자친구를 사랑하고 있을 뿐이래. 내가 찰 건지 차일 건지 모르겠고 결혼까지는 아직 생각조차 해보지 않았다고.

나는 또 한 번 기함하고 말았지. 딸이 부르짖은 젊음의 사랑, 낭만 다 수용할 수 있지. 그러나 아무리 사랑과 낭만을 이해한다 해도 결혼을 전제로 하지 않은 여행, 아니 마음에 결혼을 염두에 두지 않은 남자와의 혼외 섹스를 나는 땅속에 뼈를 묻을지언정 용인할 수가 없었어. 딸의 행동은 무모함이며 나아가 빛나는 청춘을 통째로 내건 도박이었어. 사랑을 위하여 도박판에 인생을 집중한 딸이 한심하기 짝이 없었어.

"그럼 지금 결혼도 약속하지 않은 남자랑 여행을 떠난다는 거니? 사랑 같은 소리 하고 자빠졌네! 이년아~ 그 사랑이 네 인생에 쪽박이 될지도 모르는데 사랑 타령이냐!"

나는 돼지 멱따는 소리를 질렀어. 세상이 아무리 변했다고 해도 내 딸이 결혼도 하지 않을 남자친구와, 아니 결혼까지 생각해 보지도 않은 남자친구와 여행을 떠난다는 걸 이해할 수 있는 엄마가 세상 하늘 아래 몇이나 될까. 내일보다는 오늘의 즐김을 중시한다는 욜로족이 있다고 하더니만 딱 내 딸을 두고 하는 말 같았어.

"엄마, 설마 여자의 순결을 말하려는 건 아니겠지?"

딸의 앞날을 생각하자니 나는 아주 심각한데 딸은 하하 깔깔 웃었어. 혼외 섹스에 대해 우려하고 있는 나를 정면으로 비웃는 웃음이었지.

"순결은 할머니, 엄마 시대에 남자들이 만들어 놓은 악습이었고 퇴물이 된 지 오래야~ 나한테 조선 시대로 회귀해 남자의 인형으로 살라고?"

여자의 순결은 할머니 시대에나 존재했던 악습이라고 단박에 짓뭉개 걷어차 버리는 딸에게 진정 묻고 싶었어. 이미 퇴물이 되었다고 명명하는 그 순결이 정녕 너희 세대엔 퇴물이 되었을까. 여성들뿐만이 아니라 남성들의 의식도 여성의 순결은 퇴물이 되었을까. 내 아무리 여성의 순결은 퇴물이 되지 않았다고, 여성의 순결은 앞으로도 자자손손 이어질 거라는 논리가 통하지 않을 게 뻔했지. 무엇보다도 딸이 비행기를 타려는 이 매우 급한 상황에 여성의 순결을 논박한다는 그 자체는 불가능했다는 거지. 그것도 전화로 말이야.

"엄마, 나는 할머니, 엄마 시대의 여자가 아니야. 지금은 21세기야! 내 인생의 주체는 나야. 엄마라는 이유만으로 자식의 인생을 좌지우지하지 마. 그 누구도 내 의식을, 내 인생을 지배할 수는 없어!"

아니나 다를까 딸은 단호했어. 내 인생에 대해서 감 놔라 배 놔라 하지 말라고. 그러면서 입국심사 해야 하는데 엄마랑 통화하느라 늦었다고 볼멘소리를 하면서 '끊을게' 전화를 끊어버렸어. 재빠르게 재발신을 눌렀지만, 전화는 야멸차게 꺼져 있었지.

엄마, 내가 안절부절 애간장이 타는 게 나 때문이야. 다 딸 때문이잖아. 딸 잘되라고, 행복한 인생 살아가라고. 딸은 어미의 가슴에서 애간장이 펄펄 끓고 있는 심정을 아는지 모르는지 남자친구와 4박 5일의 여행길을 떠나고 말았네. 딸은 무슨 생각으로 결혼을 염두에 두지 않은 남자와 여행을 떠났을까. 딸은 그 남자친구와 결혼은 하게 될까? 결혼하지 못하고 만일 헤어지게 된다면 딸의 미래는 어떻게 될까. 머릿속은 벌집을 헤집어 놓은 것만 같았어.

엄마, 나도 요즘 젊은이들이 혼외 섹스를 한다는 말을 듣긴 했지. 그래도 나는 내 딸은 믿었어. 남의 집 딸들이 혼외 섹스를 한다 해도 내 딸은 혼외 섹스를 하지 않으리라. 내 딸은 순결을 고이 간직하고 있다가 결혼할 남성과 첫날밤을 맞을 거라고. 그러니까 세상이 변했니 어쩌니 해도 내 딸은 남자친구를 사귀어도 건전하게 만날 것이라고, 혼외 섹스는 절대로 하지 않을 거라고 철석같이 믿었다는 거지. 믿는 도끼에 발등 찍힌다더니 내가 지금 딱 그 짝이 됐지 뭐요. 더욱이 기겁할 일은 딸이 혼외 섹스를 나에게 당당하게 말할 줄도 몰랐고, 내가 혼외 섹스에 대해 우려하면서 복귀하라고 엄포하면 여행길에 올랐다가도 당장 되돌아올 줄 알았다는 거지. 그런데 되돌아오려는 생각은 눈곱만큼도 하지 않고 부르카를 입으라는 거냐며 성토하다니. 이미 내 딸은 내 손에서 떠난, 통제할 수 없는 자식일까?

'누가 부르카를 입으래! 문제는 세상의 눈! 여자는 순결을 잃으면 안 된다고 정죄해 놓은 남자들의 사고가 문제라고!'

불현듯 부아가 치밀어 올라 꺼져버린 전화기에다 대고 버럭버럭 소리를 질러댔어. 엄마! 이 사단을 어찌해야 좋을지 모르겠네.

3
내 것을 왜 네가 통제해?

엄마, 딸과 전화 통화가 되지 않으니 내 속은 답답해서 천불이 날 지경이었어. 만일 딸이 떠난 여행지가 국내라면 내 성질에 지금껏 가만있지는 않았겠지. 벌써 뒤쫓아가 모가지를 끌고 왔어도 열두 번은 더 끌고 왔겠지. 그런데 해외로 튀어 버렸으니 쫓아갈 수도 없는 노릇이고 속만 끓이고 있는 거지.

엄마, 딸의 전화를 받기 전까지 나는 불여우에다 가정파괴범이자 남편의 부인을 자살하도록 유도한 살인 방조범에 악랄한 계모. 거기다가 두 번의 이혼녀라는 주홍글씨까지 새긴 인생의 패배자다! 손가락질을 받으며 살아갈 용기가 나지 않아 자신을 스스로 벼랑 끝으로 내몰며 10층에서 작렬하게 뛰어내리려 했잖아. 그런데 남자친구와 여행 떠난 딸을 생각하니 세상의 손가락질 따위는 하나도 무섭지 않았어. 나이 오십이 한참 넘어 환갑을 눈앞에 둔 인생인데 아무렴 어떤가. 내 문제는 아무것도 아니었지. 앞날이 구만리 같은 딸의 인생을 생각하자니 당장 발등에 떨어진 불은 딸이었고, 발등에 불을 진화하는 게 급선무였어.

10층에서 뛰어내려도 딸의 문제를 해결해놓고 뛰어내리리라. 다짐하며 딸의 나이를 떠올려 보았지. 스물아홉이면 이미 성인. 내가 스물여덟에 딸을 낳았으니 내 나이로 비추어보아도 애를 낳아 부모가 되었을 나이. 이제는 나와 분리된 삶을 살아야 하고, 그 자식이 어떤 행동을 하든지 존중해 주어야 한다. 머리로는 딸이 분리되는데 가슴에선 딸을 놓아주지 못하고 있었어.

딸의 남자친구는 어떤 사람일까. 딸의 인생을 맡겨도 될 만큼 성숙한 청년일까. 딸에 대한 걱정과 원망이 뒤섞인 머릿속은 불이 날 지경이었어. 무자식 상팔자라고 차라리 딸을 낳지 말 것을 그랬나. 그래도 그 딸이 있어 나는 또 얼마나 행복했던가. 헛헛한 웃음이 나기도 했지.

엄마, 엄마는 나를 낳았을 때 무척 기뻤다고 했잖아. 아마도 첫아들을 낳은 후에 딸을 낳아서 기쁘지 않았을까, 라고 추론해봐. 사실 나는 첫딸을 낳았을 때 무척 섭섭했거든.

엄마, 생각나? 우리 집 대청마루에 두 아들 사진이 걸려 있었던 거 말이야. 아버지 엄마 사진은 걸려 있지 않았지. 그런데 백일 된 오빠와 남동생이 벌거숭이로 불알을 턱 내놓고 찍은 사진이 나란히 걸려 있었잖아.

“우리 집 기둥! 보배!”

아버지는 마루에 걸려 있는 두 아들의 불알 사진을 흐뭇하게 올려다보곤 했어. 두 아들이 벌거숭이에 불알을 턱 내놓고 찍은 사진은 우리 집 가문의 영광 같았어. 물론 나의 백일 된 사진은 걸려 있지 않았지. 왜 나는 백일에 벌거숭이로 사진 찍어서 걸어놓지 않았을까. 어린 마음에 내 사진은 없고 아들 사진만 걸려 있어 시샘했던 기억이 나네.

나 어릴 적만 해도 백일 된 아들이 벌거숭이로 불알을 턱 내놓고 찍은 사진은 어느 집에서나 흔히 볼 수 있는 풍경이었지. 그 풍경을 보고 자라서인지 몰라도 나는 첫아들을 낳고 싶었어. 아들을 낳으면 벌거숭이로 불알을 턱 내놓고 사진을 찍어 걸어 놓고 싶어서는 아니었어.

내가 결혼할 그 시대만 해도 첫아들을 낳아 남편의 대를 이어주어야 며느리로서 해야 할 도리를 다한 거였고, 여자로서는 첫아들을 낳으면 무슨 벼슬자리에라도 오른 것만 같았지. 특히나 남편은 외동아들이었고 시어머니는 아들 낳는 태몽을 꾸었다면서 손자가 태어날 거라고 확신했지. 불알 사진을 아무렇지도 않게 보고 자란 세대로서 남아선호사상의 관습을 이어가고픈 열망이 잠재되어 있었던 까닭일까. 첫아들을 낳으면 여성으로서, 며느리로서 당위를 인정받아 의기양양해지고 싶었을까. 그때의 내 마음을 나도 자세히는 모르겠네. 다만 아들을 낳아야 한다는 강박감이 심했던 건 사실이야.

열 시간의 진통은 생살이 해체되는 것만 같았어. 죽을 만큼의 진통 끝에 "공주님입니다"라는 간호사의 말을 들었을 때 허탈했어. 생살이 찢어지는 것처럼 고통을 겪으면서도 아들이 태어날 거라는 희망을 품었는데 딸이라니. 보통 서운한 게 아니었지. 그런데 딸을 낳았다는 서운함은 그 소리를 들었을 그때 그 순간뿐이었어. 내 품에 안겨진 아기는 딸 아들이 아닌 사랑스러운 아기였어. 정말이지 눈에 넣어도 아프지 않은 예쁜 아기천사였지.

세상에 어느 아름다운 꽃이 내 아기와 비교될 수 있을까. 아기가 웃어도, 울어도 내 입가에는 웃음꽃이 떠나지 않았지. 딸은 내 인생의 원

천이었고, 행복을 바구니 가득 이어다 주는 행복 꾼이었어. 행복 꾼을 향한 나의 사랑은 무한 질주였지. 나의 무한 질주를 고마움도 모르고 당연한 듯 꿀떡꿀떡 받아먹던 딸이 지금 나의 오장육부를 송곳으로 막 찌르고 있네. 무한 질주는 고마움이 아니라 간섭이라며 이제는 사양하겠다고, 절대 사절이라고. 머리 컸다고 저 혼자 컸다는 양 말이야.

엄마, 내 가슴은 딸의 전화가 꺼진 순간부터 끓다가 까맣게 타버려 숯이 된 것만 같아. 딸의 전화를 기다리다가 숨이 막혀 질식사하기 일보 직전인데 딸한테서는 전화도 없었어. 이제나저제나 딸한테서 전화가 걸려올까 대답 없는 전화기에 귀를 활짝 열어 놓고 있는데, 문득 직장 동료의 얼굴이 떠오르지 뭐야. 나와 나이가 동갑이어서 친구처럼 지내는데 술 한 잔만 들어가면 "씨브랄탱이!" 욕바가지를 입에 달고 사는 친구지. 그런데 이상한 것은 그 친구한테서 듣는 "씨브랄탱이"는 상스럽지 않고 오히려 속을 시원하게 해 준다는 거지.

아마 두 달은 되었을 거야. 어느 날 출근했는데 글쎄 그녀의 두 눈이 퉁퉁 부어있었어. 어찌나 퉁퉁 부었는지 쌍꺼풀이 풀어져 실눈이 되었더라니까. 나는 그녀의 퉁퉁 부은 눈을 보고 부부싸움 중에 남편한테 얻어맞아 밤새도록 울었는지 알고 얼마나 마음이 아프던지. 그녀를 위로하려고 점심을 같이 먹자고 했지.

"어제 내 딸이 웬 남자애랑 왔더라. 근데 임신을 한 거야. 넉 달 넘었다는 거야. 내가 기절할 뻔했잖아. 평소에 딸년이 남자친구 없다고 딱 잡아뗐어. 내가 그랬지. 지금 참 좋은 나이다. 결혼하기 전에 여행도 실컷 다녀보고 남자친구 있으면 데리고 와라. 남자친구 없다고 오리발을 내밀어 철석같이 믿었지 뭐야. 그런데 느닷없이 임신한 몸으로 나타나니. 남자친구가 공무원시험 준비를 하는데 계속 떨어진다나. 합격하면 당당하게 인사시키려고 그동안 말을 못 했대. 피임에 실패해 임신은 했는데 낙태하면 처벌받으니 낙태도 못 하지, 배는 점점 부를 거 같으니까 마지못해 왔더라고."

그녀는 눈시울을 붉히면서 말했어. 친구들 딸이 남자친구 소개했다는 소릴 들을 때면 은근 부럽고, 그녀도 딸이 남자친구를 데려왔으면 바라기까지 했다고. 그런데 느닷없이 임신한 딸과 사윗감이 나타나 벼락 맞는 기분이었다고.

"내가 딸만 둘이잖아? 시댁에서 아들 못났다고 얼마나 구박했는데… 열 아들 못지않게 키우리라. 이를 악물었어. 젠장! 한우 한 번 실컷 먹어보지 못해도 두 딸년 브랜드 입히고 캐나다 어학연수까지 보냈어. 집에서 귀히 대접받아야 시집가서도 대접받는다고 하잖아. 두 딸년 남편하고 시부모한테 사랑받고 살라고 설거지도 안 시켰어! 그런데 결혼도 하기 전에 임신이라니. 더 기가 막힌 게 뭔지 알아? 딸이 입덧하는데 족발이 먹고 싶다는 거야. 그러면서 나더러 족발을 사달라는 거야. 마누라 입덧하는데 족발 한번 실컷 먹게 사주지도 못하는 빈털터리 사윗감이라니…. 마음 같아서는 이년아! 눈깔이 삐었냐! 내 자식인데도 주먹이 올라가려는 걸 억지로 참았다니까! 딸년이 꼴 보기 싫으면서도 꽃 같은 딸 앞날 걱정에 밤새 울어 밤탱이가 됐어. 아들 가진 엄마도 딸 가진 엄마만큼 마음 아프고 미래를 걱정할까?"

장성한 딸을 가진 엄마로서 그녀의 마음이 100% 공감되었지. 그녀를 위로하면서 내심은 남자 문제로 속 썩이지 않는 내 딸이 고마웠어. 그러면서 믿었어. 내 딸은 남자친구가 생기면 그 즉시 나한테 보고하리라.

엄마, 등잔 밑이 어둡다는 말이 있잖아. 이제 보니 그 말이 나를 두고 하는 말이었네. 철석같이 믿었던 딸이 나한테는 감쪽같이 속이면서 남자친구랑 띵까띵까 하면서 살고 있을 줄을 누가 꿈에라도 생각이나 했겠냐고. 더욱이 기함할 일은 결혼할 생각이 아직은 털끝만큼도 없다는 남자친구와 4박 5일 여행을 떠났다는 거지. 내 딸이야말로 곧 남산만하게 배가 불러 나타날지도 모르잖아. 만일 결혼할 생각도 없는 남자친구의 아이를 밴다면. 아! 생각만으로도 앞이 깜깜했어.

내 딸은 그녀의 딸처럼 임신해서 나타나지는 않으리라 장담했는데 그녀의 얼굴과 맞닥뜨린 듯 얼굴이 뜨거웠어. 부끄럽고 부끄러웠어. 남의 자식 흉보는 거 아니고 내 자식 자랑하지 말랬다고, 그녀 앞에서 딸 자랑하지 않은 게 그나마 얼마나 다행인지.

엄마, 내가 미혼 시절에만 해도 사랑하는 남자가 생기면 무조건 결혼하는 것으로 귀결되었잖아. 그런데 요즘 젊은 세대들의 결혼관은 우리 세대들과는 아주 다르대.

요즘 세대를 일컬어 삼포 세대라고 하는데 연애, 결혼, 출산 3가지를 포기한 말이라네. 대학 졸업을 해도 취업은 바늘구멍이니 젊은이들이 경제적으로 압박을 받으면서 결혼은 꿈도 꾸지 않는다는 거야. 취업해야 돈도 벌고 결혼도 할 수 있는 거잖아. 가정경제가 여유 있어야 아이도 낳는 거고. 안타깝게도 요즘 젊은이들이 취업하지 못해 암울하게 살아가고 있어. 지금의 삶이 힘들어 결혼도 포기하고 사니 삼포 세대라는 말까지 나왔겠지.

삼포 세대들의 특징 중 하나는 형편이 어려우니 결혼은 뒤로 미루고 연애만 하는 젊은이들이 많다는 거야. 게다가 젊은이들의 결혼관이 살아보다가 결혼한다면서 혼전 동거를 많이 한다네. 혼전 동거가 젊은 세대들의 사회현상이라고 해도 나는 선뜻 받아들일 수가 없어. 남의 자식이 동거 생활을 한다면 뭐라고 말할 수는 없겠지. 하지만 내 딸이 동거한다면 가만두지 않을 거 같아. 머리를 쥐어뜯어서라도 당장 집으로 데려올 거 같다는 거지.

엄마도 나한테 누누이 말했잖아. 여자는 몸가짐 잘해야 한다. 그래야 결혼해서도 남편한테 책잡히지 않는다고. 딸을 가진 세상의 엄마들은 내 딸이 행복하기를 간절히 비는 마음은 다 같잖아. 나 역시도 모든 엄마의 바람과 한 점 다르지 않지. 내 딸이 정숙하게 지내다가 번듯한 직장에 다니는 남자 만나 결혼하여 자식 낳고 알콩달콩 살기를 바라는 마음 간절하지. 딸 가진 엄마로서 당연한 바람인데 딸은 나의 소망을 뒷발로 차버리고 빛나는 청춘의 정원으로 날아갔다오.

엄마, 딸은 내 협박에도 눈 하나 끔쩍하지 않고 당당하게 비행기를 탔고, 전화기는 계속 꺼져 있으니 내 속이 어디 속이겠어. 천불이 나지. 딸이 임신하면 어쩌나. 딸이 내 눈앞에 나타날 때는 동료직원의 딸처럼 배가 불러 있을 것만 같았어. 불안하고 초조한 시간은 계속되고 어느덧 해는 저물어 땅거미가 내려앉고 있었지. 전화기가 울리면 행여나 딸일까 노심초사하고 있는데 전화가 왔어. 발신 번호 없이 국제전화라는 메시지가 뜨니 보나 마나 딸이구나. 반가움에 얼른 받았지. 그런데 딸이 아닌 딸의 아버지, 그러니까 나의 첫 번째 남편이었어. 이혼은 했지만, 딸이 있으니 그가 가끔 전화하는 편이야.

"주현이 남자친구랑 여행 떠났다며? 자식 교육을 그렇게밖에 시킬 수 없었어?"

첫 번째 남편은 내가 전화를 받자마자 다짜고짜 화부터 냈어. 결혼도 하지 않은 처녀가 남자랑 해외여행을 간다는 게 말이 되느냐고. 엄마라는 사람이 어떻게 허락할 수 있느냐고. 머릿속에 똥만 가득 들어있으니 자식의 미래를 망치고 있는 거라고 말이야. 그가 나한테 전화를 할 때마다 늘어놓는 레퍼토리는 내가 엄마로서 딸의 가정교육을 잘못한다는 지적이지.

내일모레면 시집갈 처녀가 허연 허벅지가 드러나는 짧은 반바지가 뭐냐. 남자들이 괜히 성추행하는 줄 아느냐. 여자들이 옷을 단정하게 입지 않으니 순간 성적 충동을 느껴 성추행하는 거다. 치마를 너무 짧게 입게 하지 마라. 혼기가 꽉 찬 아가씨니 조신하게 행동하도록 가르쳐라. 특히 밤늦게 돌아다니게 하지 말라. 음식을 먹을 때 후루룩 소리를 낸다. 시부모 앞에서 쩝쩝대고 먹다가는 자식 교육 잘못시켰다고 책잡힌다 등등. 조선 시대 여성들에게 횡행했던 칠거지악을 열거하면서 자식 교육 똑바로 하라고 열을 내지. 딸의 행동 하나하나가 다 내가 교육을 잘못시켜서 고삐 풀린 망아지가 되었다는 거야. 내 자식 남의 자식 할 거 없이 머리 다 큰 자식들은 부모 시대 사고에서 꼰대 냄새난다고 고개를 절레절레 흔들어. 그는 젊은 세대들의 사고를 아는지 모르는지 걸핏하면 전화해서 자식 교육 운운하면서 목에 핏대를 세우지. 그의 전화를 받을 때마다 전 부인인 나를 대하는 그의 언행이 몹시 불쾌했어. 그에게 예의를 갖춰 달라고 항변하고 싶은데 꾹꾹 눌러 참았어. 그의 목소리만 들어도 여전히 무섭고 간이 떨려 말도 나오지 않았고, 대거리하면 금방이라도 달려와 주먹을 휘두를 것만 같았으니까. 그와는 진즉에 남남이 되었는데 나는 아직도 그의 휘하에서 벗어나지 못하고 있었던 거지.

그런데 오늘 문득 생각해 보니 그와 남남이 되었는데 아직도 그 앞에 쥐처럼 떨고 있는 내가 참 한심했어. 언제까지 그를 무서워하며 할 말도 못 할 것인가 나에게 물었고, 오늘은 그의 지청구를 인형처럼 듣고만 있지는 않으리라. 우리에게 자식이 있다지만 엄연히 남이거늘 지금 누구한테 화를 내고 있는가. 언제까지 나를 종속 관계에 있는 사람을 대하듯 놔둘 것인가. 나에게 함부로 대하는 그의 태도에 경고장을 날리고 싶다는 생각이 번뜩 들었어.

"주현이 그 정도면 반듯해. 누가 뭐래도 잘 컸어!"

나는 이제는 너의 마누라가 아니라고, 언변에 있어 예의 갖추라고, 화를 내면서 큰 소리로 말을 하고 싶었는데 생각처럼 목소리가 크게 나오지는 않았어. 어찌 되었든 딸이 결혼도 하지 않은 남자친구와 여행을 떠났다는 건 내 생각에도 예삿일이 아니었으니. 엄마인 나도 황당하고 속상한데 아버지는 오죽할까. 가부장적 사고가 만연한 시대를 건너온 세대로서 딸을 둔 아버지의 심정도 충분히 이해되었지. 우리가 이혼하여 남남이 되었지만, 자식을 사랑하는 부모의 심정은 같을 테니까.

근데 엄마, 엄마한테만 하는 말인데, 내 딸이지만 참 어지간히도 속이 없지 뭐야. 남자친구와 여행 간다는 말을 아버지한테 곧이곧대로 말할 필요는 없잖아. 안 그러오. 결혼도 하지 않은 남자친구와 여행 간다고 하면 세상 어느 부모가 잘했다고 칭찬하겠어. 속없는 딸이 어처구니가 없고 씨도둑질은 못 한다고 하더니만 융통성이라곤 하나도 없는 게 제 아비를 쏙 빼닮은 거 같아. 그치?

"내가 먼저도 말했지. 자식 교육 잘 하라고!"

그가 재차 소리를 버럭 질렀어. 화를 내는 목소리 톤으로 보아 만일 내가 옆에 있었더라면 한 대 얻어맞고도 남았을 거야.

"너 걸핏하면 자식 교육 잘못했다고 몰아가더라. 자식은 나 혼자 낳니? 내 자식이자 네 자식이야!"

나는 포문을 열었어. 자식 교육에 있어 전적으로 나한테 책임을 전가하면서 결과만을 놓고 추궁하는 그의 태도에 기가 찼고, 그에게 맞아 죽을지라도 할 말은 해야겠다고 단단히 마음먹었지. 자식 교육은 부부가 머리를 맞대고 서로 논의하면서 교육을 하는 거라는 걸 똑바로 각인시켜 주리라.

"자식 교육에 중요성을 그렇게 강조하는 너는 왜 딸 교육을 안 했니? 자식 교육을 여자만 시키라는 법 있니? 남자는 자식 교육에서 면제 대상이야?"

자식 교육에 있어서만큼은 솔직히 나도 그한테 할 말이 태산처럼 많았어. 결혼하여 자식을 낳으면 부부 두 사람의 자식이고 때문에 교육 또한 부부 공동의 책임이라고 목소리를 높였어.

"주현이가 나랑 같이 사는 게 아니잖아! 당신이랑 같이 사니까 하는 말이잖아!"

"우리가 부부로 살 때도 주현이 교육에 대해서 방임한다, 교육을 그렇게밖에 못 시키냐 엄청 잔소리했거든! 너한테 묻고 싶은데, 너의 부모님은 너 교육을 잘못해서 판검사가 되지 못했니? 네 부모님이 삼대독자 귀한 아들이라고 판검사로 키우고 싶었다면서? 부모님께서 교육을 잘못해서 네가 판검사가 못 되었느냐고?"

그한테 자식 교육 잘못한다고 허구한 날 지청구 들어야 했던 때를 떠올리며 작심 발언했지.

“주현이가 어때서? 우리 주현이 반듯하고 훌륭해. 누구보다도 제 인생 잘 살아가고 있다고!”

“주현이는 여자야! 남자 경험이 있다고 소문나면 시집은 어떻게 보낼 건데?”

그는 여자한테 혼외 섹스는 치명적이라는 거 모르냐면서 노발대발했어.

“남자 경험? 지금 순결을 말하는 거야? 지금이 조선 시대인 줄 착각하는 모양인데 2019년이거든. 내 딸을 조선 시대 여자로 묶어 놓지 마! 무식하고 구시대적 착오 같은 소리 하려거든 전화 끊어!”

내 입에서 나도 모르게 거친 말이 막 튀어나왔어. 그는 주춤했어. 내가 화를 내는 것도 처음이고, 저속한 언어를 퍼붓는 것도 처음이었으니 당황했겠지.

“여자랑 남자랑 똑같아?”

“여자랑 남자랑 뭐가 다른대?”

“여자는 순결을 잃으면 흠이라고. 과거가 있는 여자가 된다는 걸 몰라? 지금 그 엄마에 그 딸로 만들겠다는 말을 내 입으로 꼭 해야 하겠냐고!”

그 엄마에 그 딸이라는 그의 발언을 들으니 머리가 핑 도는 거 같았어. 그 엄마에 그 딸이라는 그의 말은 그와의 첫 정사 후에 처녀막이 없었다는 것을 말하는 거였지. 나는 지금도 그와 처음 경험한 그날만 생각하면 답답하다 못 해 가슴이 터져버릴 거 같아. 왜 나는 처녀막이 없는 여성인지 나도 궁금하니까.

엄마, 딸의 아버지와 10개월 정도 연애를 하다가 결혼을 했어. 그는 거래처 영업팀의 팀장이었는데 내가 근무하는 회사에 자주 왔어. 사장님과 업무적인 이야기가 끝나면 돌아가기 바쁜 사람이 언젠가부터 나를 보고 빙그레 웃었어. 나의 이상형은 과묵하면서 빙그레 웃는 사람이었는데 그가 말없이 빙그레 웃었다는 거지. 어이없게도 나는 그가 빙그레 웃는 그 웃음에 홀딱 반해 사랑에 빠졌지 뭐유.

"일요일에 약속 없으면 같이 식사나 할래요?"

그가 어느 날 물었어. 나는 단박에 좋다고 했고, 별 다방에서 커피를 마시며 그에게서 사랑한다는 고백을 받았어. 그가 나를 사랑하고 있었다니. 우리는 하늘도 갈라놓을 수 없는 천생연분이구나. 우리 두 사람은 본격적인 연애에 돌입했고, 우리의 사랑은 순식간에 용광로처럼 달아올랐지.

그는 생각보다 따듯하고 사려 깊은 사람이었고, 그를 만날수록 그가 더더욱 좋아졌고 만나면 헤어지기 싫었지. 아침에 눈을 뜨는 순간부터 하루가 온통 그에게 향해 있었어. 하루라도 그를 못 보면 보고 싶어 안달이 났고 만일 그와 작별을 하게 된다면 말라 죽을 것만 같았어.

"5월에 결혼하자?"

그는 내 마음을 헤아렸을까. 연애를 시작한 지 5개월여가 넘었을 때 그가 프러포즈하는데 세상을 다 얻은 것만 같았어. 결혼하여 그와 같이 한 집 안에서 생활하고 그의 숨결을 느끼며 그의 품에 안겨 한 이불을 덮고 잘 수 있다니. 결혼 날짜까지 정하고 나니 둘만의 공간에 갇혀 머리부터 발끝까지 그의 나신이 보고 싶었어.

엄마, 엄마 시대엔 결혼 첫날밤에 신랑 얼굴을 처음 보는 여성들도 많았다지. 우리 시대엔 혼전 섹스하는 여성들도 많았어. 나는 정말이지 그와 하루라도 빨리 섹스하고 싶었어. 어른들 말로 겉궁합보다 속궁합이 잘 맞아야 부부가 잘 산다는 말을 들었어. 속궁합이란 부부간의 섹스를 말함인데 속궁합이 안 맞아 이혼하는 부부도 많다고. 그만큼 부부간의 섹스가 중요하다는 뜻으로 이해했고, 결혼을 앞두고 보니 그와 속궁합이 잘 맞으면 좋겠다고 생각했어. 엄마는 아버지와 속궁합이 맞지 않아 아버지가 순자 엄마와 바람이 났을까. 남편을 다른 여자에게 빼앗긴 엄마처럼 내 남편을 다른 여자에게 빼앗기지 않으리라.

나는 부부관계에 지대한 영향을 미치는 섹스에 대한 지식을 많이 알고 싶었고, 남편한테 섹스의 여왕이라는 소리를 듣고 싶었어.

"섹스의 여왕? 섹스의 기술을 가르쳐 달라고? 미친년! 그런 거 잘하면 다른 남자랑 섹스 경험이 많다고 의심받아! 여자는 그저 눈 딱 감고 남자가 이끄는 대로 가만히만 있으면 돼!"

섹스에 대한 상식을 알고 싶었던 나는 나보다 먼저 결혼한 미숙이한테 섹스에 관해 물었고, 미숙이는 펄쩍 뛰면서 섹스할 때 여자가 적극적으로 나대면 큰일 난다고 했어.

"섹스하면 기분이 어때? 좋아? 어떻게 좋은데?"

섹스에 대한 흥분, 쾌감, 기분 등을 물었지만 미숙이는 구체적으로 말해주지 않았어. 다만 섹스는 꼭 사랑하는 사람과 나누어야 하는 내밀한 사랑의 표현인데 아주 아름다운 것이라고, 부부간의 섹스는 사랑을 더욱 돈독하게 해주는 말로 표현할 수 없는 환상이라고. 나는 그와의 섹스 상상을 하루에도 열두 번 했어. 그의 손을 맞잡으면 가슴은 두근두근 온몸이 후끈 달아올라 당장에 그와 한 몸이 되고 싶었지. 그런데 그는 나의 애타는 심정을 아는지 모르는지 나를 안을 생각조차 하지 않았어. 섹스하고 싶어 안달이 난 내 마음을 몰라주는 그가 섭섭하기도 했지. 오매불망 기다리던 결혼식 날이 다가왔고, 나는 세상이 온통 푸르름으로 물들인 계절의 여왕이라는 5월에 신부가 되었지. 그때까지만 해도 그는 내 인생에 백마를 타고 온 왕자가 확실했어.

"첫날밤에~ 첫날밤에~ 첫날밤에~ 첫날밤에~ 그냥 잤다~~"

그의 친구들은 신혼여행을 떠나는 우리 부부를 세워 놓고 첫날밤에를 합창했어. 첫날밤. 그의 친구들이 불렀던 합창처럼 차라리 그냥 잤더라면 나의 인생은 달라졌을까. 어찌 되었든 우리는 부부가 되었으므로 첫날이 아닌 둘째 날이라도 초야를 치렀을 것이므로 처녀막을 확인하는 요식은 행했겠지.

그 시절에 신혼부부들은 제주도로 여행을 많이 갔었어. 우리는 가난한 부부였고, 돈 아껴 얼른 집 장만한다며 부산 태종대와 경주 불국사를 거친 3박 4일의 신혼여행을 떠났지.

태종대 구경을 하고 자갈치시장에서 회와 생선구이로 저녁을 먹고 모텔로 들어갈 때만 해도 우리는 여느 신혼부부들처럼 깨가 가마니로 쏟아졌어. 정말이지 우리는 한평생 싸움 한 번을 안 하고 살 것 같은 닭살 돋는 한 쌍의 원앙이었지.

그는 먼저 샤워를 했고, 내가 샤워를 하고 나오니 그는 침대에 하얀 수건 한 장을 깔았어. 나는 그 수건이 무슨 기능을 하는 것인지 꿈에서도 모르는 채 그와 첫 정사를 나눈 거지. 그와의 첫 정사는 그동안 내가 꿈꾸고 상상했던 사랑의 징표요, 황홀한 환상과는 아주 거리가 멀었어. 자궁은 피가 날 듯 쓰라린 고통뿐이었어. 내게 있어 섹스는 고통이자 고문이었지. 아프다 소리도 못 하고 속으로 끙끙 앓으며 첫 정사를 끝내고 나니 그의 얼굴 보기가 민망하고 한없이 부끄러웠어.

나는 쫓기듯 얼른 욕실로 들어가 몸을 씻었지. 욕실에서 실내복으로 갈아입고 나오니 그가 간이 테이블 의자에 앉아서 나를 물끄러미 바라보며 말했어. 여기 와서 앉아보라고. 아무래도 그가 또 섹스하자고 할 것 같았지.

'섹스하면 환상의 나라를 경험한다고 했는데 아프기만 하네…'

섹스하자고 하면 아프다고 말하리라. 그래도 또 하자고 하면 아프니까 내일 하자고 할까. 무슨 말로 섹스를 피해갈까 궁리하며 그가 앉은 맞은편 의자에 앉았지. 그를 똑바로 바라보기가 어쩐지 부끄러워 고개를 숙인 채로.

"희숙 씨, 얼굴 들고 이거 좀 봐."

나는 고개를 들어 그가 두 손으로 펼쳐 든 하얀 수건을 바라보았지.

"이 수건 아까 침대에 깔았던 수건이야."

나는 그때까지도 그가 왜 수건을 보여주는지 까닭을 알 수가 없었어.

"수건에 혈흔이 없네. 처녀막이 없다고? 어떤 놈한테 순결을 바친 거야?"

그의 말은 아주 간결했고, 듣는 이로 하여금 간담을 서늘하게 할 정도로 섬뜩했어.

"나, 나는 남, 남자랑 잔 적이 어, 없…어요…."

4

그녀와 그녀의 도돌이표

'하늘에 맹세코 딴 남자랑 자지 않았는데….'

나는 정말이지 혼외 섹스 경험이 없었기에 다른 남성과는 섹스한 적이 없다는 말을 하려는데 갑자기 막 떨리며 말이 버벅거려졌어. 마치 거짓말을 하는 사람처럼. 내가 혼외 섹스를 하지 않았다는 걸 버선 속처럼 뒤집어 보일 수도 없는 노릇이고 정말이지 미칠 것만 같았어. 하늘에 맹세코 한 번도 섹스한 적이 없음을 증명하고 싶었지만 어떤 형식이라도 내가 순결한 처녀라는 걸 증명할 길이 없어 애만 탔지.

"가증스럽기까지!"

그는 자리를 박차고 일어나 나를 경멸의 눈빛으로 쏘아보더니 그대로 밖으로 나가버렸지. 나는 그가 나가버린 후에야 친구들한테서 처녀막에 대해서 들었던 기억이 떠올랐어. 나는 정말이지 섹스 경험이 없는데 왜 처녀막이 없는 걸까. 나도 나의 몸이 궁금했어. 나는 하얀 수건에 혈흔이 묻어 있지 않았다는 이유로 혼외 섹스를 한 유경험자, 한순간에 남편한테 순결을 바치지 못한 죄인의 몸이 된 거였지.

신혼여행 첫날에 모텔을 나간 남편은 돌아오지 않았어. 결혼식을 올리느라 몸은 피곤이 겹쳐져 당장이라도 쓰러져 버릴 것만 같은데 편히 잠을 잘 수도 없었어. 문 앞에 쪼그리고 앉아서 그를 기다리다가 깜빡 잠이 들었지.

쾅! 쾅! 쾅! 문 두드리는 소리에 깜짝 놀라 눈을 떴고 가슴은 죽어가는 물고기처럼 팔딱팔딱 뛰었어. 조심스레 문을 열었더니 그가 안으로 들어서며 그대로 앞으로 쓰러졌어. 만취가 되어 몸을 가누지도 못한 거지. 나는 쓰러진 남편을 일으키려 안간힘을 썼어. 술 취해 늘어진 사람은 왜 그리도 무겁던지. 그의 두 팔을 잡아 침대로 끌고 가려 안간힘을 쓰는데 그가 고개를 흔들며 게슴츠레 나를 바라보았어. 나는 그의 눈빛이 부담스러워 얼굴을 모로 돌렸지. 그가 쓰게 웃으며 비척비척 일어났어. 행여 쓰러질까 봐 손을 잡아 침대로 이끌려는데 내 손을 벌레 잡아 치우듯 내쳤어.

"내가 너를 얼마나 아꼈는지 알아? 너의 순결을 지켜주려고 얼마나 참았는지 아느냐고? 순결한 너를 안으려고 얼마나 오늘을 기다렸는데… 얼마나 기대했는데…. 배신감에 치가 떨린다. 치가 떨려!"

그는 혀 꼬부라진 목소리로 뇌까리며 내 뺨을 세차게 후려치면서 노려보았어. 연애할 때는 과묵하고 말이 없던 사람이 술에 취하니 완전히 딴사람으로 변했어.

"영철 씨! 잘못했어."

그가 휘두르는 주먹이 무서웠고, 그로부터 맞지 않으려 무릎을 꿇고 잘못했다고 두 손을 싹싹 빌었지. 무릎을 꿇고 빌기까지 했으니 나는 혼외 섹스를 한 여자라고 자인한 셈이었던 거지.

"더러운 년! 한강에 배 지나간다고 표시 나? 몇 놈이 거쳐 갔는지 어떻게 알아! 걸레 같은 년!"

그는 저속한 욕설을 내뱉으며 내 뺨을 이리저리 후려쳤어. 혼외 섹스를 하지 않았음에도 나는 왜 순결을 잃은 사람이 되었나. 억울하고 서러워 울기만 했지.

신혼여행 3박 4일 내내 그는 새벽에 만취가 되어 휘청거리며 들어와서는 내게 주먹을 휘두르고 오후까지 쿨쿨 자다가 일어나 곧장 밖으로 나갔지. 나는 남편한테 순결을 바치지 못한 죄인으로서 그가 휘두르는 폭력에 대해서 이의를 제기할 수 없었고, 폭력마저도 달게 받아야 했어. 마음이야 당장이라도 옷 가방을 싸 들고 모텔을 나가고 싶었지. 혼인신고도 하지 않았으니 이대로 그와 헤어지면 남이다. 그러나 엄마의 슬픈 얼굴이 떠올랐어.

"희숙아, 시부모님 공양 잘하고, 남편하고 싸우지 말고 살아라. 화가 나도 여자인 네가 참아라! 여자는 남편 없으면 사람들이 업신여긴다."

엄마, 기억나우? 결혼식 전날 엄마는 내 손을 꼭 잡고 시댁 가풍을 잘 따라야 한다고, 좋은 며느리, 아내로 행복하게 살라고 당부했지. 결혼식 내내 엄마가 흘린 눈물은 내 딸이 내 팔자 닮지 말고 행복하게 살기를 간절히 비는 마음이었지. 엄마의 마음을 알 리 없는 하객들은 신부 엄마가 울어도 너무 우니 딸도 우는 거 아니냐고 했지. 내가 눈물이 난 건 하객들 말처럼 엄마 눈물 때문이 아니었어.

여성은 결혼식 날 아버지 팔짱을 끼고 신부 입장 하는 게 전통관습이었지. 그깟 전통이 뭐라고. 처자식 버리고 집을 나간 지 8년여 만에 나타난 아버지 팔짱 끼고 신부 입장을 해야 하는 내 처지가 서러워 눈물이 났어. 남자는 혼자 입장하는데 왜 여자는 다른 여자와 사는 아버지 팔짱을 끼고 입장해야 하나. 마음 같아서는 전통이고 나발이고 다 걷어치우고 나 혼자 당당하게 신부 입장을 하고 싶었어. 그렇게 마음고생을 하며 결혼식까지 올리고 헤어진다면, 동네 사람들 입에서 입으로 풍선처럼 부풀려진 말들이 떠돌고 엄마는 얼마나 절망할까.

"혼자 살아보니 괜찮은 남자 있으면 만나고 싶더라. 좋은 남편 그늘이 좋다는 거야. 너무 주장 내세우지 말고 행복하게 살아야 한다."

혼자 사는 것보다는 남편하고 행복하게 사는 게 더 좋다며, 행여 딸이 불행할까 봐 부디 행복하게 살기를 바라는 엄마의 간절한 소원을 외면할 수 없었어. 엄마의 소원대로 잘 살리라. 자식 낳고 예쁘게 사는 모습을 보여주려면 나는 어떤 경우에라도 무조건 행복해야 한다. 참고 참으리라. 살다 보면 내가 순결한 여자였다는 걸 알아주는 날이 오고 폭언과 폭력도 멈추리라.

엄마, 그는 연애할 때 보지 못했던 행동들이 나타났는데 술을 무척이나 좋아했어. 회사에서 상사로부터 질책을 받았거나 나의 언행에 기분이 나쁘면 그날은 어김없이 만취가 되었지. 네 발로 기어들어 오다시피 귀가해서는 어떤 놈팡이한테 순결을 바쳤느냐며 주먹을 휘둘렀어. 공포에 떨고 있는 나의 옷을 강제로 벗기고 번데기 같은 성기를 자궁으로 구겨 넣으려고 씩씩대며 기를 쓸 때는 소름이 돋았어. 내게 있어 섹스는 환상이 아닌 고문이었어. 그와의 결혼생활은 지옥이었고, 그 지옥 속에서 어여쁜 딸이 태어난 거지.

엄마, 그가 불같이 화를 내면서 그 엄마에 그 딸이라고 운운한 건 내가 순결 잃은 여자였다는 걸 상기시킨 거야.

"너 지금 나의 순결을 말하는 거니?"

나는 도전적으로 물었어. 그는 자신의 입으로 말하기도 민망하다며 여자는 무조건 몸가짐을 잘 해야 한다고 재차 강조했어.

"엄마라는 사람이 자식 교육을 잘못하니 딸이 부도덕한 행동을 하는 거잖아!"

자식 교육을 잘못해놓고 무슨 할 말이 있다고 여자가 남자 앞에서 목소리를 높이느냐고 윽박질렀어.

"내가 남잔데 남자 속을 몰라. 세상 남자들한테 물어봐. 여자들이 거저 주겠다는데 못 따먹는 놈이 바보 등신이지. 함부로 몸을 굴리는 여자들이 문제라고!"

여성의 성을 먹잇감으로 표현하는 그의 발언에 불같이 화가 치솟았어.

"여자는 문제가 하나도 없어! 문제는 불알 달고 있는 너야. 너는 나한테 고등학교 때부터 군대에서 생활하면서 휴가 나올 때마다…"

"걔는 풋사랑이야. 성적 호기심이 한창일 땐데 무슨 짓을 못 해?"

그는 내 말을 잘라버리며 자신의 말만 말이라고 늘어놓았지.

"남자들은 군에 입대할 때나 휴가 나왔을 때 술집 가서 술 진탕 먹고 섹스하는 게 남자 딱지를 떼는 거였다고! 그 여자들을 사랑해서 섹스했겠어? 하룻밤 욕구를 채운 본능적인 배설! 요강이었다고! 내가 정말 사랑한 사람은 너였어. 다른 놈한테 순결을 바친 너를 데리고 산 것만도 감지덕진데 적반하장도 유분수지!"

그는 여성의 성을 먹잇감, 즐김, 배설, 요강이라는 단어로 쓰며 아무런 죄의식 없이 쏟아냈어. 자신도 여성, 딸을 자식으로 두고 있는 아버지라는 사람의 입에서 나올 말은 아니었지.

"야! 쌍놈아! 듣자 듣자 하니 못 하는 말이 없네! 여자가 물건이니? 뭐 거저 준다고? 따먹는다고? 배설? 요강? 완전 인간쓰레기였네! 네가 한 짓은 남자 딱지를 떼서 자랑이 되고, 나는 여자로서 막달라 마리아가 되어 광장에 끌려나가 군중한테 돌을 맞아야 하니!"

더는 그의 발언을 고분고분 들어줄 수가 없었어. 내 입에서는 나도 모르게 거친 욕설이 술술 터져 나왔고, 저런 비양심적이고 부도덕한 놈과 살을 섞고 살았다는 자체에 소름이 돋았어.

"너는 도덕 윤리도 없는 쌍놈이야! 너는 열 손가락을 꼽을 수 없을 정도의 여자와 섹스했다고 내 앞에서 자랑질하면서 나는 순결을 잃었다고?"

"나이를 먹더니만 이 여자가 미쳤네! 어디다 대고 감히 남자한테 쌍욕이야 쌍욕이!"

그는 욕으로 도배한 나의 발언에 길길이 날뛰었어.

"여자, 여자, 하지 마! 쌍놈의 새끼야! 남자는 욕을 해도 되고 여자는 욕하면 안 되는 거니? 신이 인간을 만들었을 때는 여자 남자 똑같이 만들었어! 차별하지 않았다고! 김영철! 너 똑똑히 들어! 그동안 비루하고 치졸해서 굳이 말하고 싶지 않았어. 왜? 진실을 말해도 믿지 않았을 테니까. 그런데 어쩌니. 지금에서야 하는 말이지만 나는 남자 경험이 한 번도 없었거든. 숫처녀였어. 바보 등신아! 하늘을 우러러 한 점 부끄러움이 없어! 그런데 후회되더라. 젊은 시절 멋진 남자들과 섹스나 즐겨볼 것을. 즐겨보지도 못하고 순결 잃은 죄인이 되어 너한테 굴종하고 살았던 세월은 지옥이었어! 쌍놈아!"

나는 그보다 더 크게 소리를 질러 댔어.

"너는 술 처먹으면 나한테 순결 잃은 여자를 만나서 네 인생이 이 모양 이 꼴이 됐다고 읊어댔지? 너는 원래부터 인간이 아니고 막돼먹은 개돼지였어. 쌍놈아! 세상에서 제일 못난 놈이 누군지 아니? 바로 너처럼 핑계 대는 놈이야. 남한테 전가하는 비겁하고 못난 새끼! 아! 너 잊고 있었지? 너한테 순결을 바친 너의 풋사랑이 너 아닌 다른 남자랑 결혼했잖아. 너의 풋사랑이 남편한테 순결 잃었다고 책잡혀 평생을 시달리면서 살고 있을 거라고 한 번쯤은 생각해 봤니? 어디 풋사랑뿐일까? 네가 즐김의 대상으로 생각했던 여성들이 다 우리의 동생이요 누이였어! 쌍놈의 새끼야! 순수한 사랑을 즐김으로 매도해버린 쌍놈아~ 다른 남자를 알고 보니 알겠더라. 너 남자로서 매력 하나도 없었거든! 꽝이었어! 앞으로 나한테 훈장질하지 마! 우리 법적으로 엄연히 남남이야! 알겠니!"

이혼 도장을 찍을 때도 가슴에 묻혀 있던 한을 토해내지 못했지. 내 평생 안고 갈 거라고 했는데 살다 보니 한을 토해낼 날이 다 오다니. 그에게 한바탕 퍼붓고 나니 첩첩 쌓여있던 체증이 싹 내려가면서 카타르시스가 온몸을 전율했어. 가슴에 쌓인 한을 풀어낸 기쁨도 잠시, 그와의 불행했던 결혼생활이 떠오르면서 다시금 동굴 안에 갇힌 듯 가슴이 답답해지고 목을 옥죄는 듯했어.

엄마, 첫 번째 남편은 나에게 폭력을 가함은 여성으로서 지켜야 하는 순결을 잃은 원죄에 대한 정당함이라고 합리화했지. 폭력은 그 어떤 조건에서도 정당화될 수 없지만 나는 순결이 없었으므로 그의 논리에 길들여져 사는 인생이었어.

"아들을 낳아야 한다!"

자식의 성별을 의지대로 낳을 수는 없는 거잖아. 그런데도 첫딸을 낳은 것은 나의 잘못이었고, 그 때문에 둘째는 아들을 낳아야만 했지. 시어머니와 남편은 꼭 아들을 낳아야 한다고 노래를 불렀어.

나는 아들이고 딸이고 더는 아기를 낳지 않으리라. 설령 둘째를 아들로 낳는다 해도 자식을 낳지 않기로 다짐했어. 왜냐하면, 일상이 되어버린 그의 폭언, 만취하면 휘두르는 폭력을 견디며 사는 건 지옥이었고, 지옥 속에서 자녀를 낳고 싶지 않아 남편 몰래 피임약을 복용했지.

그는 만취해 귀가하면 아들을 낳아야 한다며 씻지도 않고 옷을 훌훌 벗어 던지고 달려들었어. 술과 담배, 음식 냄새를 풍기며 내 입술을 덮칠 때면 그의 성기를 가위로 잘라버리고 싶은 충동이 열두 번 일었지. 시어머니는 하루건너 시외전화를 걸어와 임신 소식을 물었어.

"씨는 좋은데 아무래도 밭이 나쁜가 보다."

임신 소식이 없으면 시어머니는 한숨을 들이쉬고 내쉬며 나를 탓했어. 관계를 하면 정자가 새지 않고 다리를 오므리고 왼쪽 벽을 보고 모로 자야 한다. 그래야 아들이 들어서는 거야~ 며느리의 섹스 코치까지 해가며 목이 빠져라 친손자를 기다렸지.

"아침에 일어나면 세수하고 단정하니 몸가짐하고 정화수 떠놓고 빌거라."

시어머니는 삼신할머니가 아들을 점지해 주셨다고 철석같이 믿었고, 나에게는 부정한 행동을 삼가라는 지침을 내리면서 아들의 그릇된 행동에 대해서는 함구했어. 나는 일찍 일어나 시어머니 지침대로 주방에

물 한 그릇을 떠 놓았지. 시어머니의 지침을 어기면 남편의 폭력이 이어질까 무서웠고, 아들을 낳으려 노력하는 보여주기식 정화수였지.

전쟁 같은 집안 분위기 속에서도 딸은 재롱 피우며 건강하게 잘 자라주었어. 발육이 어찌나 빠른지 11여 개월 되자 일어나 걸음마를 떼는데 딸이 천재인 줄 알았지 뭐유. 그는 딸의 재롱에 일찍 귀가하는 날이 많아졌고, 폭언을 자제하려 노력했어.

엄마, 기억나우? 엄마도 말했잖아. 사위가 삼대독자니 아들을 낳아 대를 이어주어야 한다고. 엄마뿐이 아니라 집주인 아주머니도 아들을 낳으라고 했지. 우리 부부의 신혼집은 주택이었는데 집주인 아주머니는 마음이 무척 좋은 분이었어. 남편이 술 취해 대문 안으로 들어서며 고성방가를 일으켜도 주인아주머니는 싫은 소리 한 번을 안 했지.

"새댁! 남자는 애와 똑같아. 술 먹고 왔다고 바가지 긁지 말고 그저 잘한다 추켜세워 주어야 좋아하니까 칭찬해 줘~ 남자는 그래야 술도 덜 먹어. 둘째는 안 낳아? 남자들은 아들 생기면 많이 달라져. 개과천선하는 남자들도 있어."

아주머니는 남편의 술버릇을 익히 알고 있기에 마음고생하는 나에게 나름의 비책을 알려준 거지.

"성호 아버지는 사람 좋기로 소문났잖아? 우리 막둥이 성호는 밖에서 낳아 온 아들이야. 누가 내 남편이 밖에서 아들을 낳아 왔다고 믿겠어. 남자는 그래. 딸만 셋인데 아들이라고 얼마나 좋아하는 줄 몰라. 애는 잘못이 없어. 성호는 이쁘지만, 남편 생각하면 속이 속이겠어. 그래도 어떡해. 세 자식을 아비 없는 자식으로 만들 수는 없잖아."

아주머니에게 초등학교에 다니는 막내아들이 있어 쉰둥이인 줄 알았었지. 그런데 혼외자란 걸 알고 무척 놀랐어. 남편 때문에 마음고생을 하며 사는 주인아주머니나 엄마가 남자는 아들 낳으면 변한다는 말을 하는데 그냥 흘려버릴 수가 없었어. 아들을 낳아 남편이 변한다면 그보다 더 좋은 일이 어디 있을까. 한 가닥 희망을 품고 피임약을 끊었지.

어느 날 시어머니가 오셨어. 시어머니께서 우리 집에 오실 때 손녀 과자는 사 오지 않아도 아들 좋아하는 생선은 꼭 가져왔어. 시어머니는 가져온 생선을 지지고 볶고 튀기고 찌고 음식을 만드느라 여념이 없고, 나는 시어머니 심부름을 하느라 분주했지. 남편이 서랍에서 무언가를 찾다가 깊숙이 넣어둔 피임약을 발견한 거야. 남편은 다짜고짜 내 뺨을 후려치는데 시어머니는 말리지도 않았어. 딸이 놀라 자지러지게 울자 시어머니는 손녀를 안고 작은 방으로 피했고, 남편은 씩씩거리더니 밖으로 나갔지. 어린 딸 앞에서 얻어맞는 모습을 보인 내가 정말 싫었어. 아내로서 존중도 받지 못하고 폭언과 폭력에 노출되어 살아가고 있는 내가 싫었어. 자괴감에 빠진 나는 서럽게 울었지.

"남편한테 뺨 몇 대 맞았다고 우냐~ 별꼴이 반쪽이구나. 너보다 더 얻어맞고 사는 여자들도 많다. 그래도 우리 아들은 좋은 직장 다녀서 생활비 꼬박꼬박 주잖니. 생활비도 안 줘서 돈 벌어 식구들 먹여 살리는 여자들이 얼마나 많은 줄 아니? 너는 내 아들이 벌어다 주는 돈으로 집에서 편히 먹고 놀면서 뭐가 서럽다고 우냐~ 유별나게 굴지 마라!"

시어머니는 당신 아들이 나에게 주먹을 휘두르고 있다는 걸 진즉에 알았어. 그가 시어머니 앞에서 나를 때린 적이 있었으니까. 그런데도 시어머니는 아들을 혼내는 게 아니라 나를 유별난 며느리로 치부했지.

"어머니 두 딸이 남편한테 나처럼 맞아도 그렇게 말씀하실까요?"

남편이 아내한테 주먹을 휘두르는 게 당연하다고 여기는 시어머니 얼굴을 빤히 바라보며 대꾸했어.

"시어미한테 꼬박꼬박 말대꾸냐! 네 엄마가 그렇게 가르치더냐!"

시어머니는 아버지 없이 엄마 밑에서 본데없이 자라 버릇없다고, 가정교육이 엉망이라고 엄마의 자식 교육을 질타했어.

"어머니는 아들 교육을 잘 해서 마누라한테 폭력을 행사하나요?"

나를 나무라는 건 참을 수 있었어. 하지만 엄마를 욕보이는 시어머니 발언에 참을 수가 없었어.

"시어미를 얼마나 우습게 여기면 시어미 말꼬리를 물고 톡톡 대드니? 내가 며느리한테 이런 대접을 받으려고 오늘까지 살았나! 내가 너무 오래 살았구나!"

시어머니는 주먹으로 방바닥을 내리치며 꺼이꺼이 통곡했지. 그가 밖에 나갔다 들어오다가 시어머니 대성통곡 소리에 눈이 휘둥그레져 방으로 뛰어 들어왔어.

"내가 네 아버지 죽고 아들 하나만 믿고 살았다! 며느리한테 무시당하고 사느니 차라리 양잿물을 마시고 죽어야지~ 살아서 뭐하냐~"

시어머니는 아들 앞에 한탄했고, 그의 눈에서는 불꽃이 일었지.

"여자가 시집을 왔으면 시부모 봉양하는 건 당연한 거지. 감히 어디라고 시어머니한테 대들어! 아버지가 바람나서 집 나간 집구석이니 가정교육이 이 모양이지!"

그는 무차별 폭력을 휘둘렀어. 그의 폭력에 만신창이가 된 나는 그와 더는 결혼생활을 유지할 수 없다는 생각이 들었어. 집을 나가 이혼절차를 밟으리라. 이혼으로 마음 아플 엄마와 핏덩이 딸을 생각하면 생살이

갈기갈기 찢기는 듯했지. 하지만 엄마와 딸 때문에 남편에게 종속되어 억압받으며 폭력에 길들어 살고 싶지는 않았어. 젊고 건강하니 무슨 일인들 하여 당당하게 홀로 서리라.

"우리 이혼합시다!"

이혼을 선포하고 그 밤에 가방을 싸 들고 집을 나왔지. 딸이 눈에 밟혀 눈물이 앞을 가리고 발걸음이 떨어지지 않았어. 그래도 마음을 다잡았어. 내 생활이 안정을 찾으면 딸을 데려가리라. 택시를 타려는데 그가 언제 따라왔는지 가방을 잡았어. 어린 딸 때문에 이혼은 못 하리라 생각했는데 막상 가방을 들고 나가니 그제야 사태의 심각성을 깨닫고 좇아 나온 거지.

"우리 주현이를 엄마 없는 자식 만들 거야? 내가 잘못했어. 용서해줘."

그는 길가에서 무릎을 꿇고 용서를 빌었어. 앞으로 반성하면서 가정적인 가장이 되겠다고, 속는 셈치고 한 번만 믿어보라고. 무릎까지 꿇고 애원하니 그를 믿어보기로 한 거야.

"새아가야! 부부가 살다 보면 때리고 맞고 별짓 다 한다. 부부싸움은 칼로 물 베기라는 말도 있잖니. 여자인 네가 참아라. 나도 영철이 아버지한테 많이 맞고 살았다. 다른 여자들 다들 잘 살 거 같지? 속내 들여다보면 남편한테 맞고 사는 여자들 천지다."

시어머니는 남편이 아내한테 가하는 폭언이며 폭력을 사회적 통념으로 인식했어. 그러니까 시아버지에게 맞고 살아온 시어머니는 세상 모든 여자는 남편들한테 맞고 사는 게 당연하다고 생각하는 거지. 즉 남편이 아내한테 폭력을 가해도, 혼외 자식을 데려와도, 바람이 나서 가정을 버려도, 남자들이 여성을 상대로 벌이는 그 어떤 행위도 남자니까 남자다움으로 정당화되고, 여자는 남자의 어떤 행위도 묵인하면서 참는 게 미덕이라고 생각하는 시어머니께 폭력은 어떤 경우에라도 정당화될 수 없고, 여자에게 참음을 강요하는 사회적 통념을 받아들일 수는 없는 거라고 말할 수가 없었어. 사회적 통념이 삶의 진실이라고 머릿속 깊게 뿌리박힌 사람에게 잘못된 통념이라는 걸 일깨우기란 힘든 일이었기에.

"남자는 육십이 넘어도 철부지라고 하잖니."

남자는 꼬부랑 할아버지가 되어도 꼬부랑 아내에게는 언제까지나 철없는 어린아이 남편인 거였어. 나는 시어머니 이전에 철부지 남편의 비위를 맞추며 굴곡진 인생의 강을 건너온 한 여성과 마주 섰고, 남편한테 한평생을 맞고 살았다는 시어머니의 인생이 참으로 애잔했지. 우리 여자들은 왜 남자들한테 맞아도 항변하지 못하고 침묵하고 참으며 살아가고 있을까. 엄마처럼 살지 않으리라 다짐했건만 나도 엄마 인생과 닮아가고 있는 나를 보고 있었던 거지.

"엄마, 가지 마!"

딸이 고사리 두 손으로 내 얼굴을 쓰다듬으며 옥구슬 같은 눈물을 뚝뚝 흘리는데 가슴이 찢어지는 것만 같았어. 나는 어린 딸을 가슴 깊이 쓸어안고 다짐했지. 보석 같은 딸 눈에 눈물 나지 않게 하리라. 오직 딸 하나만을 위하여 살리라.

이혼 소동으로 남편은 한동안 나에게 무척 조심하려 애썼지. 그러나 몇 달 지나지 않아 폭언을 일삼았고, 만취가 된 날이면 어김없이 폭력을 행사했어. 남편에게 맞는 날은 당장 이혼하리라 각오하지만 막상 이혼하려니 용기가 나지 않았어. 아직은 어린 딸을 양육하면서 무슨 일을 하며 먹고살아야 하는지 자신이 없었어. 더군다나 이혼녀 주홍글씨를 새기고 세상 나서기가 두려웠어.

남편의 폭력을 남자는 원래 그런 동물이다, 라며 묵인하며 살 수는 없다. 한 남자의 아내 이전에 존엄성을 가진 한 인간으로서 존중받는 인생으로 살리라던 나의 굳은 결심은 실행단계에서 매번 무너졌어. 그러니까 현실에 주저앉아 버린 거지.

남편은 대를 이어야 한다고 섹스를 요구했고, 아들을 낳으면 좋아질까. 혹시나 해서 자식을 낳아보려고 했지만, 그에게 어떤 희망도 기대할 수가 없었어. 아들 아니라 아들 할아비를 낳아도 그는 개과천선할 사람이 아니라는 판단이 내려졌어. 나는 아기 낳는 기계가 아니다. 폭언을 일삼는 남편의 대를 이어주려 아기를 낳지 않으리라. 모자보건센터에 가서 난관 수술을 받았지.

나는 남편의 그늘에 갇혀 사는 여자가 되지 않으리라. 틈틈이 취업을 알아보았지만 쉽지 않았어. 결혼하면서 직장을 그만두니 경단녀가 되었고, 아줌마를 받아주는 곳은 없었지. 취업하려고 무던히 노력했고, 딸이 네 살 되던 해에 드디어 취업이 되었어. 대형할인점에서 각종 물품을 정리하는 단순 작업이었어. 하루 4시간 파트타임이라 급여가 적어도 취업을 했다는 것에 무척 기뻤지.

직장생활은 나에게 활력이 되었고, 나 자신에게 당당했어. 물론 시어머니 생일날이나 시아버님 제삿날엔 난감했지. 직원들에게 사정을 이야기하고 교대근무를 하면서 성실하게 근무한 때문인지 1년이 지나 정규직이 되었지.

어느덧 딸은 초등학교 3학년이 되었고, 평소 심장병을 앓았던 시어머니는 딸이 3학년이던 해에 감기를 앓다가 급성폐렴으로 돌아가셨어.

"엄마가 살아생전 아들 손자를 얼마나 보고 싶어 했는지 알아?"

그는 왜 아이가 생기지 않느냐고, 혹시 피임약을 먹는 거 아니냐며 시시때때로 온 집안을 발칵 뒤집어 피임약을 찾으려고 혈안이었지. 아들 낳아서 멋지게 키워 보자고, 판검사 아들이 보고 싶다며 아들을 낳자고 강요했어.

"당신이 생각하는 멋진 아들이 판검사야?"

눈에 넣어도 아프지 않은 어여쁜 딸을 두고 있으면서 아들을 낳아 멋지게 키우고 싶다는 남편을 도저히 이해할 수 없었어. 딸은 자식 아니냐고, 당신이 생각하는 멋진 자식의 기준이 뭔지 모르겠지만 딸도 멋지게 키울 수 있다고 했지.

"아들하고 딸하고 똑같아?"

그는 딸은 시집가면 남의 자식이 되는 거고, 아들은 집안의 대를 이어준다고 했어.

"아무리 씨가 좋으면 뭐해. 밭이 자갈밭인데!"

남편은 나를 탓했고, 새벽에 귀가하는 날이 잦아지더니 외박하는 날이 점점 많아졌어.

"영선아~ 내가 너를 얼마나 사랑하는데…"

어느 날 만취해 귀가한 남편이 옷을 훌훌 벗어 던지며 나를 안고 씩씩대면서 여자 이름을 애타게 불렀어. 나를 상간녀로 착각한 거지.

남편에게 상간녀가 있다는 걸 알고 나는 남편과 이혼하기로 했어. 그간 이혼할 용기가 나지 않았지만, 여자가 있다는 걸 알고 나니 그와 부부로 살고 싶지 않았어. 아비지가 순자 엄마와 살아도 아버지의 부인으로 사는 엄마처럼 살지 않으리라. 내 삶의 주인은 나다. 남편이 무슨 짓을 저질러도 참으며 길들어 사는 여자로 살지 않으리라. 직업이 있으니 홀로서기에 자신감이 생겼어.

엄마, 엄마는 날 보고 야간대학이라도 다녀라. 여자도 배워야 한다. 여자도 직업이 있으면 자신감이 생긴다고 했잖아. 사실 그때는 엄마가 한 말이 무슨 뜻인지 제대로 이해하지 못했어. 그런데 내가 돈을 벌어 육신을 먹여 살리게 되니 엄마 말이 온전히 이해되었어. 나는 상간녀를 언급하며 남편에게 이혼을 요구했지.

"남자가 한눈팔 수도 있는 거지. 남자는 바람피워도 가정은 지킨다고!"

남편은 남자가 사회생활을 하다 보면 외도할 수도 있다고, 부부가 한평생을 살면서 어떻게 매일 웃고만 사느냐고, 뺨 몇 대 때린 게 폭력이냐고 그러면서 내 사전에 이혼은 없다고 했어.

"당분간 해외 근무를 할 거야."

해외파견 근무자 요청이 들어왔는데 망설이고 있었다면서 이혼을 하느니 차라리 해외 근무를 하겠다고. 합의이혼을 해주지 않으니 어쩔 수 없었고, 남편이 해외로 나감으로써 자연스레 별거가 된 거지.

"주현이 성적으로 인서울이 가능하기나 해?"

딸은 초등학교 6학년이 되었고, 남편은 딸을 국제학교에 보내자고 했어. 영어 잘하면 한국 명문대에 특례입학 할 수 있다면서. 그는 딸을 잘 가르쳐 의사나 법조계에서 일하는 사람이 되길 꿈꾸었던 거지.

남편의 기대만큼 딸은 공부 잘하는 아이가 아니었어. 내가 생각하기에도 딸의 성적으로 보아 명문대학에 들어가기는 어려웠지. 그가 자식을 통해 이루고 싶은 꿈이 있듯, 솔직히 나도 내 딸이 명문대를 졸업해 좋은 직업을 가졌으면 하는 바람이 간절했어. 남편의 뜻에 동의했고 딸은 초등학교를 졸업하고 남편이 있는 태국의 한 국제학교에 입학했지.

"생활비 못 보내니까 그렇게 알아!"

그는 날 보고 집구석에서 탱자탱자 놀지 말고 하다못해 쓰레기를 주워 팔아서라도 딸내미 학비를 보태라고 했어. 해외 근무하면 수당까지 받아 급여가 많은 것으로 알고 있지만, 그는 급여 액수를 알려주지 않았고 나는 알려고 하지도 않았어. 우리 형편에 유학은 어림도 없지만, 맞벌이하니 딸의 유학비는 감당할 수 있었던 거지.

"자식 교육을 어떻게 했기에 애가 저 모양이야? 공부는 안 하고 그림만 그리고 있다니까. 신선놀음하라고 돈 처들여 국제학교에 보내는 건 줄 알아! 전 과목이 빵점이야 빵점!"

그는 만취가 되면 한밤중에 전화해서는 내가 자식 교육을 방임해서 딸이 자기 주도적 학습을 안 한다고 질타했어. 한국에서 한국말 하고 한국어로 공부하던 아이가 영어로 시험을 보면 빵점은 당연한 결과인데도 그는 나의 자식 교육만을 탓했어.

딸은 노력한다고 했지만, 남편의 기대에는 미치지 못했지. 딸이 해외로 간 지 2년이 지난 어느 날 한밤중에 남편한테서 전화가 왔어.

"곱상한 여자가 있었어. 타관살이 외로우니까… 여친이었지. 내가 남잔데 어떻게 참냐… 뭐 사랑은 아니고 그냥 본능이었지… 임신을 했는데 4개월이 넘었대나. 아들… 낳으면 키워 줄 수 있지?"

남편은 담배를 피우는지 중간중간 말이 끊겼는데, 요점은 혼외 자식을 키워 달라는 말이었어. 엄마 시대에 있었던 여자의 인생이 내 인생에서도 일어나고 있었어. 남편은 지금 어느 시대를 살아가고 있는 것일까. 만일 내가 다른 남자와의 사이에서 아기를 낳아 우리 부부의 호적에 올려 달라고 한다면 저 남편은 뭐라고 할까. 아무리 그와 내가 부부로서 정이 없어 별거한다 해도 실수다 등의 변명이나 죄책감 하나 없이 당당하게 혼외 자식을 키워 달라니. 나는 혼외 자식을 키워 줄 수는 없다고 했어. 한마디로 거절하니 그의 반응이 더 가관이었어. 혼외자를 키워 주지 않으면 아들 낳아 준 젊은 여자와 동거를 공식화하겠다는, 이를테면 양자택일하라는 엄포에 코웃음이 절로 났어. 이혼하자고 하면 내가 바지 붙잡고 이혼만은 하지 말자고 애원할 줄 알았나 봐. 부부간의 모든 선택권은 다 남자한테 있다고 생각하고 있는 남편이 참 우습게 여겨졌어.

"우리 원래 이혼하려고 했었잖아. 그런데 당신이 해외발령 받은 거고. 어차피 우린 무늬만 부부였잖아!"

내 말에 그는 불같이 화를 내면서 자기 인생에 이혼은 없다며 전화를 끊어버렸지.

"엄마, 아빠가 기숙사 들어가라고 해서 부랴부랴 기숙사로 들어왔어."

남편의 여자친구가 임신했다는 소식을 들은 지 한 달이 조금 지나 딸이 알려왔어. 기숙사에 한국 친구들은 몇 명 없다면서 남미에서 온 여자 아이와 룸메이트가 되었다고.

"눈썹, 콧구멍, 입술, 얼굴에 피어싱이 주렁주렁 달렸는데 잘 어울리는 친구야. 엄청 부잣집 딸이라는 소문이 자자해. 얼마만큼 부자인지는 관심 없고 성격이 활달한 친구라서 좋아."

룸메이트의 딱 한 가지 흠이라면 멜랑꼴리한 냄새가 나서 머리가 아픈데 부자 티 안 내는 좋은 친구라고. 딸은 그런대로 기숙사 생활에 적응해 가는 거 같았고, 우등생은 아니지만 열등생은 면한 거 같았어. 딸이 기숙사로 들어간 지 5개월여가 지난 어느 날 오후 그한테서 전화가 왔어. 조금 전에 그녀가 아들을 낳았다고.

"딸이면 양육비나 주려고 했는데 아들이네… 역시나 키워 줄 수는 없겠지?"

딸이면 양육비나 주려고 했다는 그의 말을 듣는데 '쌍놈아!'라는 욕지기가 턱밑까지 차오르는 것을 억지로 참았어.

"당신이 소망하던 아들을 낳은 여자야. 어린 여자 상처 주지 말고 존중하면서 아들 잘 키우며 잘 살아!"

나는 어떤 경우에라도 혼외자를 키워 줄 수 없다고, 하루라도 빨리 이혼하고 아기를 호적에 올리라고 했어. 남편은 즉답을 피하며 웃었어. 아들이라 좋다는 웃음인지, 아들을 얼른 호적에 올리고 젊은 새 부인과 잘 살라는 나의 진심이 눈물겹도록 고마움인지 뜻을 알 수 없는 웃음을 흘렸어. 핳핳핳…. 빵빵빵~ 자동차 클랙슨 소리가 시끄럽게 들려오고, 그의 웃음소리가 저 멀리 밀려가는 썰물처럼 점점 멀어져 갔어. 핳핳핳…

5

전통문화에 노예가 된 그녀들

엄마, 어젯밤은 뜬눈으로 지새우다시피 했어. 딸 생각만 하면 자다가도 벌떡 일어날 판인데 어찌 잠이 올 수 있겠어. 머릿속은 딸 걱정이 태산 같은데 딸한테서는 잘 도착했다는 전화 한 통이 없네.

전화통에 불이 날 지경으로 전화를 걸어대도 그때마다 전화기가 꺼졌다는 앵무새 소리만 들려왔지. 신경을 곤두세워서인지 갱년기 증증이 가중되어서인지 가슴이 벌렁벌렁 뛰다가 일시에 딱 멈추며 숨이 잘 쉬어지지 않았고, 얼굴이 화끈거리고 온몸은 불이 날 것처럼 뜨겁다가 땀이 나기도 했지. 자는 둥 마는 둥 하다가 잠시 눈을 붙였다가 뜨니 7시가 넘어 있었어. 부랴부랴 딸한테 전화부터 걸었지. 역시나 전화기가 꺼졌다는 코멘트가 들려왔어. 전화기는 왜 먹통일까. 바다 건너에서 무슨 일이 일어난 걸까. 딸의 남자친구는 어떤 성품의 청년일까. 진실한 청년일까. 무엇보다도 내 딸을 진심으로 사랑하기는 하는 걸까. 딸의 아버지처럼 성격이 불같고 폭력적일까. 혹시 남자친구와 싸움이라도 해서 전화기를 꺼놓은 것일까.

첫 번째 남편한테서 남자들의 심리가 여성을 성적 즐김으로 여긴다는 말을 들어서인지 딸의 남자친구 인성에 의심만 품었어. 눈에 넣어도 아프지 않은 내 딸은 사랑한다는 그놈의 감언이설에 속아 몸 주고 마음 주고 있는 건 아닐까. 별의별 생각이 다 들었어.

나는 진심으로 바랐지. 두 선남선녀가 서로 사랑하여 결혼에 골인하면 금상첨화이리라. 그러나 사람의 앞날은 기약할 수 없는 것. 두 사람의 사랑이 설령 결혼에 이르지 못할지라도 사랑 하나만을 위하여 서로 사랑하기를. 그 청년의 인성이 여성을 즐김의 대상으로 보지 않는 진실한 사람이기를. 하여 내 딸을 금이야 옥이야 아껴주고 순수한 마음으로 뜨겁게 사랑하는 청년이기를.

시간은 정오를 향해 달려가건만 딸의 전화는 계속 먹통이니 불안하고 속에서는 천불이 났어. 그렇다고 내가 할 수 있는 건 아무것도 없었어.

엄마, 딸이 남자 문제로 내 속을 썩일 줄은 꿈에도 몰랐네. 자식 농사는 부모 뜻대로 되지 않는다고 하더니 정말 딱 맞는 말이네요. 직업도 그래. 공무원이나 회사원이 되기를 바랐지. 내 말은 귓등으로도 듣지 않고 그림만 그리더니 그림 그리는 일을 하지. 요즘 말로는 웹툰 작가라고 하는데, 옛날 말로 하자면 만화라고 생각하면 돼. 만화가 예술이잖아. 예술 하는 사람들이 가난하게 사는 거 엄마도 알잖아. 그 많고 많은 직업 중에 하필 굶어 죽기 딱 좋은 만화라니.

엄마는 내 젊은 시절의 꿈이 뭐였는지 알아? 시인이 되고 싶었다우. 시인이 되면 돈도 많이 벌고 남들이 우러러보는 줄 알았지 뭐유.

"말 망아지만 한 게 집구석에서 빈둥빈둥 놀지 말고 취업해 돈 벌어 시집가야지!"

고등학교 졸업하고 소읍에서 취업하려고 이력서 들고 여기저기 다니길 10개월여. 외삼촌은 다 큰 게 왜 집에서 놀고 있느냐고, 여기저기 수소문하더니 수원에 있는 인형공장에 경리보조로 취업을 시켜 주었지.

"여자도 배워야 한다. 월급 타면 저축해서 돈 모아 야간대학에 다니거라!"

엄마는 여자에게 대학 졸업장은 자신의 삶을 당당하게 살아가기 위한 중요 수단으로 생각했지. 그러나 정작 나는 대학 졸업장이 하나도 중요하게 여겨지지 않았어. 시인이 되면 돈도 잘 벌고 명예도 있고 멋지고 낭만적이라고 생각했으니까.

퇴근 후엔 집 안에 틀어박혀 문예지에 등단하려고 숱한 밤을 지새웠지. 그때만 해도 컴퓨터라는 게 없던 시설이잖우. 원고지 쓰고 찢고 쓰고 찢고 아침이면 방바닥에 구겨진 원고지가 수북이 쌓였었지. 어느 유명한 소설가는 말했어. 습작 원고가 자기 키만큼 쌓여야 비로소 좋은 글이 나온다고. 찢긴 원고 뭉치가 방바닥에 쌓이면 쌓일수록 내심 흐뭇했어. 시심이 깊어지는 것으로 착각하고 말이야. 시인이 되겠다는 열정으로 밤새 시를 쓰고 숱한 공모전에 도전했지만 모두 떨어졌지.

외삼촌이 취업을 시켜 준 곳이 미숙이가 일하는 사무실이었잖아. 미숙이는 경리의 프로였고, 나는 미숙이가 시키는 일을 하는 졸병이었지. 미숙이와 같이 일하고 원룸에서 같이 지낸 룸메이트였지. 그 미숙이가 원고지 쌓인 뭉치를 보고 글쎄 뭐라고 했는지 알아요?

"시인이 개나 소나 다 되는 줄 아는 모양인데 착각하지 마라! 그리고 예술이 얼마나 배고픈 직업인 줄 아니? 시인이 낭만처럼 여겨지나 본데 낭만도 배가 불러야 낭만이다. 속담에 사흘 굶어 남의 집 담장 안 넘어가는 사람 없다고 했어. 먹고사는 문제는 현실이야. 손가락 빨면서 낭만 찾을래?"

내가 시인이 된다면 미숙이는 대한민국 최초로 여성 대통령이 될 거라나. 그러면서 글쎄 꼬부랑 어르신들 붙잡고 물어보라는 거야. 젊은 시절에 시인이나 소설가가 되고 싶지 않았던 사람이 어디 있었겠느냐고. 지나가던 강아지가 다 웃을 꿈은 머릿속을 똥으로 가득 채우겠다는 징조이므로 하루빨리 때려치우라고. 무엇보다도 나는 예술가 기질이 없다고. 낭만은 소나 갖다 주라면서 정신 차리라고 따끔한 충고를 했어. 당시에는 꿈을 야멸차게 짓밟은 미숙이가 엄청 야속했는데 이제 와 보니 그 친구 말이 꼭 맞았지 뭐유.

친구의 충고를 원망하면서 시인의 꿈을 접고 엄마의 당부대로 늦깎이 공부를 시작한 거지. 그래서 미숙이는 잘살고 있느냐고? 그럼. 바로 앞에서 내 가슴을 마구 할퀴어 대던 미숙이는 일찍이 결혼했어. 재테크에 눈뜨더니 아이를 둘러업고, 하나는 손에 걸리고 종횡무진 부동산 분야에 발품을 팔더라고. 열댓 번은 넘게 집을 사고팔고 이사를 하더니 10억 원이 넘는 자산가가 되었고, 나는 빈털터리에 두 번 이혼녀가 되었네. 이 말을 왜 하느냐면 나는 엄마나 친구 말을 잘 들어 시인을 때려치우고 공부를 했다는 거지. 그런데 딸은 내 말을 귓등으로도 듣지 않아. 누구를 닮아서 똥고집에 황소고집인지. 아무래도 제 아비를 닮은 거 같지 않우? 그러면 딸이 웹툰 작가가 되어 세상에 이름을 떨치고 사느냐고? 이름 날리는 게 그리 쉬운 일이유. 근근이 벌어 제 육신 겨우 먹여 살리느라 바쁘지.

요즘은 웹툰 작가가 인기 직종이라는 말은 들었어. 인기 직종이라고 모든 사람이 다 잘되고 돈과 명예를 얻는 것은 아니잖우. 엄마도 잘 알다시피 인생이 어디 마음대로 되우. 어느 직종이나 상위 1%나 돈도 벌고 명예도 있는 거고 나머지는 근근이 살아가는 게 인생사잖우. 딸도 이름이 알려진 작가가 아니니 벌이가 신통치 않아. 작년에는 요즘 유행하는 이모티콘을 출시했는데 그다지 반응이 좋지는 않았어.

"첫술에 배부른 건 세상 어디에도 없다."

프리미엄은 그냥 얻어지는 것이 아니라고, 욕심내지 말고 열심히 하다 보면 좋은 일도 생기는 거라고 격려했지만 근근이 살아가는 걸 보면 아쉬울 때가 많아. 애니메이션 공부한다고 유학 때려치울 때 강력하게 말릴 걸 그랬나. 내 친구 딸은 유학 마치고 한국에 돌아와 대기업에 취업해 승승장구하고 있대. 내 딸도 배고픈 예술 하지 말고 직장인으로 살았으면 어땠을까 하는 아쉬움이지.

사람은 자기가 좋아하는 일을 하며 살아야 행복하다고 말들 하지만 솔직히 좋아하는 일하며 사는 사람이 몇이나 되겠어. 다들 먹고살기 위해서 하고 싶은 일 때려치우고 사는 거잖아. 누군들 꿈 없고 희망 없겠어. 자식 이기는 부모 없다고 자식이 간절히 원하니 져주는 거고, 나는 꿈 찾아 살지 못했으니 자식만이라도 하고 싶은 일을 하며 살게 해주고 싶은 게 부모 맘이잖우. 나 역시도 딸이 좋아한다고 하니, 행복하다고 하니 배고픈 직업이라는 것을 뻔히 알면서도 적극적으로 말리지 못한 거지.

"엄마, 돈은 벌리지 않는데 월세 내는 날은 왜 이렇게 빨리 돌아와~"

딸은 월세 내느라 등골이 휜다면서 죽을 지경이라고 신세 한탄을 늘어놓을 때가 많아. 애니메이션 일이라는 게 월급쟁이처럼 꼬박꼬박 월급 나오는 것도 아니고 프리랜서로 하는 일이니 늘 허덕대지. 서른을 코앞에 두고도 저축 한 푼 못 하고 겨우 제 육신만 먹여 살리는 꼴을 보고 있으면 내 속이 속이 아니야. 예술은 가난한 직업인데 평생을 저축 한 푼 못 하고 허덕이며 살면 어쩌나. 예술이고 나발이고 당장 집어치우라고 열댓 번도 더 소리치고 싶어. 근데 어떡하우. 지가 좋아한다는데. 그림을 그릴 때만이 살아있음을 느낀다는데. 그렇다고 내 딸이 못나서 저축도 못 하고 허덕대며 사는 건 아니라우. 요즘 젊은이들 대부분이 내 딸처럼 힘들게 살아.

엄마, 요즘 젊은이들이 대한민국을 뭐라 부르는 줄 알아요? 헬조선이라고 해. 경제는 날로 나빠지고 청년들의 취업 문은 바늘구멍이니 지옥 같은 시대를 산다는 거지. 헬조선을 살아가는 청년들 경제력이 없으니 독립하지 못하고 부모한테 얹혀사는 청년들을 일컬어 캥거루족이라 하는데, 내 또래의 부모들은 취업도 못 한 장성한 캥거루 자식 용돈까지 주는 경우도 허다해. 어찌 되었거나 내 딸은 재혼한 엄마 짐 덜어주려고 일찌감치 독립해 나한테 손 벌리지 않고 살고 있으니 고맙지.

저축은 못 해도 제 몸뚱이 먹여 살리려고 발버둥 치는 딸을 응원해주면서 누누이 말했어. 예술이든 무슨 일이든 세상에 힘들지 않은 일은 어디에도 없다. 남의 주머니에 들어가 있는 돈 빼내오는 게 보통 힘든 일이 아니다. 인생을 어영부영 사는 사람만 되지 말아다오. 돈 잘 벌지는 못할지라도 바른 마음을 가지고 열심히 최선을 다하는 삶을 살아가는 성숙한 사람이 되기를.

나의 소망대로 딸은 자기 분야에서 열심히 살아간다고 믿어 의심치 않았어. 전화 한 번을 하지 않아도 바쁘겠거니, 내가 전화해서 안부를 묻곤 했지. 내가 뭐 지가 보고 싶어 전화했겠어. 대한민국에 범죄가 좀 많이 일어나우. 특히나 혼자 사는 젊은 여성들은 성범죄의 사각지대에 놓여 있잖아. 금쪽같은 내 딸 걱정되니 안부 전화 하는 거지. 사실 딸이 작품전시회 준비하느라 눈코 뜰 새 없이 바쁘다 하길래 새 이모티콘 작업하느라 머리를 싸매고 있는 줄 알았지 뭐유. 내일을 위해 한 걸음 한 걸음 가고 있구나 백 퍼센트 믿었는데 남자친구나 만나면서 룰루랄라 띵까띵까 살고 있을 줄을 누가 상상이나 했겠냐고.

남자친구가 있었다는 것에 화가 나는 건 아니라우. 남자친구는 당연히 있어야지. 딸 말대로 빛나는 청춘이니까. 내 말은 남자친구를 사귀어도 결혼 전까지는 건전한 친구로, 그 이상의 선을 넘어가지 않기를 바랐던 거지.

엄마, 연락 없는 딸은 지금 꿀맛 같은 행복에 젖어 있겠지? 그런데 왜 나는 딸의 여행이 최고속도 330km/h로 달려가는 불행의 KTX를 탄 것만 같이 불안하고 불안한지 모르겠어. 그나저나 딸은 안전하게 잘 지내고 있는 걸까. 통화가 되지 않으니 답답하고 걱정이 이만저만이 아니었어. 딸의 전화를 기다리고 있는데 불현듯 동료직원이 했던 말이 불쑥 떠오르는 거야.

"아들 가진 엄마도 딸 가진 엄마들처럼 걱정을 태산같이 할까?"

그녀의 마음이 지금의 내 마음과 한 점 다르지 않네. 딸의 미래를 생각해 보면 뭔가 손해 보는 것만 같고 억울하고 속만 들끓어댔어.

딸한테서는 전화도 없고 치밀어 오르는 화를 잠시나마 환기하려 텔레비전을 켰다가 기절할 뻔했어. 데이트 폭력을 당하던 여성이 남자친구에게 이별을 통보했는데 글쎄 이별 통보에 격분한 남성이 여성을 살해했다는 뉴스였어. 그 뉴스를 보니 딸의 안부가 더더욱 걱정되었지. 내 지청구가 듣기 싫다고 전화기를 아예 꺼놓았다고 해도 이렇게 오래도록 전화기를 꺼놓을 리가 없는데. 남자친구랑 알콩달콩 잘 지내고 있다면 전화기는 왜 이렇게 장시간 꺼져 있을까. 남자친구랑 싸움이 벌어져 폭력을 당해 머나먼 타국에서 사경을 헤매고 있는 건 아닐까. 실종신고를 해야 하나. 불길한 예감은 들불처럼 번졌어. 노심초사, 애면글면하면서 딸에게 전화 걸기를 수십 번. 꺼져 있던 전화는 2시가 넘어가자 발신음이 들리는데 세상에 로또복권 당첨된 것보다도 더 기뻤어.

"여, 보세…"

딸이 비몽사몽 전화를 받았어. 딸 걱정에 한 밤을 뜬눈으로 꼬박 지새우며 애간장을 태우고 있는데 딸은 한가하게 자빠져 자고 있던 거야.

"이것아~ 전화통은 왜 꺼놔~ 내가 태국까지 쫓아갈까 봐~"

나는 기차 화통 삶아 먹은 목소리로 소리 질렀지. 전화기가 꺼져 있을 때는 제발 살아만 있어 다오. 그래. 네 나이 스물아홉. 저 하늘의 별처럼 빛나는 나이에 사랑, 낭만 없이 빛나는 청춘을 보낸다면 사막이지. 꽃다운 나이에 사랑만큼 찬란하고 가치 있는 게 또 어디 있으랴. 젊은 시절 누구나 다 통과했던, 심장을 내주고서라도 지켜내고픈 절절한 사랑. 그 애절한 사랑에 둘만의 달콤한 여행 다 이해한다. 제발 살아서 무사히만 돌아와다오. 딸이 무사하다면 설령 남산만 하게 배가 불렀다 해도 만사 허락하리라 했는데 막상 딸이 전화를 받으니 하해와 같은 넓은 아량으로 품어 안으리라던 나와의 약속은 물거품이 되어버리는 거야. 비몽사몽 딸의 목소리를 들으니 부아가 치밀어 오르지 뭐예요.

"지금 2시가 넘었어! 하루해가 지게 생겼는데 아직 자빠져 자!"

나는 딸이 말도 하기 전에 속사포로 쏘아댔지. 백주까지 한가하게 자는 딸이나 딸의 남자친구나 둘 다 한심하기 짝이 없었고, 나의 이십 대와 비교해보자니 더더욱 열불이 났어.

엄마도 알잖아. 내가 이십 대를 얼마나 열정으로 살았는지. 새벽에 일어나 단과 학원 가고 낮에는 일하고 퇴근해서는 야간대학을 다녔잖우. 나의 부지런함을 이야기하면 케케묵은 꼰대 발언은 그만하라고 할 테니 제쳐 두지만, 요즘에도 주경야독하는 젊은이들이 왜 없겠어. 딸이 대낮까지 퍼질러 자고 있으니 울화통이 터진다는 거지. 엄마도 알다시피 해 아래 거저 얻는 사과는 어디에도 없잖우. 사과 하나를 얻기 위해서는 피나는 노력을 해야 하는 게 세상 이치라는 거지. 세상천지 어딜 둘러봐도 입안에 거저 떨어지는 감은 없잖우. 사실 딸이 남자친구와 여행 떠나기 전까지만 해도 요즘 젊은이들이 헬조선을 살아가고 있는데 딸은 그런대로 제 앞가림 잘하며 살아가고 있구나. 기특하게 여긴 건 사실이지. 그런데 남자친구와 여행을 가니 그동안의 치적은 하나도 없고 모든 게 마음에 들지 않았어. 밤낮 개념 없이 대낮까지 퍼질러 자는 딸이 한심하게 여겨졌던 거지.

"벌건 대낮에 잠이 오니?"

나는 입안에서 맴도는 말을 내뱉고야 말았어. 여행 가서 늑장 좀 부리면 뭐 어떻다고 기어이 한마디 하고 말았는지 나를 생각해봐도 참 유치했어. 유치함을 알면서도 정말 솔직한 심정 같아서는 한심한 것들아! 그렇게 대낮까지 퍼질러 자다가는 밥 빌어먹기에 십상이다! 막 퍼붓고 싶은 걸 억지로 참았다우.

"잠시만."

딸은 베란다로 나가서 전화를 받겠다고 했어. 기차 화통 삶아 먹은 내 목소리에 남자친구가 곤한 단잠에서 깰까 걱정하는 꼴이라니. 딸이 남자친구가 깰까 봐 이동한다는 말을 들으니 더더욱 화가 치밀어 올랐어. 결혼도 하지 않았는데 벌써 눈치나 보고 있는 게 억울하고 분통했던 거지.

"엄마, 나 일하러 온 거 아니야. 여행 왔어. 여행 와서도 꼭두새벽부터 일어나야 하는 거야? 어제 도착하자마자 전화해야 했는데 못 해서 울 희숙 씨가 단단히 화가 나셨구나. 엄마, 미안해."

딸은 전화 못 해서 미안하다고 생각하고 있었나 봐. 정작 내가 화가 난 건 결혼도 약속하지 않은 남자친구와의 여행이고 신변의 안전인데 말이야.

"아니 다행이다! 도착하면 잘 왔다고 전화를 해야지. 손가락이 부러졌니? 전화기는 놔뒀다가 국 끓여 먹을래?"

"엄마, 태국은 한국보다 2시간 늦어. 태국에 도착하니까 새벽 1시가 넘었어. 전화하려고 했는데 배터리가 없어 못 했어. 짐 찾고 숙소에 짐 풀어 놓고 나니 2시가 넘었어. 그래도 밥은 먹어야 할 거 아냐. 밥 먹었으니 간단하게 커피라도 한 잔 마셔야겠더라고. 바닷가에 나갔지. 야경이 은은하게 물들인 바닷가를 바라보니 맥주 생각이 간절하잖아. 시원한 맥주 한 잔 마시며 야경 빛으로 일렁이는 밤 바닷가를 구경하다가 숙소에 들어와 보니 4시가 다 되었더라고. 피곤하니 지금까지 자는 거고. 그래도 엄마가 전화할까 봐 배터리 충전해서 전화기 켜 놓았는데 엄마는 왜 화부터 내고 그래?"

"효녀 났네! 효녀 났어!"

비행기에서 내리자마자 잘 왔다고 전화를 해야 하는 건 당연지사. 해야 할 것은 까마득하게 잊어버리고 남자친구와 새벽까지 낭만이란 낭만은 다 찾았잖아. 그러면서 끔찍하게 내 생각하는 것처럼 말하는 딸이 어이가 없었어. 정말이지 누가 들었으면 효녀 상은 떼 놓은 당상이었어.

"엄마, 남자친구랑 여행 왔어. 여행 왔는데 늑장 좀 부리면 안 돼? 여행은 일상에서의 스트레스를 날려버리는 힐링이야!"

"힐링 같은 소리 하고 자빠졌네. 이년아, 뉴스에서 뭐가 났는지 알아? 데이트 폭력 당하던 여자가 살인 당했대. 어제저녁부터 지금까지 통화가 안 되는데 엄마가 잠이 오겠니. 너처럼 편안하게 두 다리 쭉 뻗고 잠이 오겠냐고?"

"엄마, 내가 그랬지. 엄마는 상상력이 문제라고. 그때도 그래서 난리가 났었잖아. 엄마의 괴상한 상상력 때문에 귀중한 공권력이 쓸데없이 낭비됐었잖아!"

세상에나. 내 딸이 효녀에다 애국자였네. 자식 걱정하노라고 한밤을 꼬박 지새운 어미 마음은 손톱만큼도 몰라주면서 효녀에다 애국자 타령을 하는 딸이라니. 기가 막히고 코가 막히다 못 해 코끼리가 하품할 일이었어.

엄마, 글쎄 딸이 짜증을 내면서 그때를 말하는 건, 딸이 서울로 독립해서 나간 지 5개월쯤 되었을 때의 일이었어. 엄마도 알다시피 요즘 세상이 얼마나 험악하우. 혼자 사는 여성 집만 골라 범행을 저지르는 못된 놈들 뉴스가 도배하잖아.

나는 하루에 한 번씩 전화해서 안부를 묻곤 했지. 장성한 딸이 혼자 살고 있는데 어미로서 하루하루가 걱정이잖아. 그런데 어느 날 딸이 전화를 받지 않는 거야. 두 번, 세 번 전화해도 받지 않으니 은근 걱정이 앞서지 뭐유. 전화를 받지 못하면 나중에라도 부재중 전화 확인하고 전화는 했었거든. 그런데 두 시간이 흘러가도 전화는 없고 받지도 않으니 기시감이 막 들면서 불안해지는 거야. 하필 그날도 남성이 헤어진 여성의 집까지 찾아가 여자친구와 엄마를 살해했다는 뉴스를 본 날이었어.

뉴스는 봤고 딸이 전화를 받지 않으니 불길한 생각이 들 수밖에. 혹시 내 딸도 남자친구 만나다 봉변을 당해 전화를 받지 못하고 있는 상황에 부닥쳐 있는 건 아닐까. 아들이라면 걱정 안 했을 거야. 그런데 딸이잖아. 이렇게 장시간 전화를 받지 않을 리가 없다. 필시 큰일이 났구나. 이렇게 판단하고 경찰에 실종 신고를 했던 거지.

실종 신고 2시간 넘어 딸과 통화가 되었는데, 글쎄 딸 하는 말이 여자친구랑 목욕탕에 가서 뜨끈한 물에 목욕하고 나니 졸음이 사르르 밀려왔다나. 그래서 황토방에 들어가 세상모르고 단잠을 잤다는 거야. 어찌되었든 무사하다니 다행이었지. 서늘한 간담을 쓸어내리는데 딸이 벌컥 화를 내면서 뭐란 줄 알아요?

"엄마는 쓸데없는 상상력이 너무 풍부해서 탈이야! 경찰에 신고하고 난리를 쳐서 얼마나 창피당한지 알아! 나는 엄마 품에서 벗어나고 싶다고~"

딸은 진즉에 엄마 그늘에서 벗어났는데 왜 자꾸 잡느냐고 했어. 여든의 부모가 예순의 자식에게 차 조심하라는 부모 마음을 내 딸은 언제나 헤아릴까.

"이년아! 너도 시집가서 더도 덜도 말고 꼭 너 같은 딸 낳아서 내가 속

썩었던 만큼만 썩어봐라!"

엄마가 나한테 했던 말을 내가 딸한테 그대로 하는데 나도 모르게 웃음이 났다우. 자식은 죽었다 깨어나도 부모 마음 모른다고 하더니 내가 지금 엄마 마음하고 똑같아. 엄마 말대로 자식 낳아 길러보니 부모 마음 알겠고, 자식이 상전이라더니 꼭 맞는 말이네. 하여튼 걱정되어 전화하면 딸은 또 뉴스 봤어? 제발 부탁하는데 이상한 상상 좀 하지 마. 그러면서 매정하게 전화를 끊어버려. 어찌 되었든 그때 그 사건 이후로 딸 걱정을 덜 하려고 노력해. 마음이야 자식을 가슴에서 내보내자고 해도 그게 어디 마음대로 되우. 부모 눈에 자식은 언제까지나 물가에 내놓은 애잖아. 자식들이 부모 마음을 모르니 섭섭한 거지.

"그리고, 네 아빠한테 남자친구랑 여행 간다는 말을 꼭 곧이곧대로 해야 했니?"

"일부러 전화한 건 아니야. 공항버스를 타려는데 아빠한테 전화가 왔어. 사실대로 말할 수밖에. 나는 거짓말 못 해. 그렇지 않아도 아빠한테 욕 한 바가지 얻어먹어 배불러. 엄마까지 보태지 마셔~. 나야말로 아빠한테 한바탕 하려다가 꾹 참았어. 내가 잘못한 게 뭐야? 사랑하는 남자친구랑 여행 가는 게 뭐가 잘못이고 숨길 일이냐고? 유부남을 사랑하는 것도 아니고, 나 미혼이고 남자친구도 미혼이야. 선남선녀가 사랑하는 것도 숨겨야 하는 거야?"

딸은 곧 죽어도 범죄를 저지른 게 없다고, 아빠한테 거짓말할 이유가 없다고 제 주장을 한 치도 굽히지 않는데 한숨이 저절로 흘러나왔어.

"아빠 세대의 성 의식이 너희 세대하고 똑같아? 너희 부모 세대들은 보수적이야. 특히 성 문제에 있어서는 더더욱 보수적이라고!"

“내가 대한민국에 여자로 태어난 것이 죄요, 윤희숙, 김영철 씨의 딸로 태어난 게 죄이옵니다~”

딸은 허난설헌의 시를 인용하며, 나는 잘못한 게 없으니 거짓말할 이유가 없다고 다시 한번 강조하면서 덧붙였어.

“어른들은 우리에게 말하죠. 이마빡에 피도 안 마른 시퍼런 것들이 세상 물정 모르고 날뛴다고. 우리 이마빡 피는 옛날에 다 말랐고 세상 물정 다 압니다. 다시 한번 말하지만 선남선녀가 여행 가는 건 그릇된 행동이 아닙니다. 처자식을 둔 아버지가 처녀와 섹스를 하고 자식을 낳은 것이야말로 비판받아야 하는 거지!”

딸은 또박또박 말했어. 어른들은 인생을 잘못 살면서 묻지도 따지지도 말고 무조건 자식들에게 어른들 말에 따르라고는 제발 강요하지 말아 달라고. 적어도 나는 아빠처럼 도리며 도덕적으로 저촉되는 인생을 살지는 않는다고.

“내가 아빠 인생을 배울 게 뭐가 있을까?”

“이년아! 부모 없이 하늘에서 뚝 떨어진 자식이 세상천지에 있는 줄 알아?”

나의 첫 번째 남편은 남편으로서 아버지로서 잘못이 크지만 그래도 딸은 아버지를 존경하는 마음을 가졌으면 했어. 그래도 딸을 낳아준 아버지잖아.

“나는 아빠를 아버지의 이름으로 존중해. 그렇지만 나를 낳아준 아버지의 행실을 보면서 존경의 마음이 들지 않아. 내 마음조차 간섭하지 말라고요!”

딸은 아빠에 대해서는 할 말이 태산 같다고, 그러나 국제전화로 할 말은 아니지 않냐고, 무엇보다도 지금은 너무도 피곤한 상태라 한숨 더 자야 한다고, 여행자의 게으름을 이해해 달라며 전화를 끊었어.

'지금 이 상황에 잠이 오니!'

한바탕 소리 지르고 싶었지만, 꾹 참았다우. 지금 자면 또 언제나 일어날까. 오도카니 앉아 전화기를 들여다보면서 딸 전화만 기다리다가는 심장마비로 죽을 거 같았어. 엄마 얼굴 본지도 오래되고 요양원으로 달려갔지. 엄마한테 갈 때 전화기를 집에 놓고 갔다우. 엄마한테 가서도 딸 전화 기다리느라 전화기만 들여다볼 거 같아서. 요양원 휴게실에는 많은 노인이 앉아 텔레비전을 시청하고 계셨어. 엄마처럼 치매 또는 질병으로 요양원에 모셔진 어르신들. 여느 때는 엄마도 다른 어르신들처럼 휠체어에 앉아서 텔레비전을 시청했는데 오늘은 엄마 모습이 보이지 않았어.

"어머니는 병실에 계세요."

간호과장님이 활짝 웃으며 물었어. 어디 아프냐고, 얼굴이 반쪽이 되었다고. 나는 빙그레 웃음으로 화답하고 병실로 들어갔지. 엄마는 휠체어에 앉아 창가 쪽을 바라보고 있었어. 눈앞에 텔레비전이 방영되고 있는데 보지도 않고 말이야.

여느 때처럼 엄마 운동을 시켜주려 보행보조기를 엄마가 앉아 있는 휠체어 앞에 놓았지. 엄마가 휠체어에서 자발적으로 일어나서 보행보조기 손잡이를 잡도록 유도하려고. 그런데 엄마는 일어날 생각조차 안 했어. 내가 부축해주니 힘겹게 일어나서 다리를 구부린 채로 보행보조기를 억지로 잡았어. 다리를 구부리니 보행보조기에 엉거주춤 매달린 자세가 된 거지.

"따님, 관절에 무리를 주면 안 돼요. 어머니가 더 힘들어하십니다."

간호과장님께서는 엄마를 보고는 깜짝 놀라며 말렸어. 노인들은 뼈가 약해 억지로 걷게 하다가는 다리가 부러질 수도 있다고. 간호과장님께 물었지. 울 엄마는 신체는 건강했는데 다리를 왜 구부리느냐고.

"치매가 심해지면 걷는 것도, 밥 먹는 것도 잊어버리십니다."

치매라는 망각의 병은 인간의 본능인 먹는 것조차도 잃어버린다는 말을 듣는데 마음이 너무 아프고 슬펐어. 그러니까 엄마는 망각의 병이 깊어져 걷는 것도 인지하지 못하고 자꾸만 다리를 구부렸던 거였어.

엄마, 엄마 별명이 뭐였는지 알아? 엄마를 번개 할머니라고 불렀다우. 치매 진단을 받기 전까지 엄마는 번개 할머니라는 별명으로 불렸을 정도로 농사일이며 무슨 일이든 척척 해냈어. 어디 농사일뿐일까. 온 산을 정원처럼 누비며 봄에는 고사리며 산나물, 가을에는 송이버섯을 한 바구니씩 땄고, 다람쥐도 울고 갈 만큼 곧게 뻗은 잣나무 상수리까지도 단숨에 올라가 잣을 따곤 했어. 그렇게 건강한 다리를 구부리다니. 정신적 육체적으로 건강했던 엄마를 걷는 것도 잃어버리게 하는 치매는 참 무서운 병이라는 생각이 드네. 혹여 엄마 다리가 부러지면 어쩌나. 팔에 힘을 잔뜩 주며 엄마를 안았어. 휠체어에 다시 앉히려고. 그런데 엄마가 한순간에 번쩍 들려 깜짝 놀라고 말았어. 엄마의 몸은 너무도 가볍다 못해 검불 같아 팔에 힘을 주지 않아도 번쩍 들렸던 거지. 그러고 보니 엄마는 얼굴도 몸도 뼈대만 남아 있었어. 생각해 보니 내가 엄마를 두 달 만에야 뵈러 왔네. 그 두 달여 만에 엄마는 급속도로 나빠져 있었던 거야. 야윈 엄마의 모습을 보니 속상하고 엄마의 세월이 야속하기만 했다우.

내가 사는 동네 근처 요양원에 엄마를 모신 건 자주 찾아뵙고 싶은 마음에서였어. 그런데 내 계획대로 되지 않았어. 자주 찾아뵙기는커녕 한 달에 겨우 한 번 엄마를 찾아뵈었지. 아들 둘이야 멀리 떨어져 사니 당연히 엄마를 뵈러 자주 올 수는 없지. 하지만 나는 지척에 살면서 나 살기 바쁘다는 핑계를 댔어. 한평생 자식 걱정만 하는 엄마는 내 사는 처지를 이해할 거라고. 엄마의 몸이 검불이 되어 가는 동안 나 살기 급급하였다는 자책감에 어찌할 바를 몰랐어.

"엄마, 엄마 딸 희숙이가 이제야 왔네~ 미안해요~"

엄마 귀에다 대고 큰 소리로 말했지. 엄마는 내 말을 알아들었을까. 나를 눈에 넣을 듯 바라보더니 갑자기 눈물이 주름 가득한 얼굴 위로 주르르 흘러내렸어. 엄마의 눈물이 내 가슴을 후벼 파는데, 아… 내 눈에서도 눈물이… 차마 엄마를 바라보지 못하고 고개를 숙이는데 별안간 엄마가 내 머리를 막 쓰다듬었어. 너무도 깜짝 놀라 얼른 고개를 들었지. 엄마가 눈물 가득 고인 눈으로 나를 지그시 바라보며 고개를 끄덕였어. 내가 어떤 처지에 놓여 있는지 꿰뚫고 있다는 눈. 그러니까 엄마는 망각의 병을 앓고 있지만, 딸이 두 번이나 이혼 도장을 찍고 광장에서 뭇 사람들의 돌팔매 맞은 딸의 아픔을 헤아렸던 거지. 그렇지요. 뼈대만 남았어도 그래도 엄마는 세 자식을 낳은 엄마니까, 엄마는 자나 깨나 자식이 잘 되기를 빌고 비는 사람이니까, 엄마는 자식의 목소리만 들어도 자식 고충을 짚어내는 초능력의 사람이니까, 망각의 병을 훌쩍 뛰어넘어 엄마의 자궁에서 열 달 품었던 자식의 처지를 단박에 알아채고 가슴으로 보듬어 안은 거지.

"엄마, 걱정하지 마~ 나 지금은 잘살고 있어."

금방이라도 쏟아지려는 눈물을 애써 참았어. 마음 같아서는 한세상 뜨겁게 살아왔고 이제는 세상 이치마저 모르는 한없이 작은 체구의 사람이 되어버린 엄마. 그래도 내겐 언제나 따듯한, 한없이 넓은 엄마 품에 안겨 엉엉 목 놓아 실컷 울어보고도 싶었어.

"엄마, 자주 뵈러 오지 못해 정말로 미안해요~ 앞으로는 자주자주 올게요~"

엄마 손을 꼭 잡았는데 엄마는 언제 나를 알아보았냐는 듯 내 손을 야멸차게 뿌리쳤어. 그러면서 나를 외면하고 창가 쪽으로 시선을 획 돌리는 거야. 엄마 행동에 어찌나 웃음이 나던지. 싫으면 싫다고 표현하는 대쪽 같은 성격은 변함이 없어서 말이야.

"엄마, 내일도 모레도 매일매일 올게요~"

엄마를 뒤로하고 집에 오자마자 휴대전화부터 들여다보았지. 혹시나 엄마한테 다녀오는 동안 딸한테서 전화가 왔을까. 그러나 딸의 부재중 전화는 없었어. 딸한테 전화하고 싶었지만, 꾹 참았다우. 오매불망 자식의 안위를 근심 걱정한다고 자식 인생이 달라지는 건 없다. 어차피 인생은 혼자 가는 길이다. 딸은 자기 인생 알아서 잘 살 것이고 나는 내 인생 잘 살면 되는 거다. 딸에게 향하는 걱정을 떨쳐내려 집 안 청소를 하는데 영숙이한테서 전화가 왔어.

"희숙아, 너는 아픈 데 없니? 나는 몸뚱이가 얻어맞은 것처럼 아프다! 갱년기라서 그런다는데 정말 힘들어. 오늘 쉬려고 반차 휴가 내서 집에 왔어. 남편이 회식 있어 저녁 먹고 온다니까 이게 웬 횡재냐 싶은 거 있지."

영숙이는 신나게 수다나 떨면서 즐겁게 지내자고 했어. 남자친구와 여행 떠난 딸을 생각하자면 숨이 턱턱 막히고 가슴은 터져버릴 것 같은데 영숙이가 온다니 어찌나 반갑던지. 영숙이가 들고 온 장바구니엔 캔맥주와 과자, 과일, 빵 등 주전부리가 잔뜩 들어있었어.

"캬! 오늘은 자유부인이다!"

영숙이는 무작정 캔맥주를 따서 내게 건네고는 캬! 캬!를 연발하면서 단숨에 맥주 한 캔을 비우며 외쳐댔어.

"이불 속에서 뒹굴뒹굴하면서 좀 쉬지 그랬니?"

"뒹굴뒹굴은! 개뿔! 몸뚱이가 아파서 반나절만이라도 푹 쉬려고 작정했거든. 그게 마음대로 되니? 집에 오면 내 손 거쳐야 할 게 천지잖아! 아침에 출근하느라 설거지 못 한 그릇이 개수대에 수북! 거실 바닥에 아무렇게나 널브러진 옷이며 양말 짝들이 눈에 거슬리잖아. 마음이야 이불 속에 푹 파묻히고 싶지. 그런데 돼지우리 집구석을 보면 두 팔부터 걷어붙인다니까!"

영숙이는 집안일하다가 등골이 휘었다면서 남편은 연차휴가를 내도 집안일에는 손 하나 까딱하지 않는다고 투덜거렸어.

"아들이 주말에 일본 출장 다녀오는 길이라면서 들렀더라. 아들이 닭볶음탕을 좋아하는데 내가 음식 솜씨가 없잖아. 그 맛없는 닭볶음탕이 맛있다면서 허겁지겁 먹고 나더니 한숨 자겠다면서 냉큼 일어나는 거야. 방으로 들어가려는 아들 붙잡아 설거지시켰지. 그랬더니 아버지도 안 하는 설거지를 왜 아들한테 시키느냐는 거야. 이놈아! 등짝을 후려치니까 지가 먹은 그릇을 설거지하더라! 나 잘했지?"

남자들은 젊든 나이를 먹든 머릿속에는 집안일은 여자만 하는 거라고 각인된 모양이라면서 남자들 머릿속을 개조해야 한다고.

그런데 엄마, 영숙이가 아들 이야기를 하는데 내 얼굴이 화끈거렸어. 영숙이 아들은 훈남에 예의 바르고 대기업에 다녀. 내가 사위 삼고 싶을 정도로 호감 가는 청년이지. 영숙이도 시원시원한 성격이고 까탈 부리는 시어머니 될 사람도 아니니 딸의 사윗감으로는 1순위였지. 영숙이 아들이 마음에 드는 사윗감이라지만 대놓고 사돈하자고 말할 수는 없잖아. 언젠가는 사돈하자고 말 한 번 던져보리라 했었지.

"너는 자식이 주현이밖에 더 있니? 혼자 자취하면서 밥 제대로 챙겨 먹는 애들 없다더라. 하나밖에 없는 딸 잘 챙겨줘라. 뭐니 뭐니 해도 건강이 최고다."

영숙이가 내 딸을 거론하는데 도둑질을 하다 들킨 것처럼 가슴이 두근두근 뛰는 거야. 그렇다고 영숙이한테 내 딸이 남자친구와 해외여행 떠났다는 말을 곧이곧대로 할 수는 없었어.

"연차 냈으면 베란다 나가 커피도 마시면서 꽃구경도 하지 그랬니. 요즘 영산홍이 정말 예쁘더라."

갱년기라 몸이 아픈 게 아니라고, 집 안을 너무 쓸고 닦는 강박증 때문에 몸뚱이가 아픈 거라고 얼른 말머리를 돌렸어. 영숙이는 마트 다녀오다가 단지 내 목련이 지는 걸 보았다고, 집안일하느라 만개한 봄꽃 같은 건 눈에 들어오지도 않는다고 했어.

"불현듯 부아가 치미는 거야. 왜 집안일은 여자들만 해야 하는 거야?"

영숙이는 남편의 저녁밥에서 해방되어 자유부인이 되었다고 하면서 대화는 가사 일에서 한 발자국도 벗어나지 못했어.

"나도 온종일 일하잖아. 퇴근해 집에 오면 밥이며 빨래, 청소는 다 내 몫이야. 남편은 집에 오면 소가 따로 없다니까. 소파에 모로 누워 방귀

뿡뿡 뀌면서 텔레비전 채널만 돌리는 게 유일한 일이야. 우리 자식들 키울 때 생각하면 지금도 아득하다. 우리 시대 남편들은 집안일 하면 불알 떨어지는 줄 알잖아. 너나 나나 새벽부터 일어나 아침 준비하고 아이들 챙겨 놀이방 데려다주고, 회사로 다시 놀이방으로 완전 전쟁이었지. 요즘 젊은이들은 독박 육아라고 하더라. 독박 육아? 젊은이들은 어쩜 그렇게 말도 잘 지어내는지. 참 똑똑하고 당차!"

영숙이는 직장 다니면서 두 자녀를 양육한다는 건 히말라야 정상에 올라가는 것처럼 힘든 일이었다고 했어. 그 세월을 어떻게 견뎌냈는지 생각하면 생각할수록 기특하고 장하다면서 셀프 표창장을 주고 싶다고.

영숙이도 나도 남편에게 집안일이며 아이 돌봐 달라는 말 한마디 못하고 살았지. 그 시대는 그렇게 사는 거니 했어. 물론 엄마 시대는 말로 다 할 수 없었겠지. 나는 영숙이에게 엄지척을, 그리고 나에게도 셀프 엄지척을 해 주었어. 시대가 변해 맞벌이 부부들은 가사 분담을 해야 한다고 하지만 실상은 그렇지 않은 게 현실이야.

"집안일은 당연히 여자들의 영역, 여자는 부엌데기라는 고정관념이 박혀 있다니까!"

"우리 딸들 시대에는 남자들이 집안일을 도와줄까?"

"독박 육아라는 단어까지 나오는 혁명 세대잖아. 가사 분담을 당연히 하겠지."

"내 딸들의 시어머니가 우리 세대잖아. 너도 며느리한테 시집살이 시키고, 네 아들이 집안일하면 불알 떨어진다고 펄쩍 뛸 거니?"

영숙이는 도리질하면서 아들한테 가사 분담을 가르치고 있다면서 다시금 맥주 한 캔을 단숨에 비웠어. 술 한 모금만 마시면 말이 많아지는 영숙이가 맥주 두 캔을 마시자 귀에 딱지가 앉도록 듣던 레퍼토리를 읊어대기 시작했지.

"명문대 졸업장이 있으면 뭐하니? 첫아이 낳고 직장 그만뒀잖아. 두 아이 낳고 독박 육아로 몇 년을 보내는 사이 경단녀가 됐잖아. 재취업하려니 경단녀 받아주는 곳은 없고. 두드리면 열릴 것이다! 아무리 세게 취업 문을 두드려도 명문대 졸업장이니 어서 오라고 문 활짝 열어주는 곳은 한 곳도 없었잖아?"

영숙이도 나처럼 육아로 경단녀가 됐지. 이력서 들고 여기저기 쫓아다니다가 대형할인점 고객대응팀에 간신히 취업했고, 성실하게 근무해 지금은 과장까지 승진했어. 그 회사에서 여성으로 과장 승진은 영숙이가 첫 사례였어.

"희숙아, 네가 알다시피 내가 과장 승진하기까지의 유구한 역사는 눈물겹잖아? 정말이지 온몸으로 유리천장을 뚫은 사람이 나잖아!"

여성들은 결혼해서 독박 육아로 경단녀가 되는 게 대부분이지. 반면 남편들은 회사생활 열심히 해서 승진도 하고 나름 사회에서 인정도 받는 위치에 있고. 따지고 보면 남편의 승진은 아내의 희생 덕으로 이룬 거라고 설파하는 영숙이 말은 하나도 틀리지 않았어.

"남편들은 자기들이 잘나서 승진한 줄 알고 마누라 알기를 우습게 알잖아! 못난 놈들! 세상에서 제일 못난 놈들이 바로 여자 앞에서 잘났다고 모가지에 힘주는 놈들이지. 까불지 마 자식들아!"

영숙이가 세상을 향해 던지는 메시지에 나는 열렬히 물개 박수를 했지.

"이혼도 그래. 왜 세상의 시선은 이혼남보다 이혼녀에게 싸늘하냐고?

너 처음 이혼했을 때 울 남편 뭐라는 줄 아니? 길을 막고 사람들한테 물어보란다. 여자냐 남자냐 따질 거 없이 부부가 살면서 한 번쯤 이혼하고 싶다는 생각 안 한 사람이 있으면 내 손에 장을 지진대나. 아니 어디 한 번뿐이냐는 거지. 부부만 마음에 안 맞는 것이 아니라고. 부모와 자식 간, 형제지간, 친구 간, 이웃 간, 사제 간 등등. 애초에 인간은 포악하게 태어난 동물이라 싸움이 본능이라고 성악설까지 들먹거리면서 '인내는 쓰다. 그러나 그 열매는 달다.' '세상사는 참아야만 좋은 결실을 본다'고. 이혼한 걸 보면 희숙이 네 성격이 보통의 여자는 아닌 모양이라고 하더라. 자고로 여자가 몸가짐을 조심해야지 기가 너무 세도 안 좋다고 말이야. 그런데 두 번 이혼했다고 해봐라. 그것 봐라, 너한테 문제가 있어도 단단히 있을 거라고 할 거야."

이혼이 여자의 성격에 문제가 있다는 영숙이 남편의 말을 전해 듣는데 씁쓸하면서 헛웃음이 났어.

"너 두 번 이혼한 거 알면 나도 물든다고 앞으로 만나지도 말라고 할 거다!"

망치로 머리를 한 대 얻어맞은 기분이었어. 물들다니. 두 번 이혼이 페스트 환자라도 된다는 걸까. 이혼이 좋은 건 아니지. 두 사람이 만나 검은 머리가 파뿌리가 될 때까지 해로하고 싶은 건 모든 사람의 소망이지. 그런데 살다 보니 이혼이라는 선택을 하는 것이고, 이혼은 부부 당사자 간의 불가피한 선택사항인 거지 여자의 성격이 유별나기 때문은 아니잖우. 페스트 환자가 되어 사람들에게 분류의 대상이 되어야 하는 건 더더욱 아니고.

영숙이는 힘주어 말했어. '여성, 남성, 인간으로서 동격이고 똑같이 존중받아야 한다.'에서 출발해야 하는데 남성들 기저에는 여성보다 우월의식이 있다고.

"여자는 남편의 어떤 망나니 짓거리에도 참아야 미덕이라고? 지랄하고 자빠졌네!"

대한민국 사회의 만연한 가부장적인 비상식이 상식으로 둔갑하다 못해 만고의 진리가 되어버렸다고 일갈했어.

"내가 다음 생에서는 기필코 남자로 태어나고 말겠어!"

영숙이는 전장에 나가는 전사처럼 불끈 쥔 두 주먹을 공중에 흔들어댔지.

"남자들한테 받는 불이익을 남자로 태어나서 여자들한테 보복하겠다는 말이니?"

나의 항변에 영숙이가 정색했어. 남자로 태어나 남존여비 사상을 깨고 말 거라고. 남자가 나서서 남녀평등을 외쳐대면 남녀가 평등한 세상이 더 빨리 이루어지지 않겠느냐고 말이야.

"내가 불알을 달고 말 거라니까!"

영숙이가 벌떡 일어나더니 다리를 쩍 벌려 음부에 주먹을 대며 불알 다는 퍼포먼스를 펼쳐대는데 어찌나 엄마 모습과 흡사하던지 배꼽을 잡고 말았다우.

엄마, 생각나우? 마을에 숱한 염문을 뿌리고 아버지가 집을 나갔다가 돌아온 날 말이야. 그러니까 이모와 이모부 두 분이 돌아가신 날 마을은 살인사건으로 발칵 뒤집혔고, 그날 행방이 묘연했던 아버지가 두 달여 만에 집으로 돌아온 날 말이야.

"저 눈깔 병신만 보면 집구석에 오기도 싫다니까!"

6

그녀들을 가로막은 허들

옛 속담에 남의 말 사흘 간다고 했잖우. 그런데 다 거짓말이었어. 아버지가 부재한 마을은 애고 어른이고 아버지 이야기로 팽창한 오색풍선이 날아다녔어. 올 때가 되었는데 아직 소식 없느냐고 지나가다가 일부러 우리 집에 들어와서 아버지의 소식을 물었지. 나는 학교 가는 게 무서웠어. 친구들도 아버지가 돌아왔느냐고 하루가 멀다고 물었으니까. 마음 같아서는 그놈의 오색풍선을 당장이라도 바늘로 찔러 터뜨리고 싶었어. 그러나 내가 터뜨릴 풍선은 아니었어.

“길어야 한 달인데 우라질 그놈의 사랑 길기도 하네. 남정네들 죄다 그년한테 치근덕거렸다니까!”

덕순 엄마는 아버지가 돌아와야 순자 엄마가 돌아온다고 했지. 그년 오기만 하면 머리칼을 죄다 뜯어놓고 말겠다고. 한 달짜리 사랑이라고 했던 사람들의 예상을 뒤엎고 아버지는 2달여 만에 집으로 돌아온 거지.

“저 눈깔 병신만 보면 집구석에 오기도 싫다니까!”

오랜 기간 출타 중이던 아버지가 마당에 들어서며 엄마에게 던진 첫 마디였어.

눈깔 병신이라는 말에 나의 눈길은 반사적으로 엄마 얼굴로 향했어. 엄마는 왼쪽 눈이 찌그러져 반쯤만 떠졌어. 눈이 찌그러졌기 때문인지 알 수는 없지만, 왼쪽으로 입술 꼬리가 따라 올라가 있어 얼굴이 비대칭이었어. 그래요. 엄마는 못생긴 얼굴이었어. 사실 나도 한때는 친구들 앞에 엄마 얼굴이 창피했어. 나중에 알았지. 원래 엄마는 고운 얼굴이었고, 엄마 눈을 실명하게 만든 장본인이 바로 나의 친할머니라는 사실을. 이모한테 친할머니가 엄마에게 저지른 만행을 듣던 날은 수십 년의 세월이 흘러갔어도 어제처럼 또렷해.

엄마도 알다시피 나는 유년 시절 학교에서 돌아오면 책가방을 내팽개치고 이모네 집으로 쪼르르 달려가곤 했잖우. 이모의 딸 미령 언니랑 놀고 싶어서였는데, 언니는 내가 학교에 다니지 않을 때부터 예뻐해 줬어. 친구들과 소꿉놀이나 땅따먹기 놀이를 하면 어린 나를 꼭 끼워 주었지. 그처럼이나 나에게 다정하던 언니가 어느 날 없어진 거야. 이모께 연유를 여쭈니 언니랑 오빠가 서울에 놀러 갔는데 여름방학이 끝나면 돌아온다고 했어.

방학이 끝나갈 무렵이었어. 행여 오늘은 언니가 서울에서 돌아왔을까. 언니를 만나러 이모 집에 자주 갔던 거지. 그날도 언니가 왔을까 궁금해서 이모 집에 갔는데 집 안엔 아무도 없었어. 나는 마루에 걸터앉아 텅 빈 마당을 내다보며 이모를 기다리고 있었지. 그런데 갑자기 뒤뜰에서 이모부가 나왔어. 아마도 이모부가 뒤뜰에 있었던 모양인데, 이모부가 벙긋 웃으며 내 앞에 나타난 모습은 충격이었어. 오줌을 누다 왔는지 모르겠지만 바지는 허벅지에 걸려있는데 두 손으로 우뚝 선 자지를 받쳐 들고 위아래로 흔들면서 내게 다가오고 있었어.

"짐승만도 못한 놈아! 네놈이 사람의 새끼냐!"

이모부의 해괴망측한 모습에 깜짝 놀라 벌벌 떨고 있는데 이모가 벼락처럼 소리 지르며 나타났어. 밭일 나갔던 이모가 마침 집 안에 들어서다가 광경을 목격한 거지. 이모는 마당 빗자루를 이모부에게 막 휘둘렀어. 이모부는 바지를 고쳐 입고는 이모 손에 들려 있는 빗자루를 단박에 빼앗아 이모에게 휘둘렀지. 나는 죽어라 뛰어 집으로 도망을 왔어. 그런 일이 있고 난 뒤 이모는 내게 당부했어. 이모가 집에 없거든 절대로 혼자 있지 말고 얼른 집으로 돌아가라고.

나는 한동안 이모 집에 가지 않았지. 그런데 방학이 끝나면 온다던 언니는 겨울방학이 끝나도 오지 않았고, 또다시 여름방학이 시작되어도 오지 않았어. 방학이 끝나갈 무렵 행여나 언니가 돌아왔을까 궁금했어. 이모부가 무서워도 언니 보고 싶은 마음이 큰 까닭에 이모 집엘 갔었지.

이모는 그날 부엌 바닥에 앉아서 중얼거리고 있었는데, 이모 옆에는 빈 막걸리병 두 개가 쓰러져 있었어. 부엌 문턱에 서서 이모를 바라보다가 수건을 쓰지 않은 이모의 머리를 본 거지. 이모 머리는 엄마나 동네 아줌마들 머리처럼 파마한 머리가 아니었어. 머리는 짧은데 마치 쥐 뜯어 먹은 것 같았어. 엉클어진 머리를 의아하게 바라보고 있는데 이모가 얼른 들어오라고 손짓했지. 이모 옆에 가까이 다가가 눈두덩이가 시퍼렇게 멍든 이모를 보는데 얼마나 마음이 아프던지.

"희숙아, 너는 이다음에 크면 엄마한테 무조건 잘 해야 한다."

이모는 밑도 끝도 없이 엄마한테 효도하라고 말하면서 세상에서 제일 불쌍한 사람은 엄마라고 했어. 그러면서 나의 친할머니는 무지무지 지독한 시어머니라고.

"엄마 같은 언니였는데…"

외할머니는 6.25 사변 피난길에 염병으로 돌아가셨다고 하면서 엄마가 두 동생을 보살피는 엄마였다고. 엄마가 그렇게나 혹독한 시집살이를 하며 사는 줄은 꿈에도 몰랐다고. 엄마의 그 시절엔 옷을 손수 만들어 입었는데, 시어머니는 엄마한테 시부모에, 두 시동생, 시누이 옷을 당장 만들라 닦달했다고. 엄마는 사시사철 시댁 식구들의 옷 만드느라 잠도 제대로 자지 못했다고 했지.

"엄동설한 얼음물에 이불 빨라고 산더미처럼 빨랫감을 내놓았고, 엄마는 이불이며 옷을 빠느라 손발이 동상에 걸렸어. 밥이나 배불리 먹은 줄 아니? 네 할머니는 사람이 아니고 악마다 악마! 네 할머니가 젓가락으로 엄마 눈을 찔러서 왼쪽 눈이 안 보이는 거란다."

이모는 나의 손을 꼭 잡으며 불쌍한 엄마한테 효도하라고 신신당부했지. 어린 나이에도 이모의 이야기를 듣는데 한 번도 본 적이 없는 할머니가 너무너무 미웠어.

그날 이모가 어린 나를 앉혀놓고 취중에 한 이야기를 정리해보면, 엄마가 시집을 갔는데 2년이 넘는 동안 친정에 한 번 오지 않았다고 했어. 언니가 아기를 낳아 돌이 지났다는 소식을 동네 사람한테 전해 들었고, 이모는 언니도 아기도 보고 싶어 10시간을 걸어 무작정 엄마 집엘 찾아 갔다고.

오랜만에 만난 두 자매의 반가움이야 이루 말할 수 없었고, 아기는 너무도 예쁘고 사랑스러웠겠지. 막 말을 배우기 시작한 아기가 엄마, 엄마 하면서 해맑게 웃으며 넘어질 듯 넘어질 듯 아장아장 걸음마를 떼면서 이모 품에 안길 때면 세상은 온통 꽃밭이었다고 했어. 이모는 아기를 오래도록 보고 싶어서 일주일을 머무르게 되었는데 그게 화근이었다고.

"어리석게도 나는 몰랐다. 내가 밥을 먹으니 언니가 밥을 제대로 먹지 못했다는 걸…"

이모는 주먹으로 자신의 가슴을 치며 말했어. 일주일째 되던 날 밤 엄마가 이모를 불러 부엌에 가보니 감자를 구웠더라는 거지.

"언니랑 아궁이 앞에 앉아서 구운 감자를 먹고 있는데 시어머니가 들이닥친 거야."

시어머니는 다짜고짜 엄마의 뺨을 후려쳤다고 했어.

"정말 해도 해도 너무하십니다. 며느리도 자식입니다!"

엄마는 시어머니에게 항변했고, 시어머니는 어느 안전이라고 시어미 얼굴을 똑바로 바라보면서 대드느냐며 젓가락으로 엄마의 눈을 찔렀다고. 엄마 눈에서는 피가 흘렀고, 이모는 어떡해야 하는지 몰라 발만 동동 구르고 있는데 마침 이웃집 아줌마가 왔다고 했어. 그 아줌마가 바로 이모부의 부인이었던 거지. 아줌마는 허구한 날 이모부한테 맞고 살았는데, 아줌마가 맨발로 도망 오면 엄마가 숨겨 주었다고. 시어머니한테 눈을 찔린 그 찰나 같은 순간에 마침 아줌마는 부침개를 들고 왔고, 엄마를 자신의 집에 피신시킨 거였지.

"뭘 잘했다고 시어미를 동네방네 소문내고 돌아다니냐!"

엄마가 나중에 집에 돌아오니 시어머니는 당신을 동네에 욕보였다며 되레 야단했다는 거지. 엄마 눈은 퉁퉁 붓고 진물이 나도 시어머니가 무서워 아프다 소리도 못 했고 눈에서 염증이 나 뒤늦게 병원에 갔으나 이미 때는 늦은 상태. 지금 생각해보면 그 시절 읍내엔 변변한 안과도 없었고, 다친 눈 치료를 제때 받지 못해 눈은 실명이 되었을 거로 추측해.

"천벌을 받았지, 천벌을… 쉰둥이 시누이가 갑자기 시름시름 앓다가 죽었어. 시누이가 죽자 시어머니는 한 달 이상을 앓다가 정신이 이상해지면서 옷을 입은 채로 똥오줌을 막 쌌단다."

친할머니의 만행을 낱낱이 듣는데 정말이지 할머니가 밉고 미웠지.

"네 엄마는 악마 같은 시어머니 병수발을 3년을 했다. 시어머니 봉양한 마누라 공은 몰라주고 못생겼다고?"

엄마는 젊은 날 동네에서 두 번째 가라면 서러울 정도로 곱고 고운 아가씨였다고. 눈을 다친 후 간헐적으로 눈 떨림이 오고, 실명된 눈 쪽으로 입술 꼬리가 따라 올라가 얼굴이 삐뚤어졌다고.

"마누라 얼굴이 찌그러져 눈깔 병신이라고 흉보는 남편이 사람 새끼는 아니지. 마누라 못생겼다고 노래를 부르다가 순자 엄마랑 바람이 났단다."

이모가 끓어오르는 화를 참지 못하겠다는 듯 박 바가지를 바닥에 내동댕이치고 짓밟는데 마치 아버지를 밟는 거 같았어. 혹독한 시집살이 시킨 시어머니로 인해 엄마의 눈은 실명되고, 그래도 시어머니 병수발 다한 효부를 버린 내 아버지.

"희숙아, 너는 공부도 많이 해서 남자한테 기죽지 말고 살아라! 당당하게 사는 여자가 되어야 한다."

이모는 자기 죽음을 예감이라도 했을까. 엄마가 며느리로서 얼마나 비참한 삶을 살아왔는지 내게 증언하고 며칠 후 이모부가 휘두른 칼에 찔려 돌아가신 거지. 엄마는 밭일을 마치고 돌아와 나를 찾아 이모 집에 갔다가 피가 흥건한 마당에 이모와 이모부를 발견한 거지. 이모부 목에 자상이 두 개, 이모의 온몸엔 10여 군데 있었는데 두 사람이 죽어 있는 광경은 너무도 끔찍해 마치 눈 뜨고는 볼 수 없을 정도였다고.

나는 방 안에 누워 천장을 바라보며 알아들을 수 없는 말을 중얼거리고 있었고, 세 사람의 처참함을 목격한 엄마는 그 자리에 실신하고 말았던 거지. 마을은 전무후무한 살인사건으로 발칵 뒤집혔는데 아버지는 그 날 밤 집을 나간 거였지.

엄마, 이모가 돌아가신 날부터 나는 많이 아팠잖아. 집 안엔 화로 약탕기에서 끓고 있는 한약 냄새가 진동했고, 쓰디쓴 약을 먹지 않겠다고 떼쓰는 나에게 엄마는 한약 먹으면 눈깔사탕을 주겠다고 했지. 엄마가 손에 쥐고 있는 눈깔사탕은 쓰디쓴 한약쯤은 열두 번도 단숨에 삼킬 팜므파탈이었어.

한약을 먹고 얼른 입을 쩍 벌리면 엄마는 벌어진 입안에 눈깔사탕을 넣어주었어. 쓴맛은 어느새 사라지고 입안 가득 단물이 고였지. 달콤함 행복에 젖어 있노라면 어느새 스르륵 잠이 몰려왔어. 한숨 자다 일어나 보면 엄마는 밭일을 나가고 없었지. 나는 엄마가 눈에 보이지 않으면 마음이 불안했어. 그래서 엄마가 일하는 밭둑에 앉아 있곤 했지. 그날도 자고 일어나 엄마가 일하는 밭둑에 앉아 있었어. 밭둑에는 패랭이꽃이 가득 피어 있었어. 들판엔 나비가 날아다녔고 엄마는 옥수수밭에서 김을 매고 있었지.

"희숙 어멈아~ 쉬엄쉬엄해라~ 어미가 아프면 애들은 어쩔 거야?"

병식 할머니가 지나가다가 내 옆에 털썩 앉았지.

"순자 아버지가 병에 걸려 사내구실 못할 때부터 동네 남정네들이 다 껄떡댔다. 그놈의 사내들이란 임자가 있든 없든 남의 여자라면 잡아먹으려고 기를 쓰는지… 내 진즉에 알아봤다. 희숙 아범한테 배시시 웃는 게 예사롭지 않았어. 술집에서 이놈 저놈 붙어먹던 년이라는데 부처님 가운데 토막이라고 별수 있겠냐. 하룻밤에도 열두 번 남자를 올라탄다더라! 물고 빨고 심지어는 자지를 물고 잔대~ 화냥년! 똥보다 더 더러운 년! 희숙 아범 곧 올 거다! 하던 지랄도 멍석 펴주면 안 한다고 하잖아!"

병식이 할머니는 순자 엄마의 이력을 주워섬기며 바닥에 침을 탁! 뱉다가 옆에 앉아 있는 내 얼굴을 보고는 뻘쭘해져서 내 머리를 막 쓰다듬었어.

"우리 희숙이 얼굴빛이 많이 좋아졌네~"

병식이 할머니는 일어나 궁둥이 흙을 털며 집으로 갔지. 나는 병식이 할머니의 말뜻을 제대로 이해할 수는 없었어. 한 달여를 앓다가 학교에 가니 아이들은 나를 빙 둘러싸고 아버지와 순자 엄마가 배꼽이 맞아서 도망갔다고 들려주었고, 두 달여 기별도 없던 아버지가 불쑥 집으로 돌아온 거지.

"사방치기 해서 지는 사람이 마당 쓸기다!"

엄마는 언제나 오빠에게 마당도 쓸고 두 동생을 잘 보살피라고 했어. 하지만 오빠는 사방치기 내기를 하여 두 동생에게 마당청소를 하게 했지. 그날도 두 동생은 오빠한테 패하고 말았어. 꼼짝없이 마당과 집 안 청소를 하게 될 위기에 처해 있는데 엄마가 와서 얼마나 반갑던지. 땅거미가 내려 앉아야 오던 엄마가 그날은 해가 앞산 중턱에 걸려 있는데 온 거야. 땡볕에 그을린 구릿빛 엄마 얼굴은 그날따라 몹시 힘들어 보였어. 어디 몸만 힘들었을까. 마음도 힘들었겠지.

철부지 세 자식은 아버지가 부재한 집안의 풍전등화도 모른 채 밭일을 마치고 돌아온 엄마한테 매달려 밥 달라고 투정을 부려댔어. 엄마는 아무런 대꾸도 하지 않고 머리에 쓴 수건을 벗어 마루 기둥에 탁! 탁! 터는데 아버지가 마당으로 들어온 거지. 삼 남매는 깜짝 놀랐고, 엄마는 수건을 털다 말고 아버지를 빤히 바라보았어.

"뭘 봐! 배고파 죽겠어. 빨리 밥이나 차려와!"

큰소리치는 아버지 얼굴엔 엄마며 자식들한테는 미안한 기색 하나가 없었어. 얼마나 위세가 등등한지 마치 장원급제라도 해서 금의환향한 사람 같았어. 아버지의 불호령에 엄마는 크게 한숨을 내쉬며 부엌으로 들어갔지. 가장이 부재한 동안 손에서 일을 놓아본 적이 없는 엄마가 오히려 아버지한테 무슨 큰 잘못을 하다 들킨 양 수세에 몰린 형국이었어.

우리 삼 남매는 아버지가 마루에 앉아 있다는 존재만으로도 얼음물을 뒤집어쓴 듯했고, 집 안은 일촉즉발의 전운이 감돌았지.

우리 집안의 법이고 곧 진실인 제왕적 아버지. 화를 잘 내던 아버지가 부재한 2개월여 나는 좋았어. 가슴이 벌렁벌렁 뛰지 않았고 숨을 쉬는 거 같았지. 휘영청 보름달이 환하게 떠오른 달님에게 기도했어. 벌컥벌컥 화를 내는 아버지가 집으로 돌아오지 않으면 좋겠다고. 간절한 소망을 담아 빌었는데 아버지가 돌아온 거지. 나는 곁눈질로 아버지 심기를 살피며 내 소원을 들어주지 않은 달님을 원망했어.

"아버지한테 인사도 안 해!"

아버지는 무엇이 그리도 분통하고 억울한지 얼굴이 붉으락푸르락했어. 줄담배를 피우며 우리 삼 남매를 향해 예법도 모르냐며 윽박질렀어. 아버지한테 인사를 하고 싶지 않아서 인사를 안 한 건 아니었어. 오랜만에 집에 온 아버지께 무어라 인사를 해야 하는지 몰라 눈치만 살피고 있었던 거지.

오빠는 두 동생에게 고갯짓했어. 삼 남매는 일사불란하게 마당에 일렬종대 열중쉬어 자세로 아버지께 인사를 드리지 못해 죄송합니다. 석고대죄 심정으로 죄 없는 마당만 비벼대고 서 있었지.

"후레자식들!"

아버지가 눈을 부릅뜨며 투하한 후레자식이라는 말에 나는 당황했어. 후레자식이 무슨 뜻인지 몰라서. 오빠는 내게 후레자식이 무엇이냐고 눈을 끔벅이며 물었어. 나보다 세 살이나 많은 오빠도 모르는 후레자식을 내가 무슨 재주로 알겠어. 나는 강하게 도리질을 해댔지. 삼 남매는 후레자식이 뭔지도 모르고 있다는 게 아버지 앞에 큰 잘못이라는 걸 깨달은 거야.

"아버지 죄송해요."

삼 남매는 후레자식이 뭔지 몰라 아버지한테 혼날까 봐 지레 겁먹고 닭똥 같은 눈물만 뚝뚝 흘렸지. 울다 문득 아버지를 향한 반발심이 생겼어. 오빠와 남동생은 어떤 생각을 하는지 모르지만 나는 동네 어르신들께 묻고 싶었어. 후레자식이 무엇인가요. 초등학생이 후레자식을 모르는 잘못이 집을 떠났다가 두 달 만에 나타난 아버지의 잘못보다 더 큰 잘못인지, 당신이 부재한 동안 땡볕에서 일만 한 엄마한테 정녕 잘못은 없는지. 누구의 잘못이 더 큰지 자로 재보지도 않고 일방적으로 아버지한테 혼구녕만 맞는 상황이 억울하고 분통했어. 그때였어. 동작이 번개처럼 빠른 엄마가 아버지가 좋아하는 국수를 삶아 상을 차려 마루에 내

놓았지.

"이틀을 굶었어. 밥을 해와야지 기껏 국수를 삶아 와!"

아버지는 엄마가 내온 밥상을 그대로 마당에 내동댕이쳤어. 이틀을 굶었다는 아버지가 밥상을 뒤엎을 때는 한 끼도 거른 사람의 힘이 아니었지.

"돈 있는 거 다 내놔!"

아버지가 소리쳤고, 엄마는 방에 들어가더니 손가방을 마당에 패대기쳤어.

"남편이 돈 내놓으라면 내놓을 것이지 감히 가방을 패대기쳐!"

아버지는 대뜸 엄마의 뺨을 후려치더니 가방을 막 뒤졌지. 그런데 돈 한 닢 나오지 않았어. 아버지는 식식거리며 방으로 들어가더니 서랍장이며 옷 주머니를 이 잡듯 샅샅이 뒤졌고, 마침내 베개 속에서 얼마간의 돈을 찾아내 바지 주머니에 꾸겨 넣고 그대로 밖으로 나갔어.

"이놈아! 두고 봐라! 내가 다음 생에는 남자로 태어나 힘으로라도 너를 두들겨 패고 말 테다!"

엄마는 마당을 나가는 아버지 등 뒤에다 대고 소리 질렀지.

"불알을 달아야 남자가 되는 건데 그 불알이 잣나무 상수리에 달려 있으면 어떡할 건데?"

병식이 할머니가 마침 지나가다가 엄마의 악다구니를 듣고 하하 웃으며 물었어.

"내가 그깟 잣나무 상수리 못 올라갈 거 같아요! 내 기필코 상수리에 올라가 불알을 따서 달고 말 테니까 두고 보세요!"

엄마가 다리를 쩍 벌리며 주먹을 음부에 대면서 불알 다는 시늉을 하자 병식 할머니가 박장대소를 하면서 나도 불알이나 달아볼까? 엄마처럼 다리를 쩍 벌리고 주먹을 갖다 대면서 두 여자가 하하 깔깔 웃었던 기억이 어제처럼 나네.

"어머니가 잣나무 상수리에 올라가 불알을 단다고 하셨다고? 하하하. 나는 스파이더 우먼이 되어 뉴욕 쌍둥이빌딩 옥상에 기어 올라가 불알을 달고 말 테야!"

엄마의 이야기를 들은 영숙이가 다리를 쩍 벌리고 주먹을 음부에 대며 다시금 불알 다는 퍼포먼스를 다시금 펼쳐댔다우.

"나는 유년 시절에 여자로 태어난 내가 좋았다. 그런데 여자 인생이 우리 엄마나 나나 남자 뒤치다꺼리나 하며 사는 인생인 줄 누가 알았겠어. 여자로 처음 살아보는 인생이니 사회 전반에 놓여 있는, 여자는 넘지 말라는 붉은 허들을 치워 달라는 말도 못 하고 역차별을 당하면서도 여자의 삶이겠거니 하면서 산 거지."

영숙이 말은 내 마음과 하나도 다르지 않았지.

"시어머니 시집살이가 맵다 맵다 해도 어떻게 젓가락으로 며느리 눈을 찌를 수 있을까? 자기 엄마 때문에 아내 눈이 실명됐는데 남편이라는 사람이 바람이 날 수도 있구나. 남자가 상전인 세상…"

영숙이는 쓰게 웃으며 말했어. 대한민국에서 불알을 달고 태어났다는 것은 여성 위에 군림해도 된다는 무소불위를 조상 대대로 부여받은 거라고.

"희숙아, 너희 친할머니 부관참시라도 해야 하는 거 아니야?"

친할머니를 생각하면 할수록 화가 난다면서 열을 올리는데 영숙이 남편한테서 전화가 왔어. 응. 응. 영숙이는 몇 마디 대답하다가 끊었어.

"여자가 뒤늦은 저녁에 무슨 친구를 만나느냐고 냉큼 들어오란다. 회식이 펑크가 났다나. 자기들은 회식해도 1, 2, 3차까지 코가 삐뚤어지도록 퍼마시다가 새벽에 네발로 기어들어 와도 괜찮고, 여자는 친구를 만나도 10시만 넘으면 불륜녀 취급이니 이게 말이나 되는 소리니? 마누라 없으면 밥도 못 차려 먹는 인간! 여자가 밥순이냐고!"

영숙이는 전화기가 남편이라도 되는 양 쿡쿡 찔러댔어. 그러면서 원수니 악수니 그래도 반백 머리 볼 때면 코끝이 찡해진다고. 단칸방에서 시작해 아이 둘 낳아 키우며 험한 세상살이 동고동락한 동지애 때문일까. 아니면 늙어감인지 자신이 자신을 생각해도 참 어이없다고. 말로는 여자와 남자가 동등해야 한다고 주장하면서 행동은 왜 주장과는 정반대로 가고 있을까? 아무래도 학습효과 같다고.

"다음 생에 여자로 태어나면 지금처럼 안 살 거야! 먼저 남자랑 살아볼 거야. 살아보면서 설거지며 빨래 집안일하고 여자를 존중하는 놈이면 결혼식 올리고, 폭언이나 폭력을 휘둘러 대는 인간성 못된 놈이면 고슴도치 낳기 전에 뒷발로 차버릴 거야. 어이구 원수 덩어리! 그놈의 밥이 뭐라고. 희숙아, 너는 나처럼 살지 마라. 네가 선택한 두 번의 이혼 후회하지 말고 흔들림 없이 당당하게 걸어가!"

영숙이는 집으로 갔지만, 친할머니를 부관참시라도 해야 하는 거 아니냐는 말은 오래도록 가슴에 남아 나를 슬프게 했어. 엄마도 나도 시집살이하며 사는 게 여자 인생이려니 하며 살았지. 그런데 내 딸이 나처럼 산다면 많이 속상할 거 같아. 얼마만큼의 세월이 흘러가야 내 딸들이 시댁으로부터 자유롭게 살까? 그런 날이 오기는 올까?

엄마, 내가 말했었잖아. 나는 지금도 이모를 구해주지 못했다는 죄책감에 시달리는 꿈을 꾼다고. 엄마는 날 보고 자책하지 말라고 했지. 이모가 소리를 크게 지른 건 구원 요청이 아니라고. 자는 나에게 어서 일어나 도망가라는 신호였음을. 어린 내가 이모부에게 성폭력이라도 당할까 보호하려고 이모는 꺼져가는 생명 앞에 마지막 사력을 다했고, 이모부 목에 칼을 겨눈 건 폭력에 노출되어 살아온 이모식의 한풀이였음을. 이모는 그날 죽지 않았다 해도 이모부의 폭력에 죽었을 거라고.

"마을 사람들이 그러는데 그놈네는 선친서부터 땅 부자였대. 그 집 땅을 밟지 않으면 지나가지 못할 정도였다고 하더라."

어느 날 아버지가 돌연사하였고, 이모부는 맏이가 부모 재산 다 상속받는 거라고 욕심을 부렸다고. 결혼해 출가외인인 두 딸은 당연히 재산 상속 대상에서 배제되었고, 삼 형제들 간의 큰 싸움이 벌어졌는데 막냇동생이 크게 다쳤다고. 그 충격으로 어머니가 시름시름 앓다가 돌아가셨고 형제들과는 의절했다고. 이모부라는 호칭도 아깝다면서 엄마는 그놈이라고 지칭했어.

"내가 막 시집왔는데 미령 엄마가 한밤중에 맨발로 온 거야. 처음엔 몰랐어. 알고 보니 그놈이 폭력을 휘둘러 도망쳐 나온 거였어. 미령 엄마 숨겨 준 걸 시어머니한테 들킬까 봐 얼마나 노심초사했는지. 지금도 간이 떨리는 거 같다."

부모로부터 상속받은 땅을 팔아 주색과 노름에 빠져 산 이모부. 노름해서 돈 잃으면 마누라가 잘못 들어와 되는 일이 없다고 마누라 탓을 하면서 때렸다고. 아줌마를 숨겨 주고 있노라면 네 살배기 순태가 돌쟁이 미령일 업고 집집마다 엄마를 찾아다녔다고. 마누라 때려놓고 없어지면 순태는 물론 미령이까지 발로 걷어차면서 엄마 찾아오라 했던 이모부. 아줌마와 어린 두 자녀가 이모부의 폭력에 노출되어 산 거지.

"그놈은 성질이 얼마나 고약한지 마을 사람 중에 안 싸운 사람이 없었다. 땅 부자라고 얼마나 거들먹거리며 유세를 떨었는지. 주색에 빠져 사는데 만석꾼이라도 배겨나겠니. 재산은 거덜 났지. 엄한 분풀이로 여자만 패는 거지."

엄마는 아줌마가 도망쳐 나올 때마다 뒤란에 숨겨 주었고, 아줌마는 엄마 시집살이하는 거 알고 많이 안타까워했다고. 두 여자는 동병상련의 마음으로 서로 의지했다고 했어. 엄마한테는 큰언니 같았던 아줌마에게 깊은 상처를 주었고, 꽃 같은 이모 인생을 망치게 했다면서 엄마는 눈 다친 날을 일생일대에 큰 잘못을 저지른 날이라고 가슴을 치며 통한의 눈물을 흘렸지. 엄마가 시어머니한테 눈을 찔렸을 때 이모부의 아내였던 아줌마는 엄마를 집으로 데려갔고, 이모는 오빠를 업고 엄마를 뒤따라 간 거지.

"그때는 왜 그렇게 시어머니가 호랑이보다 더 무서웠는지 몰라."

엄마는 시어머니가 무서워 이모를 집으로 데려올 엄두를 내지 못했고, 아줌마에게 이모를 하룻밤 재워 친정으로 보내 달라고 부탁한 거지. 이모는 뜻하지 않게 아줌마네 사랑채에서 잠을 잤고, 밤늦게 집으로 돌아온 이모부에게 성폭행을 당한 거지.

"제가 책임지겠습니다."

이모부는 처녀를 성폭행했다는 죄책감은커녕 피 묻은 이불보를 가위로 오려 외할아버지에게 보여주면서 입이 함지박처럼 벌어졌다고.

"여자가 정조를 잃었는데 어느 남자가 너를 데려가냐!"

이모는 불한당한테 시집가지 않겠다고 울며불며 외할아버지한테 빌어도 소용없었던 거지. 외할아버지는 장성한 처녀가 몸가짐을 제대로 하지 못한 이모에게 모든 잘못이 있다고, 순결을 잃은 여자는 죄인이라며 이모부한테 시집보낸 거라고.

"여자는 한 남자한테 시집가면 죽어서도 그 집 귀신이 되는 거야! 당장 돌아가!"

이모부의 두 번째 부인이 된 이모는 폭력에 시달리던 어느 날 야반도주를 해 친정으로 돌아갔고, 외할아버지는 출가외인이라면서 그 한밤중에 다시 돌려보냈다고. 두 여자는 이모부 부인으로 한집에 살면서 서로 얼굴 한번 붉힌 적이 없었고, 아줌마는 이모와 동거 3년이 지난 어느 날 집을 나갔다고. 이모부는 아줌마가 집을 나간 원인을 이모가 본부인에게 정성을 다하지 못한 탓으로 돌리며 폭력을 휘두른 거지. 이모는 아줌마가 낳은 두 자식을 정성을 다해 살뜰히 키웠다고 했지. 아줌마는 집을 나간 지 2년이 지난 후 두 아이를 데려갔는데, 아이들이 본처에게 가자 이모부는 죽음에 이를 정도로 이모에게 무자비한 폭력을 휘둘렀다고.

"이모가 아줌마한테 얼마나 미안했겠니."

처녀가 하루아침에 후처가 되어 본처에게 죄인이 되어 살아야 했던 이모야말로 세상에서 가장 불쌍한 사람이라고. 여자는 순결 잃으면 이유 불문하고 첫 남자한테 시집가야 하는 개 같은 전통문화는 사라져야 한다고 목소리를 높이며 다시 말을 이어갔어. 이모가 돌아가시던 날도 그놈은 며칠 만에 집에 돌아오는 길이었는데, 그때 당시 이모부는 옆 동네 미망인을 꼬여 살았다고.

"그 여자가 남자에 미쳐서 그놈하고 살았겠니? 무서워서 산 거지."

이모부는 미망인의 집에 살면서 어쩌다 한 번씩 이모한테 와서는 괜한 트집을 잡아 폭력을 행사했다고 했어. 당시 이모부는 마을 이장을 하고 싶은데 동네 사람들이 뽑아주지 않은 거지. 이장은 동네 사람들 신임을 얻어 5년째 이어가니 부인을 성폭행으로 해코지하려다 이장한테 들켜 도망갔고, 이장은 이모부를 잡으러 이모 집으로 쫓아온 거지. 이모에게 남편의 행적을 물었고 이모는 당연히 모른다고 했겠지. 이장의 집에서 도망쳐 온 이모부는 뒤란에 숨어서 두 사람을 지켜보았던 거지.

"나쁜 놈! 그놈은 천벌을 받았을 거다! 천벌을!"

이장이 집을 나가자 벌건 대낮에 외간남자와 놀아난다고 트집 잡아 주먹을 휘둘렀고, 그 폭력이 끔찍한 살인으로 이어진 거라고. 마을은 전무후무한 살인사건으로 흉흉한 그 날에 집을 나갔다가 두 달여 만에 돌아온 아버지. 엄마가 한 푼 두 푼 모아둔 돈을 가지고 또다시 집을 나갔던 아버지가 며칠 후 다시 돌아왔는데 순자 엄마도 마을로 돌아왔어. 순자 엄마가 돌아왔을 때 순자가 손등으로 눈물을 훔치며 우리 집에 왔잖아.

"아줌마, 우리 엄마 살려주세요. 아줌마들이 우리 엄마 막 때려요~"

순자 엄마가 동네 사람들한테 두들겨 맞는다는 소릴 들은 아버지는 안절부절못하면서 줄담배만 피워대던 모습이 지금도 눈에 선해. 엄마는 순자네 집으로 달려갔고 나도 따라갔지. 순자 엄마는 동네 아줌마들에게 맞고 있었어.

"나도 피해자입니다. 동네 남정네들이 나를 가만 내버려 두지 않았어요. 내가 마을을 떠나겠습니다!"

몇 달 후 순자 엄마는 아이들을 데리고 이사를 하였고, 순자도 다시는 볼 수 없었어. 순자네 빈집은 세균의 온상처럼 여겨졌는데 어느 날 훨훨 불타 흔적도 없이 사라졌지.

"다 꼴도 보기 싫어! 내 눈앞에서 꺼져버려!"

순자네가 이사하자 아버지는 술 취해 있는 날이 더 많았어. 술 사 오라고 주전자를 마당에 내던지는 아버지는 살아 숨 쉬는 사람 같지 않았지. 몇 날 며칠 술병을 앓다가 벌떡 일어나 불시에 집을 나갔다가 며칠, 일주일, 열흘 만에 돌아오곤 했지. 술병을 쥐고 사는 아버지를 두고 병식이 할머니는 역마살이 끼었다고, 그놈의 사랑 징하다! 징해! 혀를 차곤 했어.

순자네가 마을을 떠나간 지 5년이 흘러간 해 겨울. 내 유년 시절에는 집에서 잔치했었는데 병식이 할아버지 칠순 잔치가 열렸지. 동네 아줌마들은 엄동설한에 잔치 음식을 하느라 바쁘고 아저씨들은 음식을 먹느라 바빴어.

"사랑이 좋으냐~ 친구가 좋으냐~ 사랑도 좋고 친구도 좋지만~ 내 품에 안긴 사랑이 더 좋더라~"

만취한 아버지가 품에 안긴 사랑이 더 좋더라~ 흥얼거리며 얼음 언 개울을 건너오다가 미끄러져 손목이 부러졌지.

"당신 같은 아버지는 차라리 없는 게 낫소. 당신하고 한집에 사는 게 징그럽소! 징그러워! 가시오. 훨훨 가시오!"

아버지 팔에 한 달 넘게 칭칭 감겨있던 깁스를 풀던 날 엄마는 작심한 듯 아버지에게 말했어. 아버지는 엄동설한에 얼어 뒈지라고 내쫓는 거냐고, 여편네가 피도 눈물도 없다고 밥상을 뒤엎었지. 엄동설한이라고 소리를 내지르던 아버지는 살갗을 파고드는 바람이 차디찬, 처마에 고드름이 녹아 똑똑 떨어지는 어느 날 홀연히 집을 나갔어. 내가 고등학교 진학을 앞둔 해였어. 마을에서는 아버지가 순자 엄마를 잊지 못해 찾아갔다는 소문이 파다했어. 아무렴 어떤가. 일삼아 술주정을 해대던 아버지가 없어 집안은 더없이 평화로웠지. 아버지가 순자 엄마를 따라갔는지 알 수는 없지만, 다시 집으로 돌아오지 않기를.

7
그녀들의 항거

엄마, 나는 문득문득 꽃다운 나이에 비명에 돌아가신 이모를 생각하면 지금도 가슴이 먹먹해지곤 해. 한집에서 두 여성이 한 남자를 모시고 살아야 했던 이모. 시어머니의 혹독한 시집살이로 한쪽 눈 시력까지 잃은 엄마.

남자들은 부인에게 휘두르는 폭력이나 외도에 대해 죄책감은커녕 남자니까 정당화하고, 남편들이 그 어떤 행위를 저질러도 이해하고 참고 인내하면서 여자로 태어난 죄려니 숙명으로 여기는 여자의 인생.

엄마와 이모의 인생을 보고 자라면서 굳건한 다짐을 했었지. 나는 결혼하면 남편에게 종속 관계가 아닌 사람과 사람으로서 서로 존중하고 존중받으며 살리라. 그러나 나 역시도 엄마와 같은 삶을 살게 되더라고. 그런 내가 싫었어. 남편에게서 벗어나고 싶었지만, 이혼도 쉽지 않았어. 그가 혼외자를 낳았을 때 이제는 그에게서 벗어나는구나. 이혼을 요구했지만, 그는 합의해 주지 않았어. 그가 해외에 있어 얼굴도 볼 수 없으니 소송도 할 수 없었지.

그의 젊은 부인에게서 낳은 아들이 무럭무럭 자라고 있는데도 이혼은 요원한 채 세월만 흘러가고 있었던 거야. 사실 엄마한테 남편과 이혼했다는 말을 했을 때는 이혼이 되지 않은 상태였어. 언젠가는 이혼할 것이기에 매도 미리 맞자는 심정으로 이혼했다고 거짓말한 거지.

"듣던 중 반가운 소리구나. 멋지게, 모양새 나게 살아라!"

엄마한테 이혼 잘 했다는 칭찬받고 사실은 깜짝 놀랐어. 이혼이 무슨 소리냐. 남자는 여자 하기 나름이다. 너도 성질 좀 죽이고 남편한테 잘해라. 여자는 한 번 시집을 갔으면 죽어서도 그 집 귀신이 되는 거라고 한바탕 호되게 혼날 거로 생각했거든. 그런데 이혼 잘 했다고 폭풍 칭찬을 하다니.

아버지가 집을 나가고 나서 엄마는 개울가 둑에 앉아 지는 석양을 바라볼 때가 많았어. 내 눈에 엄마의 등은 시려 보였지. 엄마 등을 바라보노라면 괜스레 마음이 아련해지고 눈물이 나곤 했어. 엄마가 지는 석양을 바라보는 먼 눈길은 돌아오지 않는 아버지를 향한 오랜 기다림이고 진한 그리움이라고. 나는 정말이지 평생을 보고 싶지 않은 아버지이지만 엄마를 위해서 돌아오면 좋겠다고. 그런데 엄마가 나의 이혼을 대찬성하는 걸 보고 그때야 비로소 알았어. 엄마도 아버지와 간절하게 이혼하고 싶었다는 걸. 엄마는 이혼하고 싶지만, 아버지가 조강지처와는 이혼하는 게 아니라면서 합의이혼을 해주지 않았고, 주민등록등본에 아버지는 아직도 엄마의 남편이라는 걸.

엄마가 둑에 앉아 지는 석양을 바라보았던 건 아버지를 향한 그리움이 아닌 자존감의 상실이었고, 존엄한 인간으로서 자기에게 보내는 연민이며 인생의 허허로움이었음을. 몸과 마음은 다른 여자한테 가 있으면서 조강지처와 이혼하지 않음이 조강지처한테 크나큰 은혜를 베푼 거로 생각하는 아버지의 무소불위는 누구로부터 증여받은 걸까.

엄마, 지금 생각해보면 아버지가 집을 나간 후부터 엄마는 많이 변했어. 다시 말해 엄마는 그동안 여성으로서 수용적으로 살아왔던 삶을 거부하고 반기를 들기 시작했다는 거지. 그러니까 여성에게 말도 안 되는 많은 금기를 하나씩 깨부수는, 지금으로 말하자면 여성으로서 혁신적인 삶을 살고자 했던 거 같아.

엄마가 첫 번째 금기의 벽을 깨부수는 행보가 발현된 날은 마을에서 대동회가 열리는 날이었어. 마을에서는 1년이 마지막 가는 12월에 대동회가 열리는데 남성들만 참석했었지. 그 회의에서는 읍사무소 등등에서 마을에 지원되는 후원금 등을 마을 발전을 위해서 어떻게 써야 하는지를 논의했지. 그런데 엄마가 대동회의장에 무작정 들어가서 여자들도 회의에 참석해야 한다고 강력하게 주장했던 거지.

"대동회는 여자가 끼는 자리가 아닙니다. 남자들만 있는 자리에 여자는 희숙 엄마뿐이잖아요! 창피하지도 않아요!"

"이장님이 회의 내용을 다 알려 줄 건데 여자가 왜 나섭니까! 여자가 나서면 재수 없어 되는 일도 안 됩니다!"

마을 남자들은 이구동성으로 대동회는 전통적으로 남성들만 참석하는 회의라고 하면서 여성들의 참석을 불쾌하게 여겼지.

"아무짝에도 쓸데없는 전통은 개나 갖다 주세요. 여자는 사람이 아닙니까? 회의 내용을 꼭 남편을 통해 들어야만 하는 거냐고요?"

엄마는 물러서지 않고 여자 남자 따지지 말라고 했지. 마을 주민이면 누구나 참석해서 마을의 발전을 위해 서로 의견을 나누고, 회의가 끝나면 식사도 같이하면서 정을 나누는 모두의 대동회가 되어야 한다고 피력했던 거지.

"대동회는 남자들만 참석하는 전통인가 보다 생각만 했지 뭐야."

엄마의 제안에 마을 아줌마들은 미처 생각지도 못했던 일이라며 박수를 했고, 여자들도 사람인데 왜 남자들만 참석하느냐고 반기를 들었던 거지. 그 해부터 아줌마들도 대동회에 참여하게 되었고, 회의가 끝나면 음식을 만들어 어린아이부터 어르신까지 음식을 나눠 먹으며 마을 잔치가 열리는 모두의 대동회가 되었던 거지.

엄마는 대동회를 필두로 마을 대소사에 관심을 자주 보였는데 무엇보다도 동네 아줌마들을 변호하는데 두 팔을 걷어붙였지. 아줌마들은 남편과 싸우다가 맞으면 남편 없이 혼자 있는 엄마한테 달려와 하소연을 하곤 했는데, 특히 덕순 아버지는 고주망태가 되면 살림살이를 부수고 덕순 엄마한테 폭력을 휘두르는 주사가 심했지.

"중매쟁이한테 속아 저런 인간말종한테 시집와 이 모양으로 사네! 여자에 노름에 원수 덩어리! 허구한 날 맞기만 하는 개도 안 물어 갈 이놈의 내 팔자~"

덕순 엄마는 눈물을 흘리면서 한 많은 여자의 인생을 풀어냈지.

"남자가 술 취했으면 곱게 잠이나 자면 되잖아! 술을 주둥아리로 처먹지 주먹으로 처먹었냐? 사내새끼가 오죽 못났으면 여자를 때리냐! 네 마누라 때려봤자 골병들어 아프면 병원비는 네 주머니에서 나가는 거야 이놈아! 그걸 보고 꼬부랑 자지 제 발등에 오줌 싸는 거라고 했다 이 못난 놈아!"

엄마는 자다가도 벌떡 일어나 득달같이 덕순 아버지한테 달려가서 육두문자를 퍼부어 댔어.

"여자 목소리가 담장 밖을 넘어가면 집안이 망한다는 거 몰라요! 여자가 고분고분하지 않고 남자처럼 드세니까 희숙 아버지가 바람이 났지!"

덕순 아버지는 엄마가 천상 여자가 되지 못해 아버지가 바람이 났다고 비하했어.

"내 남편이나 너나 주먹 함부로 놀리다가 패가망신한다는 걸 충고하려는 거다 이놈아~ 자고로 마누라 우습게 여기는 놈치고 잘난 놈 하나도 없더라!"

엄마는 마누라한테 폭력이나 휘두르는 놈은 불알을 차고 있을 자격이 없다고 하면서 당장 불알을 떼버리라고 큰소리를 땅땅 쳤지. 동네에 부부싸움이 벌어지는 중심엔 어김없이 엄마가 있었어. 동네 아저씨들과 목에 핏대를 세우며 욕설을 퍼붓는 엄마가 어린 마음엔 많이 창피했지. 다른 집 아줌마들은 아저씨들한테 말대꾸도 하지 않는데 엄마는 왜 아저씨들과 싸울까. 그뿐은 아니었어. 농번기에 동네 남자들이 모여서 화투를 쳤는데, 그 화투판의 돈은 일 년 내내 땀 흘리며 농사지은 곡식을 판 돈이었어. 처음에는 10원부터 시작하다가 나중에는 도리짓고땡으로 이어지기 일쑤였지. 하룻밤 화투로 일 년 고생한 대가를 탕진하는 일도 비일비재했는데, 돈을 잃은 사람과 딴 사람 사이에 감정이 일어 큰 싸움이 벌어지기도 했어.

"그 돈이 어떤 돈인데 하룻밤 아가리에 털어 넣느냐! 네가 사람이냐! 짐승이지!"

"시끄러워! 여자가 첫새벽부터 악을 쓰니 돈을 다 잃는 거야!"

부인은 돈 잃은 남편에게 악을 쓰고 남편은 듣기 싫다고, 남자 하는 일에 여자가 간섭하니 되는 일이 없다면서 되레 부인에게 폭력을 휘둘러댔지. 엄마는 싸움이 벌어졌다는 소리만 들으면 단숨에 화투판이 벌어진 집으로 달려갔지.

"세상에~ 한동네서 가족처럼 지내는 사람들끼리 돈 따먹기가 웬일이야! 너희가 사람 새끼냐! 짐승보다도 못한 개놈들이야!"

화투판에 둘러앉아 있는 남자들한테 욕설을 바가지로 퍼부으며 화투판을 뒤엎었어. 엄마가 매번 화투판을 뒤엎는 바람에 동네 아저씨들은 화투판을 접게 된 계기가 되었고, 농번기 때 화투를 치는 대신 새끼를 꼬아 팔아 모은 돈은 대동회 날 집집마다 분배하여 살림에 도움이 되었던 거지.

엄마는 그렇게 남성들의 불의에 발 벗고 나섰고, 동네에서 여장부로 불렸어. 남편들한테 매 맞으며 부당한 인생을 살아온 여성들이 비단 마을 아줌마들과 엄마 이모뿐이었을까. 엄마가 부인에게 폭력을 휘두른 남자들에게 맞섬은, 여자는 남자의 종속 관계가 아니요, 여자는 한 번 시집을 갔으면 남편이 무슨 짓을 해도 참고 살아야 한다는 것에 대한 반기였음을. 혹독한 시집살이에 남편에게 맞으며 살아왔던 엄마로서는 그릇된 남성들의 행동에 여성으로서의 항거였고, 여자도 남자처럼 똑같은 인간으로 존중받아야 함을 외침이었으며 자신의 삶을 당당하게 살아내려 했던 의지였음을.

엄마, 엄마한테 이혼 잘 했다는 칭찬을 받기 전까지만 해도 사실 이혼이라는 사회적 편견이 두려운 건 사실이었어. 이혼 잘 했다는 칭찬 듣고 엄마의 소망은, 세상 모든 여성이 남편에게 매 맞지 않고 살기를 간절히 바랐고, 한 걸음 나아가 내 딸들은 남편의 폭력이나 외도를 눈감지 않고 불합리한 결혼생활에 종지부를 찍는 강단 있는 여성으로 살아가기를. 설령 이혼녀가 되더라도 세상의 편견에 굴하지 말고 당당하게 자신의 길을 걸어가기를 바랐다는 걸 비로소 깨달은 거지.

나도 엄마처럼 당당하게 살리라. 미루고 있었던 이혼을 적극적으로 요구했어. 합의이혼을 계속 미룬다면 회사에 외도 사실을 알리겠다고.

“꼭 그렇게 망신을 줘야겠어. 이번 구정 때 한국에 가니까 서류정리 하자!”

혼외 자식을 낳은 게 망신이라는 걸 아는지 회사에 알리겠다고 하자 그는 당장 이혼해 준다고 했지. 그는 봄에 한국에 나왔고, 그가 혼외 자식을 낳고 3여 년 만에 이혼에 마침표를 찍은 거지.

“이년아! 5년도 살지 못할 걸 뭔 지랄 났다고 이혼 도장 인주도 마르기 전에 재혼 딱지 붙여! 그것도 모자라서 두 번 이혼 딱지까지 붙이고 꼴 보기 좋~다! 아주 큰 벼슬했구나! 벼슬했어!”

엄마가 망각의 병을 앓지 않는다면 필시 내 등짝을 후려치며 한마디 했을 거 같아. 그래요. 이혼 도장 마르기도 전에 재혼을 서둘렀음을 후회해. 이제 와 이런 말이 무슨 소용이 있을까마는 두 번째 남편과 이혼할 줄 알았더라면 재혼이나 하지 말 것을. 엄마한테 등짝 맞아가며 티격태격 살걸, 하는 후회가 들어. 엄마하고 같이 살았더라면 엄마 치매를 빨리 발견했을 거잖아. 치매를 조기 발견하고 약을 먹으면 치매 진행이 느리고, 치매 초기 환자는 보호를 받으면 얼마든지 정상적인 생활을 할 수가 있다고. 진즉에 엄마의 상태를 알아보지 못한 게 한으로 남아. 평소 지인들 부모님이 치매를 앓는다는 소릴 들었지만 남의 일일 것만 같았어. 그런데 엄마가 치매라니. 특히나 엄마가 치매 진단을 받게 된 장소가 구치소였다는 사실은 나를 더더욱 슬프게 한다우.

엄마, 2년 전에 엄마한테 무슨 일이 일어났는지 알아? 엄마가 아버지에게 낫을 휘둘러 살인미수 혐의로 구치소에 수감된 피의자 신분이었어. 지금도 그날을 떠올리면 가슴이 벌렁벌렁 뛰어.

그날은 수요일이었어. 수요일과 일요일은 마음이 바쁜 날이지. 왜냐하면 시아버님께 밑반찬을 해 드리는 날이거든. 나는 마트에서 계산원 일을 하는데, 온종일 서서 고객들이 산 물건들을 하나하나 들어 바코드 기계에 찍는 일이야. 일과를 마치고 집에 돌아오면 팔다리는 천근만근. 정말이지 아무 생각 없이 딱 한 시간만 쉬고 싶은 생각이 굴뚝 같아. 그래도 쉴 수가 없지. 집안일이 산더미처럼 밀려 있으니까.

그날은 아침부터 머리가 지끈거리더니 점심을 먹고 났는데 몸이 으슬으슬 추워지면서 머리가 깨질 듯이 아팠어. 회사에 양해를 구하고 3시쯤 퇴근을 했지. 내가 근무하는 마트에서 돼지고기며 햄, 야채 등을 사서는 장바구니 캐리어에 담아 끌고 오면서 약국에 들러 감기약을 사 들고 집으로 왔어.

집 안에 들어서자 담배 냄새가 진동하고, 나의 두 번째 남편은 소파에 모로 누워 텔레비전에 곧 들어갈 듯 바라보면서 담배를 피우고 있었어. 거실 바닥에는 과자 봉지가 여기저기 나뒹굴고 개수대에는 라면을 삶아 먹은 냄비며 그릇이 차고 넘쳤지. 녹초가 된 몸을 이끌고 집에 들어왔을 때 난장판이 된 집 안을 보노라면 순간 부아가 치밀어 올라 한바탕 소리를 질러대지.

"담배는 밖에 나가서 피워야 하잖아요?"

그날은 더더욱 화가 났어. 아버님 반찬은 해야 하는데 몸은 아프고 집 안은 돼지우리니 기차 화통을 삶아 먹은 목소리가 저절로 흘러나왔어. 잔소리가 남편에겐 소 귀에 경 읽기. 더 소리 질러봤자 내 목만 아프고 싸움만 되니 혼자 속 끓이는 수밖에. 개수대에 넘쳐나는 설거지를 후다닥 하고 시아버님이 좋아하시는 돼지고기를 넣고 김치찌개를 끓이며 나물을 다듬고 있었어.

"아줌마! 햄은 하나도 없네요!"

준서가 김치찌개 뚜껑을 열어보더니 돼지고기만 잔뜩이라 했어. 실망한 얼굴로 햄 많이 넣어 달라고 투덜거렸어. 준서에게 햄 많이 넣겠다고 하면서 햄을 써는데 전화가 왔어.

"함창순 씨 따님입니까?"

전화를 받으니 경찰이라고 하는 거야. 엄마인 줄 알았다가 깜짝 놀랐어. 웬 경찰일까.

"김중배 씨가 아버님이고요?"

엄마에게 무슨 일이 일어난 거냐고 묻기도 전에 경찰은 아버지 이름까지 거론했어.

"함창순 어머니께서 김중배 아버님에게 낫을 휘둘렀어요. 아버님이 팔과 다리를 낫에 베어 병원 응급실로 이송되었습니다!"

경찰은 엄마가 흉기를 휘둘렀다고 하면서 강력범죄라고 했어.

"어머님이 몹시 불안하신지 사건 경위에 대해서 횡설수설하셔서 조사를 할 수가 없습니다. 아들한테는 며느리 창피하다고 절대 알리지 말아 달라고 부탁을 하셔서 따님한테 연락을 드리는 겁니다."

내 심장이 어찌나 뛰어대던지 숨이 잘 쉬어지지 않았어.

"제가 수원에 삽니다. 엄마한테 가려면 3시간은 족히 걸립니다. 우리 엄마 잘 좀 모셔주세요. 부탁드립니다."

전화를 끊었는데 혼이 나간 듯 정신이 하나도 없었어. 아버지가 기어이 엄마한테 갔구나.

"김중배가 가방 싸 들고 집에 들어오는 꿈을 꾼다! 그놈이 나를 때려! 몽둥이로 그놈 머리통을 묵사발 낼 거야!"

언젠가부터 엄마는 나와 전화 통화를 하면 아버지 꿈을 꾸었다고 했어. 그러면서 이제는 바보 등신처럼 맞고만 있지는 않을 거라고. 엄마는 살아생전 그놈의 상판대기는 두 번 다시 보고 싶지 않다고 하면서 멀리 이사 가고 싶다고 노래를 불렀어.

"젊은 날 처자식 버리고 다른 여자와 살다가 늙어 병들어 오갈 데 없으니 조강지처한테 돌아온다고? 아버지도 염치라는 게 있지. 아버지는 엄마한테 오지 않으니 걱정을 붙들어 매셔!"

아버지가 돌아오면 내 손에 장을 지질 거라고 호언장담했지. 그런데 엄마의 예감대로 아버지가 돌아온 거였어. 엄마는 정녕 살인의 의도를 가지고 아버지에게 낫을 휘둘렀을까? 나는 강력범죄라는 경찰의 말에 동의하고 싶지 않았어. 추측해보건대 엄마는 꿈에서라도 보고 싶지 않았던 아버지가 갑자기 나타났으니 당황했고, 아마도 두 분은 말다툼을 하셨으리라. 아버지 성격으로 보아 분명 여자가 어디 남자한테 대거리하느냐며 폭력을 휘둘렀고, 엄마는 방어하다가 홧김에 낫을 휘두르고 그 과정에서 아버지가 다친 거라는 결론이 내려졌지.

나는 얼른 햄을 썰어 찌개에 넣고는 남편한테 말했어. 지금 엄마한테 가봐야 할 거 같다고.

"장모님이 위독하셔서 병원에 입원하신 거야?"

남편이 놀라 물었어. 엄마가 아픈 건 아니라고, 아버지가 오셨는데 아마 두 분이 싸움을 하신 거 같다고 했지.

"장인어른이 돌아오신 걸 보니 그래도 마지막 사랑은 장모님이신가 보네."

남편은 노인들의 사랑싸움이 빚어낸 해프닝이라고 했어.

"사랑 같은 소리 하네!"

사랑이라는 단어가 남편의 입에서 나오는데 아주 듣기 거북하고 부아가 치밀었어. 나는 사랑이 아니고 싸움이라고. 말싸움이 폭력으로 변했고 엄마가 방어하느라 낫을 휘둘렀는데 아버지가 다쳐 병원에 가셨다고. 엄마가 경찰서에서 조사를 받으니 가봐야 할 거 같다고 했지.

"아니 반평생을 다른 여자와 살다가 조강지처한테 돌아왔으면 반가운 일 아닌가? 조강지처 생각하고 돌아온 남편한테 낫을 휘둘러? 그러니까 장인어른이 바람이 났지. 장모님이 말씀도 잘 안 하시고 빙그레 웃기만 하셔서 천상 여자인 줄 알았는데 장모님이 보통 성격은 아니네. 당신이 나한테 화를 벌컥벌컥 내면서 돼지 멱따는 소릴 질러대는 게 다 장모님을 닮았구먼~ 여자가 애교도 없고 나무토막처럼 뻣뻣해서 소리나 버럭버럭 지르고…"

내 말을 들은 남편은 혀를 내두르며 모녀가 버럭하는 성격은 붕어빵이라며 덧붙였어.

"저녁밥을 하다 말고 가버리면 우리 밥은 어떡해? 게다가 오늘은 아버지 반찬을 해서 드리는 날이잖아?"

나는 남편의 얼굴을 빤히 바라보았지. 기가 막혀 말이 나오지 않았어. 두 번째 남편과 사는 동안 일주일에 두 번 시아버님께 밑반찬을 해서 드렸다고 했잖아. 반찬거리가 별거 아닌 거 같아도 무슨 반찬을 해야 하나. 어깨에 항상 무거운 짐을 잔뜩 짊어지고 있는 거 같았어. 그뿐이 아니었지. 아버님은 협심증으로 가슴에 인공심장박동기를 삽입했는데 박동기 작동이 잘 되지 않아 숨을 잘 쉬지 못해 응급상황이 자주 발생했어. 한밤중에 자다 말고 일어나 아버님 모시고 응급실 다녀오면 힘이 쭉 빠지지. 잘했다는 건 아니야. 칭찬받으려는 건 더더욱 아니고. 만일 엄마가 한밤중에 응급상황이 발생했다면 나는 단숨에 달려갔을 테니까. 그런 마음처럼 시아버님께도 어른을 공경하는 마음으로 기꺼이 행한 도리지. 내가 시아버님께 도리를 다하려는 마음이듯 남편도 엄마한테 위급상황이 발생하면 도리를 다할 거라고 믿었던 거야.

"내 부모님 네 부모님을 떠나서 하는 말인데요, 지금 엄마가 경찰서에서 조사받고 있는데 자식으로서 가봐야 하는 건 당연한 거 아냐? 아버님 밑반찬 한 번 거른다고 큰일이라도 나나요?"

나는 끓어오르는 화를 억누르며 조곤조곤 말했지.

"큰처남 작은처남이 있는데 출가외인 딸이 친정 일에 왜 나서는 건데! 그리고 당신한테 내 아버지는 시아버지야! 여자가 결혼했으면 시댁 일이 먼저인 건 전통 미풍양속이라고! 옛날에는 며느리들이 시부모님 똥오줌 받아내면서도 군말이 없었어! 세상이 변하니 여자들이 기가 너무 세져서 큰일이야."

다른 여자하고 살다가 조강지처한테 돌아왔으면 잔치라도 벌일 만큼 경사가 난 일에 왜 가느냐고. 남편의 발언을 듣는데 머리에 벼락을 맞는 거 같았어. 남편의 생각은 여자는 결혼했으면 친정 일에 나서지 말고 시댁 일에나 신경을 써야 하는 게 며느리로서 해야 할 도리라는 거였어. 그러니 엄마의 일촉즉발 사정 따윈 귀에 들어오지도 않는 거였지. 남편은 두 부자가 밥을 손수 차려 먹어야 하는 번거로움과 밑반찬을 한 번 건너뜀으로써 아버님이 궁색한 찬으로 식사해야 하는 것만이 걱정이었던 거지.

"나는 당신 아버지 저녁 반찬보다 내 엄마의 손에 채워진 수갑을 풀어주는 게 우선순위라고 생각해!"

나는 세제 거품이 잔뜩 묻어 있는 고무장갑을 벗어 바닥에 내동댕이쳤어. 세상이 변해 가면 의식도 변해 가야 하거늘 가부장적 관습에 굳어져 있는 남편에게 더 이상 말로써 설득은 불가능했고, 설득하려고 애쓰고 싶지도 않았어. 설거지며 주방 바닥에 널려 있는 나물들을 그대로 벌여놓은 채 집을 나와 남편 자동차에 시동을 걸었어. 액셀러레이터를 밟는데 서러움이 북받치면서 뜨거운 눈물이 하염없이 흘렀어. 경찰서 차디찬 유치장에 갇혀 있을 엄마가 불쌍해서 나오는 눈물이 아니었어. 솔직히 그 순간에는 엄마보다는 나에 대한 연민에 빠졌어. 나름은 주위 배려하면서 욕심 없이 살아왔다고 자부하건만 왜 나는 지지리 복도 없을까. 옛날 말에 마누라가 예쁘면 처갓집 말뚝에 절을 한다고 했던가. 두 번째 남편한테도 아내로 인정받지 못하고 사니 엄마도 사위한테 경시받는구나. 사나운 내 사주팔자가 원망스럽고 서러워 나는 눈물이 났어.

"그 인간 뒈져야 하는데. 죽이지 못한 게 한이다!"

유치장에 있던 엄마가 나를 보더니 대뜸 한마디 했어. 엄마 얼굴을 보니 왼쪽 눈두덩이 시퍼렇게 멍들어 있었어. 보나 마나 아버지한테 주먹으로 맞은 흔적이었지.

“아버지는 치료받으니까 괜찮겠지. 엄마, 눈 많이 아파?”

한평생을 다른 여성과 살다가 늙어 돌아온 아버지가 또다시 엄마에게 폭력을 휘둘렀다니. 경악을 금치 못 할 일이고 아버지가 한없이 원망스러웠어. 만일 아버지가 옆에 있었더라면 똑같이 해주고 싶었어.

“이깟 보이지도 않는 눈깔이 뭐가 중하냐! 그놈을 내 손으로 죽이지 못한 게 한이다 한이여!”

“어르신! 왜 할아버지를 죽이려고 하신 겁니까?”

내가 오자 형사는 본격적으로 조사를 시작했지.

“죽이려고 한 거라니요? 형사님! 아버지가 엄마한테 폭력을 휘둘렀어요. 눈 좀 보세요!”

나는 형사에게 낫에 베인 아버지는 보이고 주먹으로 맞아 퉁퉁 붓고 멍든 엄마의 눈은 보이지 않느냐고 항변했지.

“어머니께서 죽이지 못한 게 한이라고 하시잖아요? 그 행위는 의도적이죠!”

“맞아요. 내가 그놈 죽이려고 낫으로 찍었어. 그놈이 가방을 들고 왔습디다. 아주 살러 왔다나. 내 허락도 없이 무작정 방으로 들어왔어요. 갈 때는 네 맘대로 갔지만 올 때는 내 허락 없이 못 온다고 했어요. 당장 내 집에서 나가라고 소리 질렀어요. 그랬더니 눈깔 병신이 지랄한다면서 눈을 쳤어요! 주먹부터 올라오는 건 예나 지금이나 하나도 변하지 않았지요!”

엄마는 아주 흥분한 상태였어. 나는 엄마를 제지하며 형사에게 부탁했지. 아버지랑 합의할 것이니 사건화시키지 말아 달라고.

"아버님께서 병원 가시면서 절대 합의하지 않고 법대로 하신다고 하셨습니다!"

형사의 말을 들으면서도 믿어지지 않았어.

"눈에서 불이 번쩍 납디다. 머리가 휑하면서 어지러워 뒤로 나자빠졌어요. 살러 왔다는 놈이 주먹부터 휘두르니 참 기가 막히고 부아가 치밀어 오르는데… 그놈이 때릴 때마다 무서워서 잘못했다고 싹싹 빌었어요. 그런데 오늘은 빌고 싶지 않았어요. 내가 잘못한 게 뭐에요? 그놈의 주먹에 맞아 죽는 한이 있더라도 대들어보자! 벌떡 일어나서 낫을 휘둘렀어요! 낫을 휘두르니 그놈이 뭐란 줄 아세요? 조강지처한테 돌아왔는데 무슨 불만이냐면서 돈뭉치를 방바닥에 패대기칩디다. 천만 원이라나! 내 참 기가 막히고 억장이 무너져서…"

엄마가 비실비실 웃는 눈에 그렁그렁 매달린 눈물을 보는데 내 가슴이 얼마나 아프던지.

"어르신! 지나가는 거지가 집에 들어와도 냉수 한 그릇 대접하는 게 인정인데 하물며 남편이잖아요. 그래도 자식을 낳고 산 정이라는 게 있는데… 늘그막에 사죄하려고 돈 들고 오셨잖아요. 막말로 그 돈이라도 가져 왔으니 다행 아닌가요? 돈 한 푼 없이 와서 아프면 어떡합니까? 당장 병원비가 들어가야 하는데. 천만 원이라도 고마운 거 아닙니까?"

형사의 뜻밖의 발언에 나는 너무나 깜짝 놀랐고 말았어.

"지금 부부간의 정이라고 말씀하셨습니까? 형사님은 저의 엄마를 눈물도 없는 비정한 사람으로 몰고 가시네요! 한 마을에서 언니 동생 하면서 지내던 여자와 바람이 나서 30여 년을 넘게 살았는데 부부간의 정이라고요? 엄마는 여자가 못나서 남편이 바람났다는 소릴 한평생 들으며 살아오셨어요. 자존심 짓밟히며 살아오신 분한테 부부간의 정이라고요? 천만 원으로 엄마 인생이 보상됩니까?"

형사한테 엄마를 돈의 노예로 취급하지 말라고 고함을 질러댔지.

"어르신 인생이 딱한 건 알겠다고요. 다시 한번 말씀드리지만 어르신 심정 충분히 이해합니다. 그렇지만 어르신 세대들은 다 그렇게 사셨다는 걸 말씀드리는 겁니다. 우리의 어머니들은 젊은 날 남편이 다른 여자와 살다가 조강지처한테 돌아오면 고맙다고 병수발 다 들어주었고, 할머니처럼 낫을 휘두르지는 않는다고요. 낫을 휘두른 건 사람을 죽이려는 범행입니다!"

형사는 엄마 시대의 여성들은 남편의 어떤 행위도 받아주며 살아왔던 희생에 가치를 두었고, 여성 이전에 한 인간으로서 인권이 말살된 한 많은 세월에 대해서는 헤아리려 하지도 않았어.

"형사님! 말씀 함부로 하지 마세요! 남자는 무슨 짓거리를 하면서 살았든 늙어 조강지처한테 돌아오면 얼씨구나 좋다 하고 무조건 받아주어야 미덕이고 인간적 도립니까? 그리고, 형사님! 지금 21세기를 살고 있습니다. 폭행 사건을 다루는데 케케묵은 조선 시대 여자의 일생으로 왜 회귀를 하는 겁니까?"

"따님! 조선 시대로 되돌아간 게 아닙니다. 인생 말년에 돌아온 남편을 따듯하게 맞아주었으면 어땠을까, 하는 아쉬움을 말하는 겁니다!"

형사는 엄마를 비정한 노인으로만 폄하하려고만 했어.

"따듯하게 맞으라고요? 아버지가 어떤 삶을 살아왔든 돈 가지고 돌아왔으면 용서해야 하는 건가요? 한평생을 한으로 살아온 아내한테 일말의 양심이 있는 남편이라면 먼저 석고대죄부터 했겠지요. 석고대죄는

커녕 주먹부터 휘두르는데 어느 사람이라도 방어를 하지 않겠어요?"

형사에게 강변하는데 엄마가 끼어들었어.

"자식 셋 끌어안고 이를 악물고 살았어요! 시퍼렇게 젊어서는 딴 여자와 그 자식들 먹여 살리다가 다 늙어 쭈그렁바가지 되니까 돌아와 뭘 잘했다고 주먹질인데!"

엄마는 가슴에서 끓는 화를 주체할 수 없다는 듯 주먹으로 책상을 후려쳤어.

"어르신, 아버님이 주먹을 휘두른 건 잘못입니다. 그런데 주먹은 흉기가 아니고 낫은 흉깁니다 흉기! 낫에 베이면 사람은 죽는다고요. 살인미숩니다. 살인미수!"

쾅! 소리에 형사가 흠칫 놀라며 엄마가 휘두른 낫은 흉기라면서 계획적 범죄로 단정 지었어.

"아버지는 엄마하고 살면서 당신 기분 나쁘면 엄마한테 욕설을 퍼붓고 폭력을 휘둘렀어요. 아버지가 엄마한테 폭력을 휘두를 때는 미친 사람 같았어요. 눈에 보이는 건 모두 폭력의 도구였다고요. 장작이며 낫, 호미 가리지 않고 엄마를 마구 때렸다고요. 여기 등 좀 보세요."

나는 엄마 옷을 훌러덩 위로 올리며 등을 형사에게 보여주었지. 등엔 아버지가 휘두른 낫에 찍혀 피가 엄청났었고 그 흉터는 고스란히 남아 있었어.

"엄마는 아버지와 사시는 동안 맞고 사셨다고요. 폭력의 당사자가 또다시 나타나 주먹을 휘둘렀어요. 낫만 흉긴가요? 주먹도 엄연한 흉깁니다! 폭력으로 사람이 사망한다고요!"

엄마는 방어 차원에서 낫을 휘둘렀을 뿐이고, 아버지는 운 나쁘게 베인 것이라고, 범행이 아니라 정당방위라고 주장했지.

"낫은 마루에 있는 물건이 아닙니다. 창고나 밖에 있어야 하는 도구라고요. 도구가 마루에 있을 때는 흉깁니다. 평소에 흉기를 집 안에 두었다는 건 범행을 계획하고 있었다고밖에 볼 수 없습니다!"

주먹도 흉기가 될 수 있다고 강변했지만, 형사는 치밀하게 계획된 범죄라고 단정했어.

"엄마는 평생을 폭력이라는 트라우마에 시달리셨습니다. 최근에는 무섭다는 말씀을 자주 하셔서 제가 낫을 방에 가져다 놓으라고 했습니다. 마음을 안정시키기 위한 일종의 호신용이라고요."

"눈을 한 대 맞으니 정신이 번쩍 납디다!"

엄마가 또다시 내 말을 끊고 나섰어.

"저놈을 죽이자. 죽기 전에 그놈을 내 손으로 죽여야 가슴에 맺힌 한이 풀릴 거 같았어. 그래서 장롱 옆에 있던 낫으로 그놈을 찍었어!"

엄마는 갑자기 의자에서 벌떡 일어서서 낫으로 후려치는 시늉을 했어.

"너희 아비가 집에 왔다! 그놈을 죽여야 해!"

엄마는 의자에 앉았다 일어나기를 몇 번 반복하더니 나에게 꾸물대지 말고 빨리 집으로 가자고 했어. 나는 엄마의 이상행동을 보면서 아버지에 대한 두려움이 큰 까닭이라고만 생각했어. 지금 돌이켜보면 엄마는 이미 온전한 정신이 아니었는데 그걸 인지하지 못한 거지.

"따님! 어르신 말씀 들으셨죠? 어르신은 처음부터 아버님을 죽여야겠다고 일관된 진술을 하십니다. 어르신이 살아오신 안타까운 인생을 충분히 압니다. 안타까운 인생을 살아오셨다고 모든 범죄가 용서되는 게 아닙니다!"

형사는 부지깽이가 호신용이고 낫은 결코 주먹과 다른 흉기라고 딱 잘라 말했어. 계획된 사건이 아니라 방어하려다 일어난 불상사, 정당방위를 호소했지만, 특수성을 지닌 낫을 집 안에 두었다는 것은 범행을 미리 계획했다는 명백한 증거로 볼 수밖에 없다고 천명했고, 엄마에게 특수상해와 살인미수 혐의가 적용되었지.

"아버지를 만나서 합의할 겁니다!"

"검찰에 가서 이야기 잘해 보세요!"

고령의 노인이니만큼 도주의 우려가 없다고 불구속 수사를 해 달라고 애원했지만 소용없었어. 형사는 엄마의 심신이 불안정하고 자살의 위험성이 있다면서 형이 확정될 때까지 보호관찰이 필요하다며 기소의 견으로 검찰에 송치했지.

"내가 막 경찰이 되었을 때는 할아버지가 할머니를 때린다는 신고가 많았는데… 요즘은 할아버지들이 할망구한테 맞았다는 신고가 점점 늘어나니 원… 한평생 처자식 먹여 살리느라 고생하고 늙어서는 괄시받고 남자들이 불쌍한 시대를 살고 있지…"

형사는 나 들어보라는 식으로 중얼거리며 컴퓨터 화면에 얼굴을 파묻고 키보드를 쳤어. 인정사정없는 형사가 야속했지. 유치장에 앉아 있는 엄마를 보자니 눈물이 절로 났어. 그때 남편한테서 전화가 온 거야.

"차가 없어서 내일 출근하는데 불편해서 그래. 오늘 밤에라도 차 가져오면 안 돼?"

장모님은 어떠시냐고 묻지도 않았어. 나는 아무 말도 하지 않고 전화를 끊었어.

엄마를 유치장에 두고 엄마 집으로 갔지. 평소 집 안을 쓸고 닦아 파리가 미끄러진다는 소릴 듣는 엄마였잖아. 그런데 사계절 옷이 한데 뒤엉켜 있는 집 안은 쓰레기장을 방불케 했고, 장롱이며 서랍장 문이란 문은 죄다 열려 있었어. 그뿐이 아니었어. 호미며 쇠스랑, 삽, 낫이 장롱 앞에 옆에 수북이 쌓여있었어. 여러 쟁기가 방 안에 있는 것을 보고도 엄마의 정신감정을 의뢰할 생각을 미처 못했다니. 그저 아버지가 무서워 호신용으로 쟁기를 갖다 놓은 거라고만 생각했던 거지. 어질러진 집 안을 밤늦도록 청소하고 잠깐 눈을 붙이고 일어나 밥을 했지. 냉장고 냉동실에는 두 아들이 사다 놓은 고기며 생선들이 한가득 쟁여 있었어. 해동시켜 반찬을 해서 구치소에 갔지. 엄마가 밥이며 반찬을 맛있게 먹는데 어찌나 기분이 좋던지.

"희숙아, 너희 집에 웬 사람이 이렇게 많니?"

엄마는 밥을 다 먹고 나더니 경찰서 내부를 죽 둘러보며 의아한 눈빛으로 물었어. 평소 농담을 잘 하시는 엄마였기에 농담하는 줄만 알았지 뭐야.

"근데 너는 왜 나한테 용돈 한 닢 안 주니?"

엄마가 나를 쳐다보며 용돈 달라고 화를 벌컥 내면서 손을 불쑥 내밀었어.

"엄마, 미안해요. 담에 올 때는 용돈 꼭 드릴게~."

엄마한테 변변하게 용돈 한 번 드린 적이 없는 나는 미안해서 어쩔 줄 몰랐어. 수중에 있는 삼만 원을 드리기엔 낯간지러워 차마 드릴 수가 없었어. 엄마는 섭섭했는지 등을 보이고 앉았고, 다행히 오래지 않아 호송차가 왔지.

엄마를 실은 호송차가 경찰서를 빠져나가는 것을 보고 아버지가 입원한 병원으로 갔지. 아버지는 일반 병실로 옮겨진 상태였고, 아버지가 입원해 있는 병실로 가는데 호랑이굴로 들어가는 것만 같았어.

흰머리가 성성한 아버지. 30여 년 만에 보는 아버지 얼굴은 할아버지인데 한눈에 아버지였어. 아버지가 앉아 있는 침대 앞에 순자 엄마가 앉아 있다가 나를 보곤 어색하게 웃었어.

"아버지가 죽었다가 살아났는데 어느 자식 하나도 코빼기 한 번을 들이밀지 않는 게 자식새끼냐? 무자식이 상팔자라더니 자식 다 소용없다!"

아버지가 나를 보더니 벼락같이 소리부터 질렀어. 처자식 버린 아버지가 무슨 염치로 자식 운운하는 걸까. 저 당당함은 어디서부터 온 걸까. 일말의 양심조차 없는 뻔뻔한 아버지 얼굴에 똥물을 끼얹고 싶은 심정이었지. 6인 병실이 아니었더라면 물이라도 퍼다가 아버지 얼굴에 퍼부었을 거야.

"엄마가 구치소로 이감됐어요. 고소를 취하해야지요."

꼭 엄마를 고발해야 했냐고 화를 내고 싶었지만, 꾹 참았어. 괜히 화냈다가 고소취하 안 한다고 배짱부릴까 봐 정중하게 말했지. 아버지는 대답을 안 했어. 아버지 응답을 기다리는 사이 어색한 침묵이 흐르고 있는데 마침 순자가 양손 가득 무엇을 들고 병실로 들어왔어.

"순자 왔냐~ 먼 데서 오느라 고생했다."

순자를 반색하는 아버지 얼굴에 그려지던 여울은 부녀지간의 친밀감이었어. 참 다행이라는 생각이 들었지. 순자가 나를 알아보고는 어색하게 웃었어. 나도 어색하게 웃었지만, 유년 시절 순자만 보면 언짢아지던 마음이 되살아나면서 긴장됐어. 순자가 냉장고에서 음료수 하나를 꺼내 내게 건네주는데 손이 떨렸어. 나는 보았어. 순자는 손뿐만이 아니라 마음도 떨고 있는걸. 순자의 손이 떨리는 걸 보면서 긴장감이 풀리던 건 뭐였을까.

"어려운 걸음 해줘서 고마워. 두 분이 싸웠대. 홧김에 갈라선다고 가셨나 봐. 미안해. 고소취하는 걱정하지 마."

순자는 내 얼굴을 마주 바라보지 못하고 나직이 말했어. 나를 만나게 된다면 말하려고 오래전부터 준비하고 있었던 것처럼. 미안해. 진심이 묻어나는 그 말 한마디에 모든 게 다 들어있었지. 나는 순자의 손을 꼭 잡았어. 순자가 진심으로 고마웠고, 순자는 아무런 잘못이 없는 내 유년의 순수한 친구니까.

나는 자리에서 일어났어. 어색한 침묵이 흐르는 분위기도 싫었고, 여기는 내 자리가 아닌 거 같았어. 자리에서 일어서며 마음속으로 빌었지. 아버지가 다시는 엄마한테 돌아오지 않기를. 이 가정에서 편안한 노후를 보내기를. 내 평생에 보고 싶거나 그리운 아버지는 아니었어. 그런데 흰머리가 그득한 생물학적 아버지를 두고 병실을 나가려니 까닭 모르게 심경이 착잡했어.

"아비한테 오는데 빈손으로 오냐? 병원비라도 내고 가!"

내가 이만 가보겠다고 하자 아버지가 소리를 버럭 질렀어. 아버지가 생물학적 정마저 깨끗하게 거두어 가서 병실을 나오는 발걸음이 한결 가벼웠지.

병원에서 나와 집으로 갔어. 남편이 빨리 차를 달라고 닦달을 하니 가져다줄 수밖에. 내가 없는 이틀 동안의 집 안은 말 안 해도 비디오겠지. 집에서 하룻밤 자고 다음 날 구치소로 달려가 엄마를 면회했지.

"이년아! 네가 언제 나한테 용돈 한 번을 줘봤니? 시집가더니만 엄만 개똥으로 보인다 이거지? 너같이 매정한 딸년은 세상천지에 없을 거다! 이년아!"

접견실에 나온 엄마는 나를 보자마자 느닷없이 욕지기를 퍼부었어. 그런데 엄마한테 미안한 마음보다 화가 났어. 부모한테 용돈 한 닢 드리지 못하는 딸년의 심정을 헤아려 주지 않는 엄마가 야속했어.

"엄마, 용돈 드리지 못해 미안해! 근데 나 좀 이해해 주면 안 되우? 갑자기 웬 돈타령이유? 노인네가 구치소 있으면서 돈 쓸데가 어디 있다고!"

엄마한테 화를 내고 말았어.

"저런 싸가지 없는 년을 봤나! 저런 새끼를 낳고 내가 미역국을 먹었구나~ 이년아! 죽어서 싸가지고 갈라고 그런다. 내가 너희 삼 남매 키울 때 빤스 하나를 제대로 사 입었는지 알아! 나도 이쁜 빤스도 입어보고 싶고, 꽃무늬 그득한 브라자도 차고 싶었다 이년아! 구멍 뻥뻥 뚫린 빤스에 고무줄 늘어진 브라자를 10년씩 차고 자식새끼들 고등학교라도 가르치려고 밤낮없이 일했어! 온종일 일하고 집에 오면 허리가 등가죽에 붙었어! 배가 고파도 먹을 것이 있어야지. 물 한 사발에 된장 한 숟가락 풀어 마시며 주린 배 채우고 살았다 이년아! 배곯아가면서 죽어라 키워 놨더니 엄마한테 돈타령한다고! 이년아! 너도 시집가서 모가지 핏대 세우며 박박 대드는 너 쏙 빼닮은 딸년 낳아봐라! 그래야 내 속을 알지!"

엄마는 보통 화난 사람이 아니었어. 내게 폭풍 욕설을 퍼부어 대곤 그냥 접견실을 나가버렸어. 돌아서 오는데 내 처지를 이해해 주지 않는 엄마가 서운해 서럽게 울었지. 울다가 어느 순간 문득 엄마의 행동이 이상하다는 생각이 들지 뭐야. 무엇보다도 시집가서 너 빼닮은 딸년 낳으라고 던진 말이 아무래도 마음에 걸렸어. 다음에 면회를 가면 엄마를 잘 살펴보리라.

"어머니가 이상합니다. 아무래도 치매 검사를 받아야 할 거 같습니다."

집에 돌아와 하루가 지났는데 구치소 측에서 엄마의 이상증후를 먼저 알려왔지. 엄마는 검사를 받았고, 치매로 진단을 받았어. 엄마는 낯선 환경, 얼굴 모르는 사람들과 같이 있다 보니 치매 증상이 급격하게 진행되었던 거야.

엄마가 치매 진단을 받고 형집행정지로 풀려나 요양원에 모셔진 날, 경찰서에서 전화가 왔어. 아버지가 고소를 취하했다고. 나는 아버지가 사람이 아니라고 생각했어. 아버지는 사람이 아닌 괴물이라고.

8
그녀, 불꽃이 되다

엄마, 엄마한테 망각의 병이 일찍 찾아온 건 아버지부터 받은 스트레스 때문이라는 생각이 들어. 스트레스가 만병의 근원이라고 하잖아. 엄마가 올해 83세. 요즘을 100세 시대라고 하듯 83세 어르신들 건강하고 정정하셔. 그런데 엄마는 너무도 빨리 치매라는 망각의 병이 찾아와 안타깝기 그지없네.

엄마, 엄마를 요양원에 모셔놓고 자주 찾아뵙지 못해 미안해. 두둑한 용돈 한 번 드리지 못해 미안하고. 엄마가 치매라는 망각의 병을 앓는 것도 모르고 야속하다고 화를 낸 것도 미안해. 엄가가 두 번 이혼만은 절대 하지 말라고 신신당부했는데 두 번 이혼한 것도 미안하고 미안해. 엄마의 당부를 저버리고 두 번 이혼할 수밖에 없었던 이유는, 나는 인간으로서 존중받는 삶을 살고 싶었어.

나의 두 번째 남편이 어떤 사람이었길래 엄마 당부를 저버리고 두 번 이혼했는지 궁금하지? 그래요, 두 시누이가 동네방네 나팔 불어댄 말

그대로 두 번째 남편은 첫 번째 남편의 친구가 맞아.

첫 번째 남편과 결혼하고 얼마 지나지 않아 두 번째 남편인 동석 씨 부부를 만났어. 동석 씨는 수학 선생님이고 그의 부인은 간호장교였는데 예쁘고 마음도 착해 보였지. 동석 씨 부부는 우리 부부보다 10개월 먼저 결혼했어. 저녁을 먹고 자연스럽게 호프집으로 자리를 옮겼지.

동석 씨는 일반 사병으로 훈련받다가 다리를 다쳐 의무대에 치료를 받으러 갔고, 간호장교에게 치료를 받으면서 호감을 느꼈고 사랑하게 되어 결혼에 골인했대. 당시 일반 병사와 간호장교와의 사랑은 부대에서 큰 화제를 불러일으켰다고. 간호장교 부인을 은근 자랑하면서 부인과의 러브스토리를 늘어놓는 동석 씨 얼굴은 상기되어 있었어. 그에 비해 간호장교 부인은 말수가 적고 동석 씨가 하는 말에 그저 빙그레 웃기만 했어.

두 남자는 동창들의 결혼과 근황으로 끊임없이 이야기를 나누었고, 두 여자는 두 남자의 이야기를 들으면서 지루한 시간을 보냈지. 부부동반으로 그렇게 한 번 만나고 그 부부를 잊고 살았어. 그런데 첫 번째 남편 영철 씨와 합의이혼을 하고 한 달이 지났을 어느 일요일 저녁에 동석 씨가 술과 과일을 사 들고 내 집에 온 거야. 여기저기 동창들 수소문해서 주소를 알았다고. 문전박대하고 싶었지만 그래도 전 남편의 친구라 야박하게 할 수가 없었어.

"희숙 씨! 내가 희숙 씨를 얼마나 흠모했는지 알아요? 내가 행복하게 해 줄게요!"

그는 자신이 사 온 술을 연거푸 마셔대더니 백마 탄 왕자라도 되는 양 행세했어.

"벼락 맞아 죽으려고 환장했습니까? 학생을 가르치는 선생님이라는 분의 도덕성이 야바위꾼이나 다름이 없군요! 이혼하고 혼자 사는 여자라고 무시하는 거냐고요?"

두 눈 시퍼렇게 뜨고 있는 부인을 두고 지금 무슨 수작을 벌이느냐고, 당장 내 집에서 나가라고 험한 소리를 질러댔지.

"애들 엄마가 우울증을 앓다가…"

부부는 아이가 없어 마음고생을 많이 했고 결혼 15년 되던 해에 아들을 낳았다고. 그런데 기다리던 아들을 낳은 부인이 심한 우울증을 앓다가 2년 전에 극단적인 선택을 했다고 했어.

"영철이가 혼외자 낳은 거 알고 몇 번이나 희숙 씨를 찾아오고 싶었어요."

동석 씨는 아이가 초등학교 3학년인데 엄마의 손길이 간절히 필요하다고, 무엇보다 돌싱끼리 남은 인생 오순도순 행복하게 살면서 늙어가자고.

나는 일언지하에 거절했지. 두 달여가 흘러간 어느 날 동석 씨가 두 시누이를 대동하고 나타났어.

"내 동생 말대로 정말 인상이 참 좋네요."

두 시누이는 불쌍한 조카의 엄마가 되어 달라고 간절히 애원했어. 삶은 호박에 이도 들어가지 않을 소리라고 했지.

"나도 여자잖아. 같은 여자 처지에서 하는 말인데 남자는 성격도 중요하잖아요. 결혼은 나중에 생각하고 돌싱끼리 외로울 때 친구처럼 만나 커피도 마시면서 내 동생 됨됨이부터 알아보셔."

재혼은 생각한 바가 없었기에 시누이의 말은 마음에 담지도 않았어. 여름 장마가 끝나갈 무렵이었어. 그날은 온종일 비가 추적추적 내렸어.

일을 마치고 퇴근해 마트를 나오는데 동석 씨가 주차장에서 불쑥 튀어 나왔어.

"비도 내리는데 버스 타러 정류장까지 걸어가느니 제 차 타세요."

그는 지나가다가 내 생각이 나서 기다렸다고. 마누라가 없어서 그런지 비가 내리는 날은 왠지 쓸쓸하다고 하면서. 여자를 꼬이려는 뻔한 코멘트인걸 알면서도 그의 말이 듣기 싫지 않았어. 무엇보다도 정류장까지 걸어가노라면 신발도 젖고 불편할 거 같다는 생각이 들지 뭐유. 한 번쯤 차 얻어 탄다고 큰일 나는 것도 아니니 차를 탔던 거지. 동석 씨가 나를 110동 앞에 내려 주고 돌아가는 등을 바라보는데 왠지 코끝이 시큰했어. 그 후 동석 씨는 간간이 꽃바구니를 보내왔고 나는 마음이 조금씩 흔들렸지. 동료들은 정말 괜찮은 사람 같다고 재혼을 적극적으로 독려했어. 첫 번째 남편의 친구라는 게 마음에 걸렸지만 이미 이혼했고, 그가 좋은 사람처럼 보이기 시작했어. 두 번째 사랑이 시작된 거지. 두 시누이는 하루라도 빨리 합치라고 서둘렀어.

엄마, 동석 씨를 처음 보던 날 기억나우? 동석 씨는 아주 착한 사람이라고 엄마한테 소개했지. 엄마는 고개만 끄덕이면서 아무런 말도 하지 않았지. 저녁 밥상에 앉지도 않고 윗집에 볼일이 있어 다녀오겠다며 자리를 비웠지. 저녁밥을 먹고 동석 씨와 준서가 텔레비전을 보고 있는 사이 나는 마당 수돗가에서 양말을 빨고 있었어.

"이년아! 네가 사람이냐? 짐승이다! 망할 년아! 이년아! 엄마가 어떻게 살아왔는지 버젓이 아는 년이 남의 집 가정을 파탄 내! 세상에 남자가 그렇게 없더냐! 부인이 있는 남의 남자를 꼬인 게 너고 부인을 두고 남의 여자를 탐낸 놈이 저놈이야! 가정을 파탄 낸 연놈들은 천벌을 받아

돼질 거다! 특히 너는 더 나쁜 년이야!"

엄마가 불같이 화를 내며 내 등짝을 야멸차게 후려쳤지. 엄마가 천둥처럼 소리 지른 건 방에 있는 동석 씨도 들으라는 거였지. 엄마한테 동석 씨 인사시키기 전에 전화해서 동석 씨가 이혼남이라고 귀띔했었어. 엄마는 통화 내용을 크게 마음에 담아두지 않은 듯했고, 막상 준서를 보니 내가 부인이 있는 남자를 꼬인 것으로 짐작하고 진노한 거지.

"준서가 불쌍하구나. 준서한테 잘 해라!"

엄마한테 다시 한번 자초지종을 설명했고, 엄마는 자세한 내막을 듣고는 준서가 불쌍하다고 하면서 그늘 없이 잘 해 주거라. 계모가 얼마나 서러운 자린지 살아봐야 알 테고, 네가 선택한 인생이니 누구한테 하소연도 원망도 말아라. 두 번 이혼녀는 사람들이 손가락질하니 절대 이혼만은 말라고 당부했어.

영숙이는 재혼이라도 결혼식을 올려야 한다고 했지만 나는 형식 같은 거 중요하게 여기지 않았고, 나이 먹어 재혼하면서 결혼식 올린다는 게 창피했지. 우리는 합의하에 결혼식은 생략했고, 양가 부모님을 모시고 식사를 하면서 부부가 됨을 공표한 거지.

"딸은 성인인데 독립시켜야 하는 거 아니야?"

동석 씨와 살림을 합치고 한 달이 넘었는데 큰 시누이가 말했어. 그때 딸은 지방대학 4학년에 재학 중이었지. 집에 있지도 않은데 시누이가 앞서서 독립시키라고 하는데 섭섭한 마음이 들었어. 시누이 말을 거스를 수는 없고 차마 딸한테 독립하라는 말하기가 어려워 속만 태우고 있었지. 그런데 딸이 내 마음을 읽은 건지 새아빠랑 사는 게 부담스러운지 학기 마치고 서울에서 자리 잡겠다고 독립을 한 거지.

동석 씨와 살아보니 연애할 때의 동석 씨는 없고, 시누이들 역시 마찬가지였어. 동석 씨와 시누이의 마음을 제대로 알게 된 건 가족 모임이 있던 날이었어. 동석 씨 가족은 돈독한 가족애를 중요시해 두 달에 한 번 아버님 집에서 모였어.

식구들이 모이면 제일 먼저 해야 하는 게 음식이잖아. 가족이 모이는 날이나 어머님 제삿날이면 나는 동료직원에게 양해를 구해 근무 날까지 교대했지. 아침 일찍 장을 보아 아버님 집에 가서 온종일 음식 하기에 바쁜데 두 시누이는 나타나지도 않았어. 큰 시누이는 슈퍼마켓을 운영하느라 바쁘니 이해하지. 하지만 작은 시누이는 아버님 사시는 곳에서 버스 정류장 세 정거장 거리에 살고 있고, 전업주부임에도 불구하고 음식 한 번을 도와주지 않았어.

“언니, 엄마들 모임에다가 둘째 놈 수영하고 오느라 늦었어요.”

내가 음식 준비 다 해 놓고 저녁이 되면 두 시누이 식구들이 우르르 몰려오지. 그들은 반찬이며 잡채를 먹어보며 간이 맞는지 확인을 했어. 특히 심적으로 더 힘든 날은 명절날이야. 아침 차례 지내고 나면 아버님 노인정 친구분들 5명이 오셔. 점심 대접해 드리고 과일 후식 드시면서 화투 치다가 노인들 돌아가시고 나면 두 시누이 식구들이 들이닥치지. 시누이들은 시댁에서 힘들었다면서 두 다리를 쭉 뻗고 두드리면서 밥 달라고 해. 부랴부랴 밥상을 차려 놓으면 식구들이 빙 둘러앉아 밥을 먹으며 나물이며 갈비, 잡채, 물김치 좀 더 가져오라고 하지. 나는 상 귀퉁이에 꾸어다 놓은 보릿자루처럼 쪼그리고 앉아 밥 한 숟가락 먹다 말고 잔심부름을 하다 보면 어느새 식사는 끝이 나. 남자들은 곧바로 고스톱 판을 벌이고, 시누이들은 과일 좀 가져오라고 하면서 텔레비전 앞에 껌 딱지처럼 붙어 앉아서 호호 깔깔대고 있어.

시누이들도 시댁에서 뒤치다꺼리하다가 친정에 왔으니 쉬고 싶으리라. 이해하면서도 과일 정도는 깎아줄 수도 있는데 손 하나 까딱하지 않고 텔레비전만 시청하는 시누이들을 볼 때면 불현듯 화가 치밀었어. 솔직히 나 역시도 명절이면 엄마한테 가고 싶고 오빠며 새언니, 남동생 가족들과 단란한 한때를 보내고 싶지. 그러나 남편과 시누이들은 나에게 친정 가라는 소리 한 번을 하지 않았어. 시댁 식구들 수발드는 게 화가 나는 건 아니었어. 내가 섭섭한 건 시댁 식구들이 나를 가족으로 존중해 주지 않고 집안의 일꾼 정도로 생각하는 데 있다는 거지. 후식으로 과일을 깎다가 문득 부아가 치밀어 오르면 “내가 니들 수발이나 들어주는 부엌데기냐!” 다과상을 뒤엎고 싶은 심정이 열두 번도 더 들어. 그렇지만 두 번 이혼녀 주홍글씨 새기지 않으려고 참았어. 시댁 식구들이 무시해도 며느리로서 시댁에 도리를 다하자. 언젠가는 나를 이 집안의 가족으로 인정해주고 존중해 주리라. 희망을 품었지. 그런데 그 희망을 나 혼자 꿈꾸고 있었다는 걸 조금씩 알게 된 거야.

시아버님 가슴에 삽입한 인공심장박동기 삽입 교체 수술을 받았고, 3일째 되던 날이었어. 남편과 번갈아 간호했는데 그 날은 감기몸살 때문에 병원에 가지 못했어. 퇴근하면서 감기약 사 들고 돌아오니 집 안은 난장판. 준서가 친구들을 데리고 와서 한바탕 놀다가 간 흔적이었어. 몸이 아프니 만사가 귀찮아 집 안 청소를 미뤄놓고 누웠는데 깜빡 잠이 들은 거지. 요란한 소리에 깜짝 놀라 일어나 보니 시누이들이 온 거였어.

“아니 올케! 아버지가 입원해 있는데 며느리가 병원에 가지도 않고 퍼질러 자고 있다는 게 말이나 되는 거야? 팔자가 늘어졌네 늘어졌어!”

"세상에~ 집 안이 돼지우리네. 돼지가 울고 가겠어!"

두 시누이는 단단히 벼르고 있었다는 듯 한마디씩 퍼부어댔지.

"형님, 제가 오늘은 아파서… 준서 아범은 집에 오면 손 하나 까딱 안 해요. 요즘 남자들은 집 안 청소도 하고 밥도 한다는데 말이에요."

시누이들한테 남편의 생활습관을 일렀지. 마음 한편으론 여자의 마음은 여자가 알리라. 남편의 생활습관이 고치는 계기가 되기를 기대하면서 말이야.

"올케! 지금 무슨 소릴 하는 거야! 남자가 부엌에 들어가면 불알 떨어진다는 옛말도 몰라? 준서 아범은 우리 집안의 장손이야. 아들로서 얼마나 귀하게 컸는데 집 안 청소를 시켜!"

"언니! 집 안 꼴을 돼지우리로 만들어 놓고 누구한테 청소하라는 거야! 준서 엄마가 있을 때는 집 안이 반짝반짝 윤이 났어요!"

두 시누이가 쌍지팡이를 들고 나왔어.

"오늘 아버지가 반찬이 입에 맞지 않아서 식사도 제대로 못 하셨어!"

"아버지가 뭐라는 줄 알아요? 며느리 앞에서는 병원 반찬 맛없다는 소릴 못 하시겠대. 며느리가 불편하게 하니 아버지가 말도 제대로 못 하시는 거잖아요!"

두 시누이는 말끝마다 준서 엄마와 비교했어. 그러면서 재혼했으면 시부모한테 더 잘해야 하는 거 아니냐고. 아버지가 준서 엄마만 그리워하니 시아버님한테 더 잘 하라고 말이야. 두 시누이는 내 앞에서 입만 열었다 하면 준서 엄마를 말하지만, 준서 엄마가 우울증이 온 이유가 두 시누이 때문이었다는 걸 나는 진즉에 알고 있었어. 베란다 창고 청소를 하다가 우연히 상자에서 준서 엄마의 일기장을 보았는데, 일기장에는 두 시누이의 과도한 간섭 때문에 스트레스로 시달리는 내용으로 가득했어. 준서 엄마가 심한 우울증을 앓다가 극단적인 선택을 하게 된 데는 두 시누이의 극성 때문이었던 거지.

두 시누이의 안하무인 행동을 체험하면서 준서 엄마의 마음의 병이 이해되고도 남았어. 준서 엄마한테 마음의 상처를 주고도 자신들의 잘못을 뉘우치지 못하는 두 시누이의 뻔뻔한 민낯에 침이라도 뱉고 싶었어.

"준서 엄마 같았으면 이렇게 팔자 늘어지게 누워 있었겠어. 아버지를 극진하게 간호하고 있겠지."

두 시누이가 나를 시아버님을 배척하는 사람으로 몰아가는데 기가 막혔어. 시아버님은 양평에서 농사를 지으며 사셨대. 오래전에 협심증으로 인공심장박동기를 가슴에 삽입했는데 주기적으로 박동기 체크를 해야 했고, 박동기 작동이 잘 되지 않아 응급상황이 발생하면 종합병원으로 이송이 늦어졌고. 삼 남매는 논의 끝에 동석 씨 집으로 오게 했지만, 아버님께서 아파트는 징역살이라고 싫어하셨대. 하는 수 없이 시골집이며 전답을 팔아 아들이 사는 근교 주택가에 전세를 얻어 살게 된 거지.

엄마, 동석 씨하고 재혼하고 시아버님께 같이 살자고 했었어. 엄마를 버리고 다른 여자와 사는 아버지를 생각하니 시어머니와 사별하고 10년째 홀로 사는 시아버님이 대단하고 존경했어. 시아버님은 혼자 자유롭게 살고 싶다고 하셨고, 나는 아버님의 병환에 간병을 성심으로 했어. 휴일이나 밤중엔 얼마든지 아버님 병간호를 할 수 있었어. 하지만 직장에서 일하고 있을 때 아버님에게 응급상황이 발생하면 참 난감했지. 내가 일할 때 시누이들이 아버님을 병원에 모시고 간다면 오죽이나 좋겠어. 시누이들은 자신들의 친정아버지임에도 수발은 나에게 일임하면서 며느리로서 해야 할 도리만을 강조했지. 시누이들의 행태에 섭섭할 때가 많지만 어떡하우 며느린데. 아버님을 병원에 모시고 다니는 일보다 더 힘든 건, 며느리는 시댁에 무슨 일이든 마다하지 않고 당연히 해야 한다는 시누이들의 생각, 그 당연함을 받아들이는 게 힘들었어. 그렇지만 내색하지 않았어. 나는 재혼녀에 며느리니까.

아버님 병간호하지 않고 누워 있다는 시누이들 잔소리에 할 말이 많았어. 하지만 꾹 참고 아버님이 좋아하는 반찬 만들어 병원엘 갔지.

아버님이 입원하신 지 일주일째 되던 날이었어. 그날도 퇴근하고 반찬을 만들어 병원으로 곧장 달려갔지. 아버님이 입원해 계신 병실 옆에 간이 휴게실이 있는데 그 휴게실에서 남편과 시누이들이 이야기를 나누고 있었어. 분위기가 진지해 보여 대화가 끝나기를 기다리느라 휴게실 벽에 등을 기대어 엉거주춤 서 있었지.

"왜 말이 없어? 나도 어려워~ 부모님 병원비는 아들이 내야 하는 거잖아? 너 월급 타서 마누라한테 다 줬니? 자식 낳고 사는 마누라도 못 믿는 세상에 너희 두 사람 사이에 자식이 있니? 돌아서면 남이다. 그 여자 뭘 믿고 돈을 주니? 준서한테도 엄마라고 부르지 말라고 했다. 그 여자 믿지 마라! 믿었다가 발등 찍혀!"

큰 시누이가 남편한테 호통치듯 말하는데 남편은 가만 듣고만 있었어.

"오빠, 정신 똑바로 차려! 보통 여자가 아닌 거 같아. 오빠 월급 다 주면 딸한테 빼돌리니까 절대로 주면 안 돼!"

"그동안 생활비 줬으니 저축해 놨겠지. 병원비 내놓으라고 해!"

시누이들이 남편한테 하는 말을 듣고 절망했어. 나를 아내, 며느리로 인정해주지 않는다는 걸 자명하게 알게 된 거지. 나는 휴게실로 들어갔어. 동석 씨가 그동안 나에게 생활비를 얼마나 주었으며 어떻게 생활해 왔는지 시누이들한테 소상히 알려야 할 거 같았지. 그런데 두 시누이는 내 얼굴을 보더니 쌩 지나쳐 휴게실을 나가버렸어.

"병원비가 생각보다 많이 드네. 누나나 동생도 병원비 보탤 여력이 안 되나 봐. 출가외인이니 할 수 없잖아."

큰 시누이는 45평 아파트에 살면서 부부가 고급 외제 차를 각각 몰고 있고, 작은 시누이 남편은 직장인인데 연봉이 어떻게 되는지 몰라도 또래 엄마들과 정보를 공유한다며 수영, 요가 등등의 모임으로 눈코 뜰 새 없이 바쁜 나날을 보내지. 두 시누이가 여유 있게 살면서 출가외인이라고 시아버지 병원비 한 푼도 보태지 않는다는데 씁쓸한 웃음이 났어.

"당신 돈 있지? 여자들은 남편 몰래 비상금도 있다고 하던데. 당신도 나 몰래 저축해 놓은 비상금 있잖아."

시누이들한테는 일언반구도 없던 동석 씨가 내게 비상금이 있을 거라고 확신적으로 말하는 데 놀랐어. 동석 씨는 급여를 받으면 노후를 위해 저축한다고 하면서 내 통장에 150만 원을 입금해주지. 준서 수학, 영어, 미술 학원비와 준서 보험료, 아파트관리비, 휴대전화비, 각종 공과금 100여만 원 내고 나면 50여만 원 정도. 그 돈으로 한 달 생활비는 턱없이 모자라는데 비상금 모을 여력이 되겠어. 동석 씨는 사정을 아는지 모르는지 식탁에 앉을 때마다 돈은 어디다 쓰고 반찬이 맨날 이 모양이냐고 밥 먹듯 투정을 해댔어. 준서 학원비 영수증이며 관리비 고지서를 내밀고 싶을 때가 수없이 많았지만 참았어. 돈 때문에 싸우다 보면 부부간의 신뢰가 깨지고 급기야는 이혼에 이를 수도 있잖아. 나는 정말이지 두 번 이혼은 하고 싶지 않았고, 그 때문에 돈 이야기는 될 수 있으면 삼갔던 거지.

나는 급여 받으면 먼저 준서와 시아버님께 용돈 드리고, 준서가 한창 멋 부리는 사춘기이니 브랜드 옷 사 입히고 나머지는 생활비로 쓰고 여력이 없었어.

"그럼 장모님 요양비로 다 쓰는 거야?"

돈이 없다고 하자 동석 씨가 던진 다음 말은 충격이었어. 엄마를 요양원에 모신 지 3년이 되어가는 동안 장모님 맛있는 거 사드리라고 용돈 한 번 주지 않은 사위, 자식 얼굴도 알아보지 못하는데 뭐하러 가느냐고, 엄마한테 딱 한 번 다녀간 사위라는 사람의 입에서 나올 말은 아니었지.

'당신이 사위로서 장모님에게 용돈 한 번이라도 드려봤냐고.'

정말 섭섭하고 부아가 치밀어 올라 섭섭한 마음을 드러내고 싶었지만 참았어. 아버님 병원비 때문에 예민해 마음에도 없는 말을 했으리라.

"검은 머리가 파뿌리가 될 때까지 참고 살았어야지 뭔 지랄한다고 두 번 이혼 도장을 기어이 찍고 말았냐고?"

아버님이 퇴원하시고 열흘 정도 지났을 때였어. 한밤중에 큰 시누이한테서 전화가 왔는데, 작은 시누이가 응급실에 입원했는데 빨리 오라고. 동석 씨는 아주 깜짝 놀랐지. 나는 빨리 병원에 가야 한다고 야단법석하는 동석 씨 반응에 놀랐어. 왜냐하면, 내가 두 달여 전에 위경련을 일으켜 한밤중에 응급실에 간 적이 있었어. 그때 동석 씨는 중병도 아닌데 유난 떤다고 하면서 119를 불러 가라고 했었지. 그뿐만이 아니야. 내가 갱년기라 그런지 감기를 달고 살아. 남편이나 시누이들은 허구한 날 아프냐고, 꾀병 부리지 말라고 핀잔을 주었지. 그런데 시누이가 입원했다는 소리에 화들짝 놀라는 남편이라니. 어찌 되었든 우리 부부는 자다 말고 혼비백산 병원엘 달려갔어. 응급실에 가니 작은 시누이가 이불을 푹 뒤집어쓴 채 링거를 맞고 있었어. 어디가 아픈 걸까. 큰 병이 아니기를.

"심전도며 복부 CT 결과 아무런 이상이 없습니다."

의사 선생님은 스트레스로 인한 소화불량 같다며 마음의 안정을 취하라고 했어. 의사 소견을 듣고 큰 시누이가 뻘쭘하게 웃으며 말했어. 동생이 부부싸움을 했다고. 내가 아팠을 때 걱정은커녕 엄살 부린다고 야단했던 큰 시누이. 동생이 부부싸움하고 홧김에 입원한 것을 알면서 한밤중에 우리 부부를 불러야 했을까. 그런데 더 이해할 수 없는 건 동석 씨였어. 글쎄 시누이 병원비를 냈어. 내가 아파 사경을 헤맬 때 꾀병 부린다고 타박하던 남편. 아픈 몸을 이끌고 혼자 119를 타고 가도 마음 아파하지 않던 남편. 그 남편이 아버지 수술비 한 푼 보태주지 않은 시누이 병원비 내는 모습을 보면서 뼈저리게 깨달은 거야. 남편은 물론 시댁 식구들은 천년의 세월이 흘러가도 나를 가족이 아닌 가사도우미로밖에 보지 않을 사람들이라는 걸. 동석 씨와 더는 부부로 살 사람이 아니구나.

동석 씨 시누이들이 언젠가는 나를 가족으로 인정해주겠지, 라던 희망은 나 혼자만 꿈꾼 것이고, 나 스스로가 희망 고문의 무덤을 파고 있었다는 걸. 이제는 이혼을 지체하지 말자. 가족으로 인정받기를 소망하며 기약 없는 세월을 담보로 시댁 식구들의 무한 횡포를 정신적, 육체적으로 견뎌내지 않으리라. 저들에게 피폐해지고 너덜너덜해진 영혼을 부여잡고 숨죽여 울부짖으며 무수리로 살지 않으리라. 동석 씨에게 희망을 꿈꾸며 허망한 발걸음을 더는 떼지 않으리라.

병원에서 돌아온 나는 나를 아내로서, 며느리로 존중하지 않는 남편과 시누이들의 행태를 수용하며 살고 싶지 않다고, 더는 부부로 살 수 없다고 이혼을 선언했지.

“생활비를 딸내미한테 빼돌려 딴 주머니 차고 있는 사람이 당신이잖아!”

동석 씨는 자신이 주는 생활비는 엉뚱한데 쓰면서 아버님 병원비를 내놓지 않았다면서 되레 서운함을 성토했어.

“적반하장도 유분수지. 이혼? 내가 지금껏 당신한테 봉사하고 살았어!”

동석 씨는 헛웃음을 웃으며 남자 잘 만나 호강에 겨워 초 치는 소리한다고 했어. 그의 입에서 호강, 봉사라는 말이 튀어나오는데 이런 모욕적인 말을 듣고 있는 나 스스로가 수치스러웠어. 나하고 살아온 시간이 봉사였다니. 내 입에서야말로 헛웃음이 실실 삐져나왔어.

“호강? 봉사? 무슨 봉사?”

“내가 주는 생활비로 딸내미 용돈이라도 줬을 거 아냐?”

남편이라는 사람의 입에서 재차 쏟아져 나오는 말은 말이 아닌 쓰레기였어.

“쓰레기 같은 쌍놈의 새끼!”

나는 동석 씨 뺨을 세차게 후려쳤어. 더 이상의 말이 필요 없었지. 옷가지들을 챙겨 캐리어를 끌고 방 안에서 나오는데 시누이들이 들이닥쳤어. 동석 씨가 전화한 모양이었어.

“세상에! 시누이 병원비 좀 내줬다고 한밤중에 이혼이라니. 말이나 되는 소리야!"

"준서 엄마였다면 시누이 병원비 좀 냈다고 이혼하자고 하지는 않았을 거야! 그래서 조강지처라고 하나 보네."

"재혼한 여자들은 자기 살 궁리만 한다더니 딱 맞는 말이네. 시누이가 아프니 오빠로서 병원비 좀 내줄 수도 있는 거 아냐? 아픈 사람 놓고 매정하다 매정해!"

"한국사회에서 며느리는 시부모, 시댁 식구들한테 도리를 다하는 게 기본 아니야? 나도 며느리야. 시부모님 병원에 입원하면 병원비 내고 병간호한다고! 이혼녀 주제에 감지덕지지. 내가 살다 살다 별꼴을 다 보겠네!"

돈이 아니라 인간적인 존중을 말하는 나에게 그녀들은 나를 돈의 노예 취급했어. 시누이들의 안하무인 횡포를 인형처럼 듣고만 싶지 않았지.

"당신들 삼 남매가 나누는 이야기 다 들었습니다. 준서한테 엄마라고 부르지 말라고 했다고요? 내가 원했던 건, 나를 믿어 주고 부인, 새엄마, 며느리로서 인정해주고 존중받는 거였습니다!"

"남편이 뼈 빠지게 일해 생활비 줬으면 아버지 병원비 내놓아야 하는 건 당연지사. 병원비가 없다는 게 말이나 되는 소리야! 돈 빼돌려 딴 주머니 차 놓고 이혼?"

두 시누이는 적반하장도 유분수라고 길길이 날뛰었어.

"이것 보세요! 아들만 자식인가요? 딸은 자식 아닌가요? 아들, 며느리만 부모님을 봉양해야 하는 거냐고요? 같은 여자 처지에서 어떻게 그렇게 말할 수 있습니까?"

시누이들에게 쌓였던 한풀이라도 해야 할 거 같았어.

"시집살이시키던 시누이는 동화에서나 나올 이야깁니다. 지금은 21세깁니다! 나도 우리 집에서는 귀한 딸이자 시누이고 두 올케가 있습니다. 나는 두 올케한테 당신네처럼 가사도우미, 무수리 취급하지 않는다고요!"

"재혼한 주제에! 자고로 집안에 며느리가 잘 들어와야 형제지간에 의리 있게 지낸다고 했어! 올케는 가정교육을 그렇게밖에 받지 못했어?"

큰 시누이가 삿대질하면서 곧 때릴 거 같았어.

"네. 저는 친정엄마한테 시누이는 벼슬이 아니라고 배웠습니다. 서로 배려하고 존중하라고 배웠습니다. 형님한테 진정 묻고 싶네요. 한밤중에 아버님 병원 한 번 모시고 간 적 있으세요? 아버님 밑반찬 한 번 해드린 적 있나요? 나는 직장에 다니는 몸입니다. 아버님 쓰러지시면 밤낮이고 달려갔어요. 직장에 다니지 않는 딸이 바로 코앞에 살고 있는데 꼭 내가 가야 하나요? 부모 부양은 아들 며느리를 떠나 여력이 되는 자식들과 분담을 해야 한다는 것이고, 내가 며칠 앓다가 응급실 다녀왔을 때 꾀병 부리지 말라고 하셨죠? 그런데 부부싸움 해서 스트레스로 인한 소화불량을 가지고 한밤중에 며느리를 불러요? 당신들은 나를 가족이 아닌 하녀로 생각하고 있는 게 문제라는 것을 지적하는 겁니다! 내가 그동안 아무 말도 안 한 건 바보라서가 아닙니다. 참았다고요. 왜 참았느냐고요? 형님이 말끝마다 안주로 삼는 재혼녀라 참았습니다! 이혼은 죄가 아니고 이혼녀는 죄인이 아닙니다. 당신들이 기분 내키는 대로 막말을 해대도 되는 개나 돼지가 아니라고요. 나는 인격을 가진 사람입니다. 동석 씨와 이혼하기로 했으니까 더는 나한테 선생질하지 마세요!"

"어머머~ 저 성질 좀 봐~ 이혼녀 구제해 줬더니 적반하장도 유분수지. 이판사판 공사판이라 이거지?"

"이제야 본색이 드러나네! 그동안 어떻게 참았대! 보통 여자는 아니네~"

두 시누이는 경악했어. 몰상식한 그들과 언쟁하고 싶지 않았어.

"아버님과 준서한테 내가 그간 용돈을 얼마나 드렸는지 물어나 보셔!"

준서 학원 영수증과 관리비 등등의 영수증을 식탁 위에 올려놓고 그들이 보는 앞에서 캐리어를 끌고 당당하게 집을 나와 모텔로 갔지. 모텔에서 지내며 내 집에 사는 임차인에게 이사 비용을 드리겠으니 비워 달라고 했고, 임차인은 마침 강원도로 발령을 받아 집을 내놓으려던 참이었다고 하면서 좋아했어.

동석 씨는 서로 노력하자고 했고, 시누이들은 뒤늦게 앞으로 잘 지내보자고 하면서 두 번 이혼녀 꼬리표를 다는 게 좋으냐며 회유했지. 나는 두 번 아니라 100번의 이혼녀 꼬리표를 붙일지라도 내 이름으로 존중받으며 살리라 다짐했지. 동석 씨는 세 달여를 질질 끌었고, 나는 법으로도 불사하겠다고 완강했지. 내 마음을 되돌릴 수 없다고 판단했는지 합의이혼을 한 거지.

"두 번 이혼녀는 팔자가 드세서 재수 없다는 소리 들어!"

두 번 이혼녀는 사람들의 입방아에 오르니 절대 하지 말라고 엄마는 당부했지. 그러나 내가 사람으로서 존중받지 못하고 무수리로 사는 걸 알았다면 두 번, 세 번, 열 번이라도 찬성했을 거라고 믿어. 이혼하니 마음이 홀가분해. 아파트 대출금 갚으려면 오래도록 허리띠를 졸라야 하겠지만 그래도 30년 된 17평 아파트가 궁궐이야.

엄마, 희대의 악녀라는 죄목을 목에 달고 살아갈 자신이 없어 10층에서 뛰어내리고 싶었던 마음이 지금은 눈곱만큼도 없어. 딸에게 자신의 인생을 당당하게 살아가는 엄마가 되기 위해 마지막 도전을 하려고 해.

엄마는 딸이 해보고 싶은 일이 있는데 혹 무슨 일인지 알아요? 굴삭기 운전이라오. 굴삭기를 운전하는 사람들을 보면 얼마나 멋지게 보이던지. 지인들한테 굴삭기운전기능사가 되고 싶다고 하면 펄쩍 뛰어. 여자가 무슨 굴삭기운전기능사냐고. 직업에 여성 남성이 따로 있는 게 아니잖아. 굴삭기운전기능사 자격증 취득하면 엄마한테 제일 먼저 알릴게~. 자식이 효도하고자 하나 부모는 기다려주지 않는다는 말이 있잖아. 나는 아직도 나 살기 바빠 엄마한테 두둑한 용돈 한 번을 드린 적이 없는데 어린아이가 되어버린 엄마의 세월은 너무도 빨리 흘러가 억장이 무너지네.

남편 없이도 흔들림 없이 당신의 삶을 꿋꿋하게 살아오신 나의 엄마. 그 누구에게라도 남편 없어 빈곤한 살림 보이지 않으려 새벽에 논밭 일을 나가면 어둠이 내려야 집으로 돌아왔던 철인 엄마. 철부지 자식들 부둥켜안느라 엄마의 등골은 얼마나 휘었을까. 꽃 같았던 한 여성으로서 뙤약볕 아래 밭일하다가 부지불식 인생에 대한 설움에 피눈물 흘린 날들은 또 그 얼마나 많았을까. 양잿물 같은 인생 굴하지 않고 당차게 맞서며 당신의 인생을 올곧게 살아온 나의 엄마 함창순 여사님! 엄마의 딸이 두 번의 이혼녀가 되었다고 상심하지 말아요. 내가 누구요. 천하의 여장부 당당하게 살아온 함창순 여사님의 피가 흐르는 엄마의 딸이잖아. 두 번 이혼녀라는 세상 편견에 굴하지 않고 엄마처럼 당당하게 내 인생을 열심히 살아낼게~

9

은장도를 품고 부르카를 입으라는 세상

엄마, 딸이 여행을 떠난 지 나흘이 됐네. 내일은 딸이 여행을 마치고 한국으로 돌아오는 날이야. 딸은 나한테 올까? 나 같은 엄마는 차라리 없는 게 낫다는 자괴감만 들어, 어젯밤 눈물만 질질 짜면서 꼬박 지새웠어. 눈두덩이는 벌에 쏘인 듯 퉁퉁 부어 눈을 뜨기 힘들 정도고, 신경을 곤두세워서인지 몸은 으슬으슬 춥고 오한에 어깨 근육통까지 감기에 걸린 거 같아.

엄마, 내가 딸 가슴에 영원히 빼지 못할 대못을 박았어. 지금 내 심정은 딱 죽고만 싶어. 그러니까 나는 딸이 꽃길만 걸어가기를 빌고 빈다는 명분을 내세우며 딸 사생활에 깊숙이 개입해 감 놔라 배 놔라 하면서 인권을 유린했어. 아마도 지금쯤 딸은 한평생 치유되지 않을 상처를 부여안고 선혈을 흘리며 쓰러져 있겠지? 딸을 내 맘대로 좌지우지하려 했던 것을 후회하고 또 후회하지만 이미 물은 엎질러졌으니 이제 와 후회한들 무슨 소용이 있을까. 이승을 마감하는 그날까지 회복되지 않을 상처를 부여안고 살아갈 딸을 생각하노라면 가슴이 천 갈래 만 갈래 찢어지는 것만 같아. 지금 심정은 딸이 내 전화 받기 전으로 되돌아갔으면 얼마나 좋을까. 세 치 혀를 원망하고 원망해.

엄마, 오늘은 엄마 뵈러 요양원에 가지 못했네. 매일매일 엄마한테 간다고 약속했는데 엄마보다는 자식이 먼저네. 이 불효한 딸년을 용서해 주시고, 나는 지금 엄마 뵈러 가지 못한 미안함보다 딸내미 가슴에 무차별 따발총을 쏘아댄 죄책감으로 신음하면서 핸드폰만 들여다보고 있어. 행여나 딸에게서 전화 메시지가 올까. 기다리는 딸 전화는 오지 않고 최신형 핸드폰으로 바꿔준다는 통신사, 이자 싸게 대출해 준다는 대부업체며 보험가입 하라는 쓸데없는 전화만 오네.

딸내미 가슴에 얼마나 큰 대못을 박았느냐고? 그러니까 어제 엄마한테 다녀오니 한 시가 넘었더라고. 집에 오자마자 당장 딸한테 전화하고 싶었지만 잔다고 볼멘소리 할 거 같아 참았어. 전화기만 들여다보고 있자니 열불이 나서 숨이 꼴깍 넘어갈 지경이니 집 안을 쓸고 닦고 또 닦았지. 빨래까지 하고 났더니 3시가 넘었더라고. 한국 시각으로 3시면 태국은 1시리라.

첫날이야 비행기에서 새벽에 내렸으니 늦잠을 잤겠지만 셋째 날인데 설마 여행 가서 잠이나 퍼질러 자고 있지는 않겠지. 제아무리 늦잠꾸러기라도 지금쯤은 일어나 밥도 먹고 커피 마시며 바닷가 구경도 했으리라. 딸이 늦잠 자는 걸 감안해서 내 딴에 배려하느라 3시를 기다린 거지. 그래도 혹시나 잔다고 짜증을 내면 어쩌나. 전화기가 딸이라도 되는 양 조심스레 번호를 눌렀어.

"엄마, 나 여행 왔어. 스트레스 날리려 여행 왔다고. 세상 시름 잠시라도 다 잊고 즐거운 시간만 보내다 가면 안 될까?"

딸은 퉁퉁 부은 목소리로 퉁명하게 쏘아붙이며 전화하지 않았으면 좋겠다고 했어. 처녀가 남자친구와 여행을 떠났으면 부모로서 걱정은 당연한 거잖아. 잘 지내고 있는지 걱정이니 거금 들여가며 국제전화를 하는데 딸은 되레 내가 스트레스 유발자라도 되는 양 취급하지 뭐야. 화가 치밀어 올랐지만 애써 참았어. 힐링 어쩌구 하면서 세상 좋은 구경은 다 하고, 맛난 음식 먹어가면서 낭만 찾아 남자친구랑 룰루랄라 놀기나 하면서 바쁜 척하는 딸의 행태가 기가 차서 못 들어줄 정도였지만 어떡하우. 내가 민들레 홀씨로 빙의해 바람결에 태국까지 날아가 딸 모가지를 비틀어 데려올 수도 없는 노릇이잖아. 그저 무탈하게 잘 지내다 돌아오기를.

"남자친구랑은 잘 지내고 있는 거지?"

혹시라도 싸운 건 아닌가 넌지시 건너짚었더니 휴~ 딸은 한숨부터 푹 내쉬며 말했어.

"엄마, 나 지금 남친이랑 사진 찍어서 SNS에 올려야 한단 말이야. 전화기 켜자마자 엄마랑 아빠랑 번갈아 전화해대니 미치겠어!"

딸은 자식의 사생활에 개입하지 말라고, 제발 꼰대 냄새나는 품에서 놔달라며 아우성을 쳐대는데 나는 심정지가 되는 줄 알았다우.

엄마, SNS가 뭔지 알아? 컴퓨터라는 기계가 있다는 건 엄마도 알지? 그 컴퓨터라는 놈은 인터넷을 통해 세상 돌아가는 이야기를 실시간으로 전달해 주는 아주 엄청나게 무시무시한 기계야. 요즘 젊은이들은 물론 애고 어른이고 할 거 없이 컴퓨터로 하루를 시작해 하루를 마감하는 시대를 살고 있는데, 그 SNS란 자신의 현재 상황을 인터넷에 실시간으로 알리는 거야. 쉬운 예로 내가 만일 엄마랑 사진을 찍어서 SNS에 올리면 아~ 희숙이가 요양원에 계시는 엄마한테 다녀왔구나 알 수 있어. 전 세계 사람들이 컴퓨터 인터넷에서 나의 사생활을 단숨에 안다는 거지.

엄마 세대나 나의 세대 사람들은 사생활, 특히나 남녀 간의 내밀한 사생활은 누가 알까 봐 쉬쉬 감췄잖아. 그런데 요즘은 애고 어른이고 자신들의 일상이나 이벤트, 가족사진 등등을 SNS에 올리는 게 유행이라네. 그들의 취향이니 존중해 주지만 나는 솔직히 사생활을 SNS에 노출하고 싶지는 않아. 하여튼 요즘 젊은이들은 모든 길은 SNS로 통한다는 거지. 그러니까 딸이 사진 찍어 SNS에 올려야 한다는 그 말은, 남자친구랑 해외여행을 왔다. 즉 결혼하지 않은 남자랑 잠을 잤다고 동네방네 소문을 내고 있다는 거였어. 아니 동네방네를 넘어 지구촌에 다 알리고 있었던 거였지. 세상에 결혼도 하지 않은 처녀가 남자랑 잠잤다는 걸 세상천지에 자랑질이라니. 그게 자랑할 일이야? 아니잖아. 남자도 아닌 여자가 말이야. 딸의 바보 같은 행동에 불같이 화가 치솟았어. 딸이 지금 제정신인가. 아무리 젊은이들의 소통이 SNS라지만 그래도 감출 건 감추어야 하는 게 아닐까. 이건 말려야 한다.

"야! 이년아! 너 지금 미쳐도 단단히 미쳤구나!"

내 입에서는 거두절미 욕설부터 튀어나왔어. 남자친구랑 여행 간 것을 온 천하에 알리고 있다니. 딸이 지금 제정신인가.

"처녀가 남자친구랑 잠잤다는 게 무슨 자랑질이라고 SNS에 올려! 이년이 정말 망신살이 뻗쳐도 보통 뻗친 게 아니네!"

내 입에서는 거친 욕설이 마구잡이로 튀어나왔어.

"너는 남자가 아니고 여자야! 너 남자친구랑 잤다고 온 천하에 소문 내놓고 그 남자친구랑 결혼 못 하면 어쩔 건데?"

기차 화통 3개를 삶아 먹은 목소리로 고래고래 소리를 질렀지. 딸은 화가 났는지 가타부타 말도 없이 전화를 끊어버렸어. 내가 화가 나다 못해 머리 뚜껑이 열렸다는 걸 인지하고 싸우기 싫으니까 아예 전화를 끊어버린 거지.

엄마, 남녀의 사랑이 천년의 사랑도 있다지만 유행가 가사처럼 아침에 피었다가 저녁에 지고 마는 나팔꽃 같은 게 또한 사랑이잖아. 딸의 사랑이 천년이 될지 오늘 저녁에 지는 나팔꽃이 될지 아무도 모르는 일이잖아. 아무리 요즘 젊은이들이 사생활을 SNS에 자랑삼아 올린다지만 남자친구와의 내밀함까지 올리다니. 참으로 한심하고 한심한 내 딸이었어. 이렇게 한심한 딸을 낳고 내 생에 업적은 딸은 낳은 거라 했다니.

엄마, 딸의 말처럼 여성의 순결이 조선 시대 남자를 위한 인형이었고 21세기 작금에는 궤멸하였다면 나도 춤추고 장구라도 치겠어. 내가 왜 여성의 순결은 조선 시대 악습이고 이제는 퇴물이 되었다는 딸의 주장에 동의하지 못했을까. 복잡할 거 없이 이유는 단 하나야. 딸은 여자니까. 내가 느끼는 사회적 체감은 아직 여성의 순결은 궤멸하지 않았으니까 걱정하는 거지.

엄마, 나는 어느 시대를 살건 여성 남성 어느 한 성별이 우월하지 않다고 생각해. 여성과 남성은 평등한 인간이다. 고로 똑같이 존중받아야 한다. 때문에 여성이 순결을 지켜야 한다면 남성 역시 순결을 지켜야 한다는 신념이지. 그런데 딸의 문제에 직면하니 남녀는 평등하다던 신념이 일시에 무너져 버리는 거야. 철옹성 같은 신념이 왜 딸 앞에서 무너졌을까. 그렇다면 나는 여성의 행복은 순결을 간직한 우선순위로 부여받는다고 믿고 있다는 걸까. 단연코 아니야. 순결이 행복 순으로 이어진다는 논리야말로 개 풀 뜯어 먹는 헛소리지. 그런데도 딸이 순결을 간직하기를 원했던 건, 만일 딸이 남자친구와 결혼하지 않는다면. 내일의 남편에게 순결 잃은 막달라 마리아로 낙인찍히면 어쩌나. 딸도 나처럼 살아가게 될까 봐 솔직히 겁났어.

세상 물정 모르는 딸에게 말하고 싶었어. 세상사가 그렇게 사랑 하나만 있으면 만사형통 될 거라고 믿는 모양인데 착각이다. 너의 지론대로 여성의 순결이 이제는 퇴물이 되었다면 엄마도 북 치고 장구 치겠다. 세상이 변했다고 해서 너희 세대 남성들이 여성의 순결론은 퇴물이 되었다고 생각할까? 천만의 말씀, 만만의 콩떡이다! 남성들이 그렇게 호락호락한 존재가 아니다. 너의 아버지와 내가 너의 혼외 섹스를 우려하는 게 무엇 때문인지 아느냐. 세상이 AI 시대가 아니라 AI 할아비로 변했다 해도 남성들의 보편적 사고는 내 아내가 될 여성은 다른 남성과는 한 번도 섹스하지 않은 요조숙녀를 원한다고! 소위 말해 정조를 지키려 은장도를 품고 부르카를 입기를 원하는 게 남자야. 바보 멍청이!

그러니까 엄마, 나는 세상의 딸을 둔 모든 엄마의 한결같은 바람처럼 내 딸이 행복하기를 간절히 비는 엄마이기에, 딸의 행복을 위해서 딸이 남자친구와 여행지에서 찍은 사진을 SNS에 올리는 걸 사활을 걸고 말리고 싶었어.

나의 바람에 딸은 지금은 AI 시대라고, 조선 시대 악습인 순결은 궤멸된 지 오래라고 천명하겠지. 정녕 세상이 변해 작금의 젊은 남성들은 여성의 순결은 입에 올리지도 않을까? 설령 젊은 남성 세대들이 여성의 순결을 논하지 않는다 해도 굳이 남자친구와의 밀월여행을 SNS에 올릴 필요는 없잖아. 안 그러우?

엄마, 우리끼리 말이지만 길을 막고 한번 물어봅시다. 세상의 어느 부모가 내 딸이 결혼도 하지 않은 남자친구랑 여행 가서 찍은 사진을 SNS에 올려 동네방네 소문을 내고 있는데 너 참 멋있는 딸이구나. 멋진 인생을 살고 있구나. 나서서 칭찬하며 박수를 할 수 있겠어. 만일 남자친구와 여행 간 사진을 찍어 SNS에 올리는 딸이 내 딸이 아니라면 나는 그 딸에게 박수했을 거야. 사랑하는 사람과 여행은 얼마든지 갈 수 있다. 멋지다. 엄지척을 해주면서 결혼하기 전에 여성 남성 많은 친구도 사귀고 여행하면서 견문도 넓히렴. 하고 싶은 일이 있거든 도전해보면서 젊음을 마음껏 누려라! 이렇게 얼마든지 말해 줄 수 있어. 말뿐이 아니라 여성으로서 멋짐이 대단한 행보에 찬사의 박수를 보내겠지. 하지만 내 딸이잖아. 남의 집 딸이 아닌 내 딸이잖아.

엄마, 엄마 시대는 더 엄격했겠지만 내 시대에도 남편 내조 잘하는 참신한, 천상 여자로 보이기 위해서는 혼전에 남자친구를 사귀었다는 말조차도 금기였어. 그만큼 여성의 절개는 도덕과 인성에 향방을 갈랐고, 남편에게 사랑을 받느냐 무수리로 사느냐 행복을 가늠하는 잣대가 되기도 했지. 때문에 세상이 변했네 어쩌니 해도 나는 내 딸의 혼전 섹스를 받아들이기 힘들었어. 그런데 딸은 남자친구랑 잤다는 공표를 동네방네도 모자라 전 세계에 알리고 있다니. 딸은 지금 바른 정신인가. 딸의 앞날을 생각하니 가슴을 치고 통곡할 일이었어. 딸의 망둥이 행보에 어떻게 대처해야 하는지 안절부절못하고 있는데 직장동료인 그녀한테서 전화가 왔어.

"뭔 일이야? 특근까지 자청하던 사람이 장기 휴직을 다 하고. 아무래도 뭔 일이 있긴 있는 모양이네! 나한테는 말도 안 하고~ 그래 남이다 이거지~ 남의 일이니 내 알 바 아니고 인생은 모조리 씨부랄탱인데 내가 지금 숨이 넘어갈 지경이야~ 숨통 좀 열어줘~"

그녀는 대낮부터 술을 퍼마셨는지 목소리가 완전 꼬부라져 있었어. 술 취하면 튀어나오는 레퍼토리 씨부랄탱이를 내뱉으며 내가 무슨 공기청정기라도 되는 양 빨리 숨 좀 쉬게 해 달라고 호출했지.

남자친구랑 잤다는 걸 SNS에 올리고 있을 딸을 생각하면 나야말로 숨이 꼴랑 넘어갈 지경이었어. 그러나 대낮부터 술 취한 그녀의 심상치 않은 목소리를 뿌리칠 수가 없어 부랴부랴 호프집으로 달려갔지.

20평 남짓한 허름한 호프집 실내는 그 흔한 트로트도 흘러나오지 않고 썰렁했어. 탁자마다 텅 비어 있고 구석진 자리에 청승맞게 웅크리고 앉아 술잔만 기울이는 그녀만이 유일한 손님이고, 테이블에는 빈 소주병과 맥주병이 나자빠져 있었어. 예상한 대로 그녀는 거나하게 취해 있었어. 게슴츠레 나를 바라보는 그녀의 얼굴은 피골이 상접했지.

"씨부랄탱이! 좀생이처럼 살지 말고! 술도 한 번 마셔 봐~ 술 마시면 가슴에 쌓인 고민이 한순간에 싹~ 달아난다니까! 쭉~ 마셔! 우리네 가열찬 인생을 위하여~ 쭈~욱~"

그녀는 혀가 반쯤 꼬인 목소리로 씨부랄탱이를 연발하면서 인생 돌아가는 꼴이 씨부랄탱이라며 글라스에 맥주를 따라 주었어. 술 마시면 가슴에 쌓인 고민이 싹~ 달아난다고 했던 그녀의 취기 어린 얼굴엔 되레 고민거리가 산적해 보였지.

"우리 딸 어제 사위라는 놈하고 헤어졌어. 사위는 무슨 개뿔이나 사워야!"

그녀가 맥주를 자작해서 마시다 말고 넌지시 나를 건너다 봅디다. 인생이 걸레 같다는 얼굴로. 눈에 그렁그렁 매달린 눈물이 금방이라도 술잔에 뚝 떨어질 것만 같았어.

"내 자식이 아들이었다면 이렇게 슬프고 화가 났을까?"

그녀는 눈을 끔벅이면서 곧 떨어지려는 눈물을 손등으로 쓱 훔치며 말했어. 이야기인즉슨 남자 쪽 엄마가 씩씩거리면서 찾아와서 하는 말이, 요즘 같은 세상에 좋은 피임약이 흔한데 임신을 하느냐고. 부모가 장성한 딸에게 몸가짐 잘 하라는 교육을 제대로 하지 않아 임신했다면서 모녀를 원시인 취급하더라는 거야.

"피임은 여자만 잘못한 게 아니라 남자도 잘못한 겁니다! 왜 여자만 잘못했다고 하십니까?"

내 딸이 피임을 못 해서가 아니라 두 사람 모두가 피임을 못 해서잖아. 안 그래? 그런데 왜 잘못은 여자가 뒤집어써야 하는지 모르겠다고. 그녀가 열변을 토해내는 데 남의 일 같지가 않았어. 곧 내가 겪어야 할 일 같았어.

"완전 막무가내야! 안하무인 그런 놈의 집구석에 딸년 시집보냈다가는 시집살이하다가 죽게 생겼더라고!"

품 안에서 내놓은 다 큰 자식을 송아지 새끼처럼 코뚜레 해서 말뚝에 묶어 놓을 수도 없고, 모든 책임은 여자에게만 돌리니 열 받는다고.

"동거 생활이라니. 내 상식으론 이해할 수 없어요! 나는 당신네 딸을 며느리로 받아들일 수 없습니다. 요즘 젊은이들은 살아보다가 결혼한다면서 동거 생활을 많이 한다는데 댁의 딸이 어떤 놈들하고 놀아났는지 알게 뭡니까!"

남자의 엄마는 그녀의 딸에게 여자가 몸가짐을 제대로 하지 않았다고, 다시 말해 남자관계가 문란한 것처럼 말하더라는 거야. 임신한 게 죄라고 참고 있었는데 울화통이 치밀어 한마디 했다고. 같은 여자이면서 어떻게 그런 막말을 하느냐고.

"나도 딸 있습니다! 내 딸한테 여자가 혼전 섹스하면 남편한테 책잡힌다고 교육 철저하게 해요! 당신 딸처럼 결혼도 하기 전에 동거 생활은 하지 않는다고요. 감히 내 딸과 비교하지 마세요!"

남자의 엄마는 자신의 딸은 순결한 여성이라고, 그녀의 딸은 막달라 마리아로 치부하면서 동거한 것을 두고 가정교육을 제대로 하지 못한 탓이라고 했대. 울화통이 터져 그녀가 한바탕하려고 두 팔을 걷어붙이자 그녀 딸이 대꾸하지 말라고 눈을 끔벅이더라는 거야. 딸 때문에 꾹 참고 있는데 글쎄 아이를 낙태시키라고 했다지 뭐야. 그녀의 말을 듣자니 나 역시도 울화통이 치밀어 올랐어.

"살아있는 생명을 낙태하라니요? 살인입니다!"

"어제 헌법재판소에서 임신 14주까지는 임부의 요청만으로 낙태해도 처벌받지 않는다는 판결이 났대요!"

"여보세요! 14주는 진즉에 지났고 20주가 넘었어요!"

"오늘 새벽 2시에 아들놈이 왔습디다. 아들놈이 판결문 듣고 얼마나 고민을 많이 했으면 밤새 술 퍼마시다가 떡이 돼서 네발로 기어 왔겠습니까? 원치 않았던 임신이라고 합디다. 공시생인 건 아시죠? 무슨 돈으로 애를 키웁니까? 24주 이전엔 조건부 수술이 가능하답디다! 경제적 이유가 충분하지 않나요? 내가 진즉에 알았더라면 지금까지 있었겠습니까? 임신을 핑계로 내 아들 발목 잡지 마세요!"

남자의 엄마는 의사전달을 분명히 했다면서 임신에 대한 어떠한 책임도 지지 않을 거라고 딱 잘라 말하고 갔다는 거야.

"입은 삐뚤어져도 말은 바로 하겠다고, 어째서 자기 아들 신세 망치는 일이야? 솔직히 신세 망치는 거로 따지자면 가부장적인 우리나라 정서에서 여자가 더 신세 망치는 일이지 남자가 신세 망치는 일이냐고?"

그녀는 씨부랄탱이 같은 그 엄마 머리끄덩이 잡고 이판사판 하고 싶은데 딸 보고 참았다고 했어. 딸이 멀어져 가는 남자친구만 힐끔거리면서 폭풍 눈물을 흘리고 있는 모습을 보고 있자니 미치고 환장하겠더라는 거였어.

"너한테 쪽팔려서 말을 못 했는데 내 딸도 어지간히 사람 보는 눈도 없지. 처음에 걔를 데리고 왔는데 완전히 실망했다니까. 피죽 한 그릇도 못 먹었는지 말라깽이에, 그 엄마에 그 아들이라고 둘 다 단춧구멍 눈이 판박이야. 그놈 뭐 내세울 게 있다고. 키만 멀대처럼 커가지고 얼굴이 잘생겼어 덩치가 있어 듬직하길 해! 직업이 변변해! 불알 두 쪽밖에 없는 것들이!"

그녀는 두 주먹을 공중에 치켜들고 흔들어 대면서 딸의 남자친구와 엄마를 싸잡아 폭탄 흉을 날렸어. 딸이 임신만 하지 않았더라면 가만있지는 않았을 거라고. 설거지 한 번을 시키지 않고 금지옥엽 고이 기른 내 딸을 어디서 깎아내리느냐고. 성질대로 했다면 그년 머리카락을 죄다 뽑아놓고 말았을 거라고 했어.

"딸년 임신한 거 알고부터 살얼음판을 걷는 심정이더라고! 씨부랄탱이! 낙태시키라는 말을 듣는데 앞이 깜깜한 거야. 내 딸이 임신만 하지 않았다면 당신네 아들 트럭으로 갖다 줘도 싫소이다! 큰소리치고 싶은데 참았어. 글쎄 행여나 그놈이 마음이 변해 돌아왔으면 하고 간절히 바라고 있더라니까! 내가 그놈이 잘나서 돌아오기를 바라겠어! 그래도 애 아버지잖아!"

딸이 미혼모가 되어 아기 키우며 살아갈 앞날을 생각하자니 하늘이 원망스럽고, 당면한 현실이 꿈만 같다며 한숨을 들이쉬고 내쉬었어. 그녀 이야기를 듣는 내내 그녀의 딸이나 내 딸의 신세나 똑같다는 생각에 혹 하나를 더 붙인 것만 같았어.

"내 딸이 영어 강사잖아. 지금까지 내 딸이 번 돈으로 그놈 먹여 살리고 있었던 거야. 처녀가 임신해서 배불러 오는데 어떻게 직장엘 다니겠냐고. 내가 그만두라고 했어. 남자 하나 잘못 만나서 내 딸은 인생 망치고 있다니까! 아침에 피었다가 저녁에 지는 사랑인 줄 모르고 천년의 사랑으로 착각하고 사랑에 목숨 건 내 딸년이 바보 천치지~~"

그녀는 딸이 미우면서도 불쌍하고 속이 썩어 문드러진다며 흐느껴 울었어.

"그놈을 낙태죄로 고발해!"

나는 그녀에게 딸의 남자친구 같은 놈은 낙태죄를 받게 해야 한다고, 그런 무책임한 놈들은 따끔한 맛을 보게 해야 한다고 목소리를 높였지.

"나도 화가 나니 별생각 다 해봤어. 마음이야 천 번 만 번 고발하고 싶지. 근데 낙태를 하면 임신한 여자와 의사만 낙태죄로 처벌 받고 남자는 처벌 받는 경우가 드물대. 남자는 즐기다 가면 그만이고 여자만 책임을 고스란히 떠안아야 하는 게 낙태죄라는 거지. 그래서 아들 아들 하나 봐. 씨부랄탱이!"

"여자는 낙태죄로 처벌 받잖아? 그런데 남자는 낙태죄로 처벌을 받지 않는다는 게 무슨 소리야?"

낙태죄가 여성과 중절 수술한 의사만 처벌한다는 그녀의 말을 듣고 나는 너무나 깜짝 놀랐어. 그녀가 낙태죄를 알아본 바로는 이랬지. 여성은 낙태하면 처벌을 받는데 남성은 도망가 버리면 처벌하기가 쉽지 않고, 도망간 남자는 잡는다 해도 사안에 따라 처벌의 여부가 달라진다고. 낙태를 강요한 남성을 낙태교사 등의 혐의로 유죄 판결한 대법원의 판결문이 사례로 있다, 정도라고. 즉 임신했을 경우 남성은 가버리면 처벌하기가 힘들고, 여성 혼자 감당하기 힘들어 낙태하면 무조건 처벌 받는다는 말을 듣고 기가 막히고 하늘 아래 이런 불평등한 법이 다 있나 법을 의심했어.

엄마, 이틀 전 헌법재판소는 "낙태를 전면금지하는 것은 위헌"이라면서 "임신 초기의 낙태를 금지하는 것은 임산부의 자기결정권을 과도하게 침해한다"로 보고 "임신 초기의 낙태를 허용해야 한다"면서 낙태한 여성을 처벌하는 조항인 형법 제269조 1항(동의낙태죄)과 제270조 1항(자기낙태죄)에 대해 헌법 불합치 판정을 내렸어. 1953년 도입한 낙태죄가 66년 만에 헌법 불합치 판결이 내려진 건 고무적인 일이지. 그런데 달라질 낙태법도 임신 14주가 넘어 24주 미만에 중절 수술을 할 경우 특정사유가 있어야만 낙태죄 처벌을 받지 않는다고 해. 특정 사유에 해당되지 않으면 중절 수술한 여성은 낙태죄로 처벌 받지만 남성은 가버리면 처벌 받는 경우가 드물다는 거였어.

"솔직히 말해서 나는 낙태죄에 대해서 깊이 생각해 보지 않았어. 그런데 딸 문제가 터지니까 정신이 번쩍 드는 거야. 뒤늦게 인터넷 뒤져보고 기가 찼잖아. 기존 낙태법은 당연히 문제였지만 달라질 법 역시 남녀 불평등 낙태죄에는 변함이 없어. 낙태죄가 어쩌고저쩌고 장구한 용어들은 제쳐두고, 문제의 본질은 임신을 가능하게 한 남자는 법망에서 빠져나가는 구멍이 있다는 게 맹점이라는 거지. 헌법재판소는 여자에겐 엄격한 낙태죄 잣대를 들이대면서 왜 남자한테는 낙태죄를 엄격하게 묻지 않는 거야? 왜?"

그녀는 마치 내가 헌법재판소의 재판관이라도 되는 양 쏘아보면서 어째서 남성들은 처벌 받지 않느냐고 따졌어.

"임신했는데 남자는 가버리면 책임은 땡이래. 내 몸에 생명이 살아 꿈틀거리는데 어떻게 낙태할 생각부터 먼저 할 수가 있느냐고? 처음엔 둘 다 아이를 낳으려는 마음도 있겠지. 그러나 인간의 마음이란 게 조변석개인데 시간이 가고 배불러 오면 겁도 나겠지. 겁나서 남자가 가버리면 여자는 행여나 남친이 돌아올까 기다리면서 고민하다 보면 14주는 훌쩍 흘러가잖아? 남친은 없고 임산부의 자기결정권으로 낙태를 하면 낙태죄로 처벌 받을 가능성은 여전히 남아있고, 생명의 존엄성을 생각해 아기를 낳으면 여자 혼자 양육의 책임까지 져야 한다는 게 법이야 막걸리야? 씨부랄탱이!"

그녀는 낙태죄가 여성에게만 죄를 뒤집어씌우는 우라질 개잡법이라고 일갈했어.

"임신을 혼자 하는 거야? 임신하면 무조건 공동의 책임이지 사안이라는 게 뭐야? 남녀가 섹스해야 임신이 되는 건 불변이잖아. 그 불변에 사안이라니!"

여성에게만 책임을 묻고 남성에게는 책임을 묻지 않는 낙태죄가 내

상식으로도 도저히 이해되지 않았지.

"성령으로 잉태하는 경우도 있나 봐. 그러니까 사안이라고 하는 거겠지? 성령으로 잉태라니. 정말 삶은 소대가리가 웃을 일이네!"

그녀는 실소를 금하지 못하겠다면서 성령으로 아들이나 잉태해야겠다고 했어. 임신과 출산은 남녀 모두의 책임이잖아. 남성은 가버리면 그만이고 설령 고발해도 사안에 따라 낙태죄를 묻는다는 건 남성에겐 책임을 합법적으로 면죄해주는 면죄부며, 여성에겐 무조건 낙태죄로 처벌하는 낙태죄야말로 여성의 몸만 규제대상이 되는 여성 독박 책임 올가미 악법에 지나지 않았어. 낙태죄마저 남녀불평등한 법이고, 처벌을 위한 처벌 낙태죄밖에 되지 않는 여성 독박 낙태죄에 분노가 치밀었어.

"낙태법을 알아보려고 새벽까지 인터넷 뒤져보다가 경악했잖아! 성교육 시간에 어느 10대가 "여자들 몸에서 일어나는 일에 관심 없어요. 우린 그저 즐길 뿐"이라고 했다는 거야. 머리빡 피도 마르지 않은 애들부터 여자를 즐김의 대상으로 보다니 기가 찰 일이지. 여자를 성적 즐김으로 여기는 남자들이 많으니 남자는 낙태죄로 처벌 받지 않는 법을 만드는 거겠지. 여자를 즐김으로 여기는 쌍놈의 새끼들은 자지를 가위로 잘라버려야 해!"

그녀는 검지와 중지로 가위 자름을 하면서 남성들만 판치는 열불 나는 세상에 낙태법마저도 요지경 짬뽕이라며 잘난 놈은 잘난 대로 살고~ 여자는 죄다 정조대 입으라는 썩어질 세상아~ 야야야~~ 노래를 부르다가 졸음이 오는지 그대로 테이블에 엎드렸어.

"낙태죄 폐지를 반대하는 사람들이 허울 좋은 말로 '태아의 생명권' 어쩌구 떠들어 대는데 임신시켜 놓고 가버린 남자에겐 왜 '태아의 생명권'을 묻지 않아? 진실로 '태아의 생명권'을 생각한다면 임신시켜 놓고 도망간 남자들 강력하게 처벌하는 법부터 만들라고 소리쳐야지, 안 그래? 남자들은 실컷 즐기다가 가버리면 처벌도 받지 않고 땡! 여자만 고통받는 낙태죄는 전면 폐지해야 한다고! 씨부랄탱이~"

그녀는 눈이 검실검실 감기는데도 중얼거리다 잠이 들었어. 술 취한 그녀를 혼자 집에 데려가기엔 쉽지 않았고, 호프집 여주인의 도움을 받아 의자 여러 개를 맞물려 놓고 그녀를 눕혔지.

호프집 주인이 내다 준 커피를 마시는 내내 10대 남학생이 했다는 말이 머릿속에서 떠나질 않았어. 그 남학생의 의중은 여성 임신에 대한 모든 책임은 지지 않고 자신들은 '섹스' 만 즐기겠다는 거잖아. 10대들조차 여성을 즐김의 대상으로 생각하고 있다는 것에 기가 막히고, 10대들의 이야기지만 살아오면서 너무도 많이 들었던 말이었어. 대부분의 남성은 어려서부터 여성을 성적 대상으로 인식하고 있으니 성인이 되어서도 변하지 않는다는 생각이 들었지.

엄마, 낙태죄 헌법불합치 판결이 내려졌지만, 사회적 공감대가 이루어지지 않아 미완이라고. 내년까지 법 개정을 국회에서 할 모양인데, 그녀의 취중 말대로 낙태죄를 개정하는 법에는 임신의 공동책임자인 남성에게 역시 강력하게 책임을 묻는 법을 형법 안에 포함해야 한다는 생각이 들었어. 즉 낙태죄 책임법을 법으로 제정해 남성이 도망가도 낙태죄를 받게 하고, 여성이 출산하면 양육비를 지원하도록 끝까지 책임을 묻는 법 말이야. 만일 법을 어길 때는 경제활동에 강력한 제재를 가하는 강제력 있는 법을 법 조항으로 명시를 해놓아야 여성만이 독박 낙태죄 처벌을 받지 않는 남녀평등법이 되는 거지.

낙태죄가 여성 남성을 무조건 처벌하자는데 목적은 아니지. 남녀 모두에게 책임감을 부여함으로써 무분별한 섹스를 지양하는 계기가 되고 피임의 중요성을 배우게 될 테니까. 특히 남성들은 여성의 몸과 마음을 존중하고 '태아의 생명권'에 대해서 남녀가 함께 고민하고 예방하면서 건강한 임신중단과 출산 육아에 적극적으로 참여하자는데 방점이 있는 거지.

바꿔~ 바꿔~ 모든 걸 다 바꿔~ 바꿔~ 바꿔~ 바꿔 세상을 다 바꿔~. 어디선가 노랫소리가 요란스레 들려왔지. 노랫소리에 그녀가 부스스 눈을 뜨더니 주머니에서 전화기를 꺼냈어.

"이년아~ 내가 왜 죽어! 아흔아홉 살까지 팔팔하게 살 테니까 걱정하지 마!"

그녀는 핸드폰을 쿡쿡 찌르며 딸년이라고 했어. 그녀가 없어져 딸이 찾고 있는 거 같았어. 비척대는 그녀를 간신히 잡고 대로로 나와 택시를 탔지.

"어젯밤 남편이랑 술 한잔 했지. 딸년 미래를 생각하니 억장이 무너져 남편도 나도 질질 짰어. 남편 우는 거 보니까 마음이 짠했어. 노발대발하면서 그놈을 당장 고발하자고 했더니 남편 하는 말, 그래도 애 아버진데 혹시 알아? 사위가 돌아올지… 사위는 개뿔!"

딸은 저렇게 질질 짜고 있는데 돌아올 놈이면 벌써 돌아왔다고, 임산부를 저렇게 눈물 짜도록 내버려 두겠냐고, 그녀는 말을 하다 말고 감정이 북받치는지 주먹으로 앞가슴을 쳐댔어.

"너나 나나 딸 낳은 죄다! 내 딸도 네 딸 사정과 똑같다."

그녀에게 내 딸의 상황을 대충 설명하면서 딸들의 행복을 위해 우리 엄마들이 당당하게 살자고 응원했지.

"네 딸도 내 딸만큼이나 혁신적이네! 고민할 필요 없어! 돌아오면 당장 결혼시켜! 꼬락서니만 보고 있다가는 내 딸 짝 난다니까!"

그녀는 택시에서 내리면서도 두말할 거 없이 결혼부터 시키라고 당부했어. 집으로 돌아온 나의 마음은 더더욱 뒤숭숭했어. 그녀의 딸처럼 내 딸도 남자친구와 결혼에 이르지 못하고 헤어지면 어떡하나. 만일 딸이 남자친구와 헤어지게 되면 내 딸은 상처만 받는 거잖아. 그뿐인가. 딸은 과거가 있는 여성으로 낙인이 찍혀 인생이 불행해지고 말 거란 생각이 들자 눈앞이 깜깜했어.

나는 딸의 앞날에 대해서 생각에 생각을 거듭해 보았지. 딸의 사랑이 결혼에 골인하려면 짧아야 1년, 길면 2, 3년은 가리라. 그동안 피임을 아무리 철저하게 한다 해도 실수라는 게 있다. 앞뒤 생각 안 하고 망둥이처럼 나대는 딸을 보고만 있다가 피임에 실패해 임신이나 덜컥한다면. 딸이 임신했는데 남자친구가 헤어지자고 한다면. 아~ 딸이 미혼모가 된다는 생각만으로도 등골이 오싹해 지면서 외마디 비명이 저절로 흘러나왔어. 생각이 거기에 미치자 두 남녀의 의사와는 상관없이 강제로라도 결혼시켜야겠다는 결론이 내려졌어.

딸이 여행에서 돌아오면 본격적으로 결혼을 논의하리라. 청년의 부모님과 상견례를 하고 결혼 날짜 뚝딱 잡아서 일사천리로 결혼시키리라. 예정에도 없이 갑작스레 딸을 결혼시키려니 서운한 마음이 들었어. 딸의 나이 29세. 결혼적령기라지만 내가 보기에는 아직 철부지이고, 이른 나이에 시집보내는 거 같아 아쉬움이 남았어.

나의 계획은, 딸이 젊은 시절에 하고 싶은 거 있으면 다 해보라고. 즉 공부며 취미 생활, 여행, 친구들과의 사교 등 젊음을 실컷 누리다가 서른세 살이나 네다섯 살쯤 결혼했으면 싶었어.

엄마도 알다시피 여성은 결혼하는 날부터 자신의 인생은 없어지는 거잖아. 딸이 힐링이니 어쩌구 하는데 사실 맞는 말이지. 그 힐링도 결혼 전이니까 가능한 거잖아. 여성은 결혼하면 개인만의 시간과는 영원히 졸업하잖아. 엄마나 나 살아온 것만 보아도 여성은 결혼과 동시에 전쟁 같은 삶이 시작되는 거지. 남편 내조에 시부모님 봉양에 남편의 형제들 뒷바라지. 제사 명절 음식에 시댁 사돈의 팔촌 경조사까지 챙기며 며느리로서 의무를 다해야 하고, 아기가 태어나면 육아도 해야 해. 여성의 결혼은 곧 고생문이 훤히 열리는 거지.

결혼식장에서 아들 가진 부모는 울지 않고 딸 가진 부모는 펑펑 우는데 왜 울겠어. 금지옥엽 내 딸을 송두리째 시댁에 헌납하고 손에 물 마를 날 없이 살아갈 딸 인생을 생각하니 불쌍해 눈물이 흐르는 거지. 그나저나 딸의 남자친구 집안은 어떤 집안일까. 시어머니 되는 사람이 까탈스럽지는 않은가. 변덕이 죽 끓듯 하는 시어머니 만나 철부지 딸이 혹독한 시집살이를 당하는 건 아닌가. 걱정이 앞섰어.

내가 두 남자와 살아본 경험칙으로 비추어 보자면, 세상은 변했다고 하지만 시댁의 등등한 위세는 앞으로도 100년 동안은 변함없이 굳건하게 이어져 갈 거 같았지. 눈에 넣어도 아프지 않은 내 딸이 결혼하여 시부모 공양에 시댁 친지들, 시댁 뒤치다꺼리하면서 살아갈 것을 생각해 보니 마음이 아팠어. 그렇지만 어떡해. 남자친구와의 여행을 SNS에 올려 세상천지 공표한 마당인데. 딸이 임신하기 전에 하루라도 빨리 결혼시키는 것만이 능사잖아. 딸을 결혼시켜야겠다고 마음먹으니 사윗감에 대해서 제대로 알아야 할 거 같았어. 결혼은 인륜지대사잖아. 딸이 남자친구랑 잠을 잤다고 세상천지에 알렸다 해도 사윗감 신상을 묻지도 따지지도 않고 무작정 결혼을 시킬 수는 없잖아. 딸이 간을 빼줄 만큼 사랑하는 청년의 이력이 몹시도 궁금했어. 딸의 마음은 물론 영혼마저 탈탈 훔쳐 간 철면피 도둑놈이 어떤 놈인지 알고 싶어 안달이 난 나는 딸에게 전화를 걸었지.

딸은 단단히 삐쳤는지 전화는 꺼져있었어. 내내 꺼져있던 전화는 저녁 7시가 넘어가자 신호가 갑디다. 막상 신호가 가니 살짝 긴장됐어.

"아~ 좀 쉬려던 참인데… 엄마, 또 무슨 일이야?"

신호가 한참 울리더니 딸이 전화를 받았어. 지청구는 절대 사절이라는 톤으로.

"딸~ 즐거운 시간 보내고 있겠지? 저녁은 먹었니?"

나는 조심스럽게 물었어. 지금 딸 옆에는 내 허락도 없이 딸의 마음을 훔쳐 간 도둑놈이 있으리라. 그 도둑놈하고 내 딸은 곧 결혼하리라. 결혼하면 그 도둑놈은 내 사위이고 나는 도둑놈의 장모인 것이다.

나는 어느새 그 도둑놈의 장모가 되어있었어. 도둑놈은 지금 딸 옆에서 내 목소리를 듣고 있으리라. 지금까지 딸과의 전화 통화 내내 기차 화통만 삶아 먹었는데 그 도둑놈이 예비 장모인 나를 어찌 생각할까. 천하의 몰상식한 장모로 생각하겠지. 무턱대고 기차 화통만 삶아 먹을 게 아니다. 지금부터는 기차 화통은 그만 삶아 먹자. 이왕이면 고상하고 우아한 장모님으로 보이자.

"남자친구 옆에 있니?"

나는 목소리를 최대한 낮추며 꿀 떨어지는 다감한 어조로 물었지.

"엄마, 어디 아파?"

딸이 되레 목소리를 높이며 여느 때와는 사뭇 목소리가 다르다면서 어디 아프냐고 물었지. 달라진 나의 목소리를 알아채고 효녀까지 되어 있는 딸의 목소리를 듣자니 기분은 좋았어. 나는 아픈 건 아니라고, 조금 피곤해서 그렇다고 둘러댔지.

"엄마, 오늘 온종일 사진 찍어서 SNS에 올렸더니 피곤하네. 그래서 일찍 숙소에 들어왔어. 식당에서 밥 먹는 것도 귀찮아서 아예 쌀국수랑 솜땀 싸 들고 왔어. 후다닥 먹고 쉬려고."

딸은 무미건조하게 말했어. 우리 두 사람은 지금 몹시 피곤함에 지쳐 있으니 용건은 간단하게 끝내라는 어투로.

"남자친구는 몇 살이니? 직업은 뭐야? 공무원? 선생님? 은행원? 대기업 아니면 중소기업에 다녀? 자영업 하니? 부모님은 다 계시고? 무슨 일을 하셔? 형제는 몇이야? 참! 고향은 어디래? 친인척은 많대?"

나는 금지옥엽 키운 내 딸의 미래를 책임져 줄 나의 사위가 지금까지 살아왔을 가정환경과 직업을 알아야 했고, 때문에 목에 칼을 맞을지언정 반드시 물어야 했어.

엄마, 딸에게 남자친구의 신상을 물을 때까지만 해도 사실 기대감으로 부풀어 있었어. 딸이 세상 물정 몰라도 그래도 29살이나 먹었으니 대략은 결혼 상대자로의 능력은 갖춘 청년이리라. 말은 결혼 같은 건 꿈에서조차 생각해 보지 않았다고 손사래를 치지만 그래도 마음 한구석에는 결혼하고픈 마음이 눈곱만큼이라도 있으니 여행도 갔으리라.

나의 바람은 부모님에게 반듯한 교육을 받으며 성장한 예의 바른 성품의 청년이면 좋을 것인데, 이왕이면 훤칠한 키에 훈남이며 번듯한 직장에서 고액의 연봉을 받는다면 더욱 좋으리라. 무엇보다도 부모님이 재력까지 있어 아들이 결혼할 때 아파트 한 채 사 주면 금상첨화겠지. 형제가 있다면 제사 지내지 않는 장남이 아닌 차남이고, 딸이 있다면 까탈스러운 동생보다는 아량 넘치는 누나이기를. 사윗감이 나의 희망 사항을 충족해 주면 더할 나위 없이 좋겠다는 염원을 가지고 숨도 쉬지 않고 물어댔지.

"내가 호구조사 할 줄 알았어. 사랑하는 남자친구일 뿐이라고!"

딸은 혀부터 내둘렀어. 딸 가진 엄마가 당연히 알아야 하는 문제를 상늙은이 취급하면서 말이야.

"엄마, 근데 남자친구의 부모님이나 형제가 왜 중요한데?"

딸은 은근 기분이 나쁘다는 속내를 내비쳤어. 딸의 말대로 남자친구의 집안이 중요하지 않다고 해도 적어도 사윗감이 어떤 직업인지 정도는 알아야 하는 거잖아.

"너는 대수롭지 않게 생각할지 모르겠지만 나는 딸 가진 엄마야. 내 딸이 얼굴 한 번 본 적 없는 남자랑 여행을 갔어. 세상 어느 엄마가 딸의 남자친구 신상이 궁금하지 않겠니?"

금방이라도 폭발할 것 같은 화를 꾹꾹 눌러 참았지. 지금 딸 옆에는 나의 사윗감이 있다. 품위 있는 장모가 되자. 꿀 떨어지는 목소리로 차근차근 설명했지.

"엄마, 내가 몇 번을 말해야 이해하겠어? 나 남자친구랑 결혼 안 해. 그냥 여행 왔어. 여행하고 남자친구 신상하고 무슨 상관이 있는데? 그리고 남친의 신상을 당장 알아야 할 만큼 절박한 상황이 아니잖아? 그깟 신상이 뭔 대수라고, 뭐가 급하다고 여행 와 있는 딸한테 꼭 국제전화로 물어야겠어?"

화가 나는 건 난데 딸이 되레 화를 냈어. 딸 가진 엄마로서 사윗감을 알고 싶은 건 아주 당연한 거잖우. 그러니 여행 아니라 여행할아비를 갔어도 물어야 하는 거잖우. 당연함을 몰상식한 것으로 몰아붙이며 엄마에게 화를 내다니. 순간 부아가 치밀어 올랐어. 남자친구가 옆에 있을 거 같아 꿀 떨어졌더니 이것이 엄마 알기를 개똥처럼 아는가. 조금 전까지만 해도 생전 안 하던 효녀이길 자청하더니 순식간에 버선 뒤집듯 홀딱 뒤집어 적의를 품고 달려드는 살모사라니.

나도 똥고집이 있다. 딸의 볼멘소리에 물러날 어미가 아니다. 네가 남자친구 아니라 남자친구의 할아비와 같이 있다 해도 물어야겠다! 그래야 답답한 속이 뻥! 뚫릴 거 같거든! 네가 여행에서 돌아오는 날을 기다리다가는 심장이 과부하 생겨 터져 죽어버릴 거 같거든!

"여행? 여행 같은 소리 하고 자빠졌네. 너는 여행이 중요한지 몰라도 나는 너의 앞날이 더 중요해! 하늘이 두 쪽 나도 너의 남자친구의 신상에 대해서 지금 당장 알아야겠다고! 도대체 그놈은 뭐 하는 놈이냐?"

나는 엄마로서 위엄을 가지고 단호하게 물었지.

"엄마, 다시 말하지만 지금은 사랑만 하는 사이야. 지금 말하지 않으면 엄마 성격으로 볼 때 오늘 밤 한숨도 자지 못할 거 같으니까 아는 것만 말할게. 남자친구 부모님이 다 계시다는 건 알지만 무슨 일을 하시는지 몰라. 부모님 형제들 당연히 몰라. 남자친구 여동생과 남동생이 있다고 한 거 같아. 저번에 남친이 1년에 제사가 다섯 번이라면서 툴툴거리며 가는 걸 보니까 아마도 집안의 맏이일 거야."

남자친구의 집안도 모르고 있는 딸의 사고를 도저히 이해할 수도 없었거니와 일 년에 제사가 다섯 번 있다는 말에 입이 떡 벌어졌어.

"남친 직업은 딱히 없어. 엄마도 잘 알잖아. 대한민국 경제가 너무도 좋지 않아 청년 백수가 나날이 늘어나는 게 현실이잖아. 남자친구도 취업을 못 했어. 나처럼 애니메이션 계통에서 프리랜서로 일해. 일이 없을 때는 편의점 아르바이트도 해. 즉 돈 많이 버는 직업은 아니라는 거지. 한 달 벌어 월세 내기도 힘들어서 바쁘게 살아. 나처럼 가난해. 그리고… 이번 여행 경비도 내가 냈어. 이제 됐지?"

딸은 교과서를 읽듯 무덤덤하게, 그러나 그 어떤 경우에라도 남자친구와의 사랑을 훼손하지는 말라는 경고처럼 단호했어. 다른 건 둘째치고 월세 내기도 힘든 가난한 청년이라는 말을 듣는데 기가 막혔어. 그런데 조금 뜸을 들이더니 뒤이어 여행 경비도 딸이 냈다는 소리를 듣는데 기가 막히다 못해 기절초풍하고 말았어. 내 목에선 곡소리가 터져 나왔어. 아~

10
그녀의 동아줄

엄마, 요즘 젊은 세대들이 데이트 비용도 서로 반반씩 쓴다는 말은 익히 들어 알고는 있었어. 데이트 비용 반반씩 쓰는 거 이해할 수는 있어. 취업하기 힘든 삼포 세대들 주머니 사정 빤하니 서로 데이트 비용 내는 게 맞지. 그래도 결혼할 남편감은 적어도 여자친구와의 여행 경비 정도는 쓸 여력은 돼야 하는 거잖아. 안 그러우? 그런데 여행 경비마저 딸이 썼다니. 세상에나. 얼굴에 열이 확 달아오르면서 가슴에선 마그마가 펄펄 끓기 시작했어.

엄마, 그저께 내가 전화했을 때 딸이 남자친구가 잠에서 깰까 봐 눈치를 보면서 베란다로 나가서 전화를 받더라고 했잖아. 딸이 그렇게 남자친구 눈치를 보길래 솔직히 나는 딸의 남자친구가 보통의 남자는 넘는 줄 알았어. 요즘 유행어로 스펙이 대단한 청년이라도 되는 줄 알았다는 거지. 그렇지 않고서야 남자친구 눈치나 보지는 않을 거라고. 그런데 알고 보니 쥐뿔도 없는 도둑놈이란 거였어. 가슴에서 마그마는 부글부글 끓고 있는데 그 순간 대기업에서 승승장구하고 있다는 옥자 두 딸이 떠올랐어.

엄마, 옥자 두 딸이 대한민국에서 알아주는 전자회사에 공채 사원으로 나란히 입사해서 승승장구하고 있다고 했잖아. 전자회사 경쟁률이 하늘의 별 따기라는 건 세상이 다 알지. 옥자 말이 두 딸은 아르바이트해서 용돈 벌어 쓰면서 남들 잘 때나 놀 때나 공부했대. 그렇게 열심히 공부했으니 하늘의 별 따기라는 대기업에 철썩 붙었겠지. 그뿐이 아니라 두 딸이 효녀라네. 글쎄 첫 월급 받아서 빨간 내복에다가 용돈까지 주더라고. 그뿐만 아니라 부모님 생일이며 어버이날도 꼬박꼬박 챙기고, 결혼기념일에도 용돈을 보내는데 정작 옥자는 불만이라는 거야. 옥자는 자식들한테 선언했대. 나는 죽어라 자식 대학까지 가르친 것으로서 부모 도리는 다했다. 너희들 시집갈 때 땡전 한 푼 보태줄 형편이 못된다. 그러니 너희들은 월급 타서 부모 용돈 줄 생각일랑 말고 한 푼이라도 저축해서 시집갈 때 보태라!

옥자 선포에도 불구하고 작년에는 글쎄 두 딸이 돈을 모아 가족 해외여행을 다녀왔다고. 머리털 나고 해외 구경을 처음 했다고 하면서 행복한 비명을 질러대는 옥자가 은근 부럽기도 했어.

나는 딸한테 용돈은커녕 양말 한 짝도 선물 받아보지 못했어. 청년백수가 수두룩한 헬조선 시대. 캥거루족도 많다는데 그래도 내 딸은 나한테 손 벌리지 않고 제 육신 먹여 살리는 걸 보면 대견하고 한편 가슴이 찡하곤 했지. 가난한 예술쟁이로 하루하루 급급하게 살다 보니 나한테 양말 한 짝 사 줄 형편이 되지 못하리라. 지금 당장은 근근이 살아도 형편이 좋아지면 용돈도 주고 효도 여행도 보내 주리라. 선물해줄 형편이 되진 못해도 마음으로는 이 엄마를 끔찍하게 생각하고 있으리라. 양말 한 짝 선물 받지 못해도 섭섭한 마음을 품어 본 적은 하늘에 맹세코 없었어. 그저 딸이 잘되기를 마음으로 빌고 또 빌었지. 그처럼이나 딸을 믿고 전폭적으로 지지했는데 남자친구와의 여행 경비를 딸이 썼다니. 옥자 두 딸이 부모한테 하는 효와 내 딸의 효가 비교되었어.

엄마, 더더욱 화가 치밀었던 건, 사실 어제가 내 생일이었어. 딸은 저를 낳아준 엄마 생일도 기억하지 못하면서 남자친구와의 여행비를 써 가며 베짱이처럼 띵까띵까 놀고 있다니. 섭섭했어. 대단히 섭섭했어. 백번 양보해서 양말 한 짝은 고사하고 하다못해 생일 축하한다는 이모티콘이라도 보냈으면 그렇게 화가 나지는 않았을 거야. 저를 낳아준 엄마 생일도 기억하지 못하면서 남자친구와의 여행을 위해 거금을 썼다는데 엄마라면 열이 나지 않겠어. 그렇다고 딸한테는 차마 내 생일이라고 말할 수는 없었어. 꼭 내가 자식한테 선물도 못 받아 딸의 사랑에 질투나 하는 엄마처럼 비치는 거 같아서 말이야.

제 몸뚱이 하나 먹여 살리느라 허덕대는 주제에 남자친구와의 여행비를 썼다고 내 앞에 가감 없이 말하고 있는 딸이 어이없고 바보 천치 같았어. 어쩜 그리 바보짓만 골라 하는지. 아니 세상에 그 많고 많은 청년 중에 여자친구와 여행 갈 돈 한 푼 없는 남자를 사랑하다니. 그렇다면 딸의 남자친구는 빈털터리, 속된 말로 불알 두 쪽만 차고 있는 가난뱅이라는 말이었어. 내 딸은 돈 한 푼 없는 남자가 무슨 매력이 있다고 사랑에 푹 빠졌을까. 가난한 청년과의 여행 경비까지 썼다는 것은 눈에 콩깍지가 씌어도 몇 겹으로 단단히 씌었다는 증거. 만일 4박 5일의 여행비로 내 양말을 샀다면 아마 내가 꼬부랑 할머니가 되어 죽을 때까지

신어도 다 신지도 못 하고 죽을 거야. 안 그러우?

엄마, 내가 억장이 무너지는 건 남자친구한테 거금을 써서는 아니었어. 딸의 남편이 될 가능성이 큰 청년의 직업도 변변치도 않고 월세를 살고 있다는 사실에 기함할 일이라는 거지. 현재 청년이 월세를 사는 것으로 보아 청년의 부모님께서는 하다못해 전세라도 얻어 줄 형편이 안 된다는 거잖아. 백번 양보해서 남자친구의 부모님이나 남자친구가 가난한 것까지는 받아들인다고 칩시다. 취업절벽 시대를 살아가는 젊은이니 돈이야 없을 수도 있지. 앞으로 알뜰살뜰 모으면 되는 거니까. 그런데 튼튼한 직업이 있어야 알뜰살뜰 돈도 모으는 거잖아. 회사원도 아니고 아르바이트로 근근이 사는 청년이라는데 나는 완전 이성을 상실하고 말았던 거지.

한 집안의 가장이 돈을 잘 벌어야 가정경제가 윤택하게 돌아가고 자식들도 잘 키울 수 있는 거잖아. 요즘 세상은 개천에서 용 나는 시대가 아니잖아. 무엇보다도 남편 직업이 번듯해야 내 딸이 고생 덜하는 거잖아. 내 딸은 바보 중에서도 상 바보였어. 세상에 그 많고 많은 남자 중에 어쩌면 지지리도 가난한 남자를 만났을까. 어찌하여 내 딸은 직업도 변변치 않은 남자를 너무도 끔찍하게 사랑해 여행까지 갔을까. 오직 사랑에 빠져 오늘만 보고 내일을 내다보지 않는 딸이 참으로 한심하기 짝이 없었어.

바람 불면 날아갈까. 발이 땅에 닿을까. 애지중지 키운 내 딸을 가진 것이라곤 불알 두 쪽만 차고 있는 철면피 도둑놈한테 시집보내려니 억울했어. 남자친구랑 잤다고 세상천지에 자랑질했으니 도둑놈하고 결혼을 시킬 수밖에 없는 노릇이긴 하지. 하지만 결혼하여 근근이 살아갈 딸의 구만리 같은 앞날을 생각하자니 땅을 치고 통곡할 일이었어. 나는 사랑, 눈물의 씨앗이라는 사랑 앞에 섰어. 손에 잡히지도 않고 개도 물어가지 않는 이놈의 눈물뿐인 사랑 앞에 정녕 딸을 놓아주어야 하는가.

"엄마는 자신밖에 모르는 아버지 뭐가 좋아서 결혼하셨어?"

"너희 아버지 얼굴이 훤하더라! 인물 뜯어먹고 사는 거 아니라지만 포마드 기름 발라 가르마 하고 우쭐해서 마도로스처럼 다니는 너희 아버지 좋더라. 사랑했지~"

언젠가 농담 삼아 엄마한테 여쭸더니 중매로 아버지를 만났지만 첫눈에 반해 사랑했다고. 그러면서 나는 결혼식 첫날밤에 남편 얼굴 처음 보는 그런 구시대 여성은 아니라고, 결혼식도 올리기 전에 아버지를 물레방앗간으로 불러낸 건 엄마였다고, 칠흑 같은 어둠 속 물레방앗간은 너무도 아찔해서 다음날 또 아버지를 불러낸 신여성이었다고 했지.

"엄마가 먼저 아버지를 물레방앗간으로 불러냈다고? 엄마가 끼가 많았네~"

"이년아~ 사랑하는데 여자라고 보고 싶단 말도 먼저 못하냐!"

신여성이 아니라 끼 있다는 말을 했다가 엄마한테 얼마나 등짝을 호되게 맞았는지 지금도 얼얼한 거 같우. 물레방앗간에서 아버지는 엄마를 꼭 안고 밤하늘의 별을 따다 준다고 맹세했다고 했지.

그렇지요. 눈에 콩깍지가 씌었을 땐 어디 별뿐일까. 간은 물론 목숨이라도 내놓고 싶은 게 사랑이잖우. 나도 두 번의 사랑을 하면서 환갑을 코앞에 두고 있는 세월을 살아보니 목숨을 내주고라도 지켜내고픈 사랑도, 죽을 때까지 싸움 한 번 안 하고 참깨가 가마니로 쏟아질 것 같은 사랑도 돈 때문에 싸움도 하게 되고 미워지는 게 또한 사랑이더라는 거지.

나는 비가 새는 판잣집일지라도 그와 함께라면 목숨이라도 내놓으리라 했지만 내 딸을 비가 새는 판잣집에서 살게 할 수는 없었어. 적어도 내 딸은 비는 새지 않는 집에서 살게 해줄 수 있는 사랑에 목숨 걸기를. 그러니까 남자가 처자식 먹여 살리려면 어느 정도 기본은 돼야 하는 것에 마음이 기울어졌다는 거지. 하여 딸이 순결 잃은 주홍글씨를 새길지언정 직업도 변변치 않은 도둑놈한테 시집보내고 싶진 않았어.

"사랑? 사랑 좋아하고 자빠졌네! 그래. 네 말대로 빛나는 청춘이니 사랑해야지. 그런데 가난뱅이 만나서 손가락 빨고 살래? 변변한 직업도 없는 그런 놈이 뭐가 좋다고 돈 싸 들고 여행까지 가니?"

나는 딸의 사랑이 깨지기를. 딸의 눈을 푹 덮어씌운 콩깍지가 벗겨지기를 소망하면서 기차 화통 10개를 삶아 먹은 목소리로 기적을 울려댔어.

"너처럼 요란스럽게 사랑을 하는 딸년은 세상천지 없을 거다. 세상에 너 혼자만 사랑하니? 그놈의 사랑 두 번만 했다가는 지구가 불나겠다!"

나는 겁도 없이 딸의 보석 같은 사랑을 내 잣대로 마구 훼손했어. 가난한 남자를 사랑하고 있는 딸도, 딸의 마음을 훔쳐간 도둑놈 두 연놈에게 화가 났어.

엄마, 딸을 결혼시키려고 마음먹으니 딸의 남자친구에게 예비 장모로서 멋지게, 근사한 장모로 보이고 싶었어. 그런데 번듯한 직장도 없고 아르바이트로 근근이 살아가는 도둑놈이라는 실체를 알고 나니 근사하게 보이고 싶은 마음이 손톱만큼도 들지 않았어. 도둑놈아! 감히 어디라고 내 딸을 넘봐! 언감생심. 내 딸과의 결혼은 꿈도 꾸지 마라! 청년에게 내 딸과의 사랑이 금지된 사랑이라는 걸 인지하도록 하려면 강력한

특단의 조치가 필요하다. 딸은 여행 경비도 쓸 만큼 도둑놈한테 푹 빠져 있으니 딸이 먼저 남자친구의 손을 놓지 못할 게 불 보듯 뻔하다. 그렇다면 남자친구가 먼저 딸의 손을 놓게 만들자. 그 답은 장모 될 사람의 인격이 기차 화통만 삶아 먹는 안하무인이란 걸 확실히 알려야 할 거 같았어. 무지막지한 장모의 실체를 안다면 도둑놈이 학을 떼고 딸에게서 줄행랑을 치리라.

그러니까 엄마, 딸의 남자친구가 불알 두 쪽밖에 없다는 사실에 가슴에서 부글부글 끓고 있던 마그마가 일약 폭발해 화산재가 3,000m 상공으로 치솟았던 거야.

"너한테 실망이다. 실망도 보통 실망이 아니라 쓰나미다. 쓰나미. 너 나이가 몇 살이니? 스물아홉이야. 너 그 나이를 처먹도록 이 엄마나 새아버지 생일에 양말 한 짝 선물해 준 적 있었니? 하다못해 어버이날 꽃 한 송이 들고 온 적 있었냐고? 축하합니다 하고 달랑 이모티콘 보낸 게 전부였잖아?"

나는 M16 소총을 딸에게 겨누고 있다가 힘차게 방아쇠를 당겼어.

"그래 너는 엄마 생일날도, 어버이날에도 항상 바빴지. 세상에 저를 낳아서 길러 준 엄마 생일도 챙기지 못할 만큼 바쁘게 살면서 돈은 왜 못 벌고 맨날 월세 내느라 등골이 휜다고 죽는소리니?"

딸의 심장을 정조준하고 있던 총구에서 총알이 쓩~ 날아가 딸 가슴에 그대로 박혔어.

"엄마 친구 딸은 M 전자에 입사해 월급도 많이 받는대! 작년에는 엄마 아빠 해외여행까지 시켜줬다고 하더라. 여행이 문제가 아니야. 그 마음이지. 나는 해외여행까지는 바라지도 않아. 나한테 손 안 벌리고 살아가는 네가 대견하고 고마웠다고 이년아! 그런데 엄마한테는 양말 한 짝 사 주지도 못할 만큼 하루하루 근근이 사는 주제에 남자친구와 여행 경비 쓸 돈은 있었니?"

총구에서는 정제되지 않은 탄약이 마구 쏟아져 나와 딸의 가슴에 한 치의 오차도 없이 적중했어. 그 순간 나는 자식한테 양말 한 짝도 선물 받지 못해 딸의 사랑에 질투나 하는 못난 엄마요, 저렴한 인생이었어.

"엄마, 자식 노릇 못 해서 미안해. 남의 집 딸들처럼 돈도 못 벌고… 나도 보란 듯이 엄마한테 효도하고 싶은데…. 노력은 하는데 잘 안 되네. 능력 없는 딸이라서 미안해. 그래도 나 좀 이해해 주면 안 돼요? 일이 없는 달에는 초상화까지 그려 월세를 내고 있어. 아무리 발버둥을 쳐도 한 달에 100만 원 벌기가 빠듯해. 월세가 45만 원이잖아. 인터넷, 관리비, 전기세, 핸드폰 등 공과금 합치면 65만 원이야. 나머지로 겨우 밥 먹고 살아. 정말 정신을 차릴 새가 없어. 나 살기 바빠서 엄마 새아빠 생일을 제대로 챙기지 못했어. 정말 미안해…"

쥐구멍에라도 들어가고픈 딸의 심정을 눈치챘다면 나는 거기서 멈추어야 했어. 그런데 나는 멈추지 않았어. 내 입은 이미 열린 총구였어.

"그러게 내가 뭐라 그랬니? 굶어 죽기 딱 십상인 예술 하지 말라고 했지? 자기가 하고 싶은 일 하면서 사는 사람이 세상천지에 몇이나 되겠느냐고 했어 안 했어. 특히나 예술 하는 사람치고 육신 먹여 살리는 거 쉽지 않다고 했어 안 했어?"

"그림 그리면서 가끔 후회할 때도 있어. 애니메이션 하지 말고 공부할 것을. 공부 열심히 했더라면 유명대학에 입학하지 않았을까. 그러면 취업도 잘하지 않았을까 하고 말이야…"

딸의 입에서 공부라는 단어가 나오자 더더욱 화가 치밀었어. 총으론 부족했어. 나는 따발총을 장전했지.

"공부? 네가 공부를 한다고? 수학 30점 맞고 공부를 한다고? 지나가던 강아지가 다 웃겠다! 너는 노력을 안 해. 끈기가 없다고! 내 친구 딸은 유학 가서도 알바해 용돈 벌면서 공부하느라 다섯 시간밖에 자지 않았다고 하더라. 피나는 노력을 했으니까 대기업에 취업을 한 거야. 너는 단 하루라도 공부하느라 밤을 지새운 적이 있었니? 맨날 그림 그린다고 띵까띵까만 했잖아?"

나는 아무것도 보이지도 들리지도 않았어. 그저 내 생각만이 지론이었어. 백발백중! 가슴에 수백 발의 따발총을 맞은 딸은 죽었는지 살았는지 가타부타 말이 없었어. 따발총에 맞아 선혈을 흘리며 쓰러져 숨을 헐떡거리고 있는 딸을 나는 감지했었어야 했지. 그러나 나는 어미로서 딸의 심정을 헤아리지 못하고 내 감정 표출에만 충실했어. 정말이지 어느 누구한테라도 남하고 비교하면 안 되는 거잖아. 설령 그 사람이 막장의 인생을 산다 할지라도 누군가와의 비교는 금기고 인간으로서 한 인간의 마지막 자존심을 지켜주어야 하는 게 인간에 대한 예의잖아.

"이년아! 너 유학비 벌어 대느라 내가 예쁜 빤스 하나를 사 입어보질 못했어. 고무줄 너덜너덜 늘어난 빤스, 브라자 입어도 내 딸이 공부 열심히 하겠지. 유명대학 나와서 좋은 직장에 취업은 하리라. 그런데 너는 공부보다는 그림만 그려댔어. 천재도 99% 노력과 1%의 재능이라고 했어. 세상에 공짜가 있는 줄 아니? 하늘에서 뚝 떨어지는 감은 절대 없어. 내 친구 딸이 너처럼 띵까띵까 하면서 대기업에 입사한 게 아냐. 99% 노력의 대가라고! 네가 지금 근근이 사는 건 노력을 안 했다는 증

거야! 증거라고!"

내 친구 딸은 무에서 유를 창조한 인간 승리라고 치하했어. 반면 내 딸은 노력도 안 하고 감나무 밑에 누워서 입안에 감 떨어질 때만 기다리면서 입만 쩍 벌리고 있는 배짱이라고 비판했어. 딸의 한 줄기 희망의 싹을 싹둑 자른 것도 모자라 다시는 회생하지 못하도록 짓밟아 뭉갰던 거야. 딸은 내 친구 딸의 승승장구 앞에서 코가 납작하게 죽었는지 말이 없었어.

"이년아~ 엄마 양말 한 짝 사 주지도 못하는 주제 머리면 직업이라도 괜찮은 남자를 만나야 할 거 아냐~ 여행비도 없는 빈털터리 남자가 뭐가 좋다고 네 인생을 몰방하는 거야! 바보 등신아! 지금이라도 늦지 않았으니까 그놈하고 당장 헤어져!"

내 딸의 남자친구 이 도둑놈아! 지금 내 딸 옆에서 기차 화통 삶아 먹은 내 목소릴 듣고 있겠지. 잘 들어라! 너의 여자친구 엄마라는 예비 장모가 소리나 버럭버럭 질러대는 무식한이다! 혹시라도 내 딸과 결혼을 염두에 두었다면 일찌감치 포기해라! 선남선녀의 사랑의 금이 쩍! 쩍! 갈라져라!

딸은 한마디도 하지 않았고 숨소리조차도 들려오지 않았어.

"그놈의 사랑 참 위대하다 위대해! 평생 셋방을 면치 못해도 죽도록 사랑하여 토끼 같은 아들딸 낳고 천년만년 알콩달콩 잘 살았다네. 소설 같은 사랑을 해서 참 좋기도 하겠다! 좋기도 하겠어!"

나는 일장연설을 하면서 마지막 하나 남아있는 한 발의 총알을 딸의 가슴에 정조준하고 쏘았지. 탕!

"엄마, 자식 된 도리를 다하지 못해 미안해…"

긴 침묵이 흐르던 전화기에서 딸의 목소리가 모기처럼 들려왔어. 딸은 내가 주워섬긴 지청구 따발총에 맞아 선혈을 흘리면서 엄마, 이쯤에서 멈춰 줘. 제발 살려 달라고 빌고 있었는데도 나는 눈치채지 못했어. 아니 어쩌면 나는 딸의 절망을 감지했었는지도 몰라. 그러면서도 감지하지 못한 척 자식으로서 부모에게 도리를 다하지 못한 천하의 불효막심한 자식, 양말 한 짝도 선물하지 못한 괘씸죄까지 덧씌우며 마지막 한 발 남아있던 총알을 딸의 가슴에 쏜 매정한 엄마였던 거지. 마치 양말 한 짝도 받아보지 못한 한을 가슴에 첩첩 쌓아두기라도 한 것처럼 뒤끝을 작렬하게 토해낸 거였어.

"엄마, 나같이 못난 자식이 세상에 태어나서 미안해…"

딸은 기어들어 가는 목소리로 말끝을 흐리면서 침묵이 이어지더니 전화가 끊어졌어. 못난 자식이 세상에 태어나 미안하다는 소리를 들었는데도 내 마음은 하나도 아프지 않았어. 내 가슴에서는 여전히 마그마가 펄펄 끓고 있었고, 나는 아직도 딸의 가슴에 퍼부어야 할 말이 산더미처럼 남아있는데 딸이 전화를 끊은 거지.

나는 재차 딸의 번호를 눌렀고 전화기에서는 전원이 꺼졌다는 코멘트가 흘러나왔어. 끓어오르는 마그마를 삭히지 못하고 붉으락푸르락하면서 딸 전화가 켜지기를 기다렸지.

8시. 전화가 울렸어. 재빠르게 전화기 화면을 들여다보니 모르는 번호였어.

"택뱁니다. 윤희숙 씬가요?"

택배 기사님은 윤희숙 씨한테 택배가 왔다고. 수서아파트 505호에서는 이사 간 사람인데 반송하지 말고 꼭 윤희숙 씨한테 배송 부탁을 해서요. 반송해도 되겠느냐고. 나는 보낸 이가 누구냐고 물었지.

"관악구 신림동에서 김주현 씨가 보냈는데요."

딸이 보낸 택배였어. 택배 기사님께 수고비를 드릴 테니 내가 사는 행복동으로 배달해 달라고 사정사정했어. 택배 기사님은 지역배달 다 마치고 가져다준다고 했고, 밤 11시가 넘어서 택배를 받았지. 택배를 받자마자 상자를 개봉하니 상자 안에는 또 하나의 상자가 있었는데 상자에 하얀색의 로봇 청소기 그림이 보였어. 청소기를 보는 순간 바위가 가슴을 짓누르는 듯했어.

청소기 상자를 꺼내니 상자 바닥엔 딸의 꿀꿀 돼지 캐릭터 그림이 그려진 연분홍 돼지가 하트를 날리는 봉투가 놓여 있었어. 나는 얼른 봉투 속에 들어있는 편지를 꺼내 펼쳤지.

사랑하는 엄마,

우리 윤희숙 씨의 57번째 생일(생신은 넘 올드해서ㅋㅋ)을 축하합니다! 엄마가 로봇 청소기를 받을 때면 나는 남자친구와 태국에 있겠지. 나에게 남자친구가 생겼다면 엄마는 무척 놀라고 당황할까? 아니면 급변하는 시대를 맞춰가는 신사고를 가신 울 희숙 씨는 남친과의 여행에 쿨~하게 박수를 해줄까. 긴장되기도 하고 한편 기대되기도 하네.

엄마, 이번 작품전시회 중에 L그룹에서 3천만 원짜리 오더를 받았지 뭐예요. 내 생에 그렇게 큰돈은 처음이라서 계약서를 쓰는데 간도 떨리고 손도 막 떨려서 혼났어. 3천만 원이 전부 내 수입은 아니고 남자친구가 도와주어야 하는 부분이 있어.

엄마, 나는 지금 살짝 기분이 업 됐어. 내가 소망했던 게 뭔지 알아? 내가 오더를 받아 계약금을 받으면 제일 먼저 엄마한테 근사한 선물을 하고 싶었거든. 근데 그 오더받기가 쉽지 않았어. 늦었지만 이제라도 결실을 보니 내가 어찌 기분이 둥실둥실 뜨지 않겠어?^^ 계약금 천만 원 받아 제일 먼저 우리 엄마 윤희숙 씨 로봇 청소기를 사는데 기분이 왜 이렇게 좋은지 룰루랄라~^^

엄마, 직장 다니시랴 집 안 청소하시랴 힘들지? 돈 많이 벌면 우리 희숙 씨 새아빠 그리고 귀여운 동생 준서한테 용돈 팍팍 드리고, 감빛 조명이 드리운 레스토랑에 두 분 모시고 가서 칼질하는 음식도 대접할게~^^

엄마, 대기업 일이라 그런가 갑질이 상상을 초월하네. 그래도 열심히 해야지. 우리 엄마 말씀대로 입안에 거저 뚝 떨어지는 감은 어디에도 없고, 남한테 의존적이지 말고 자립심이 강한, 제 육신은 스스로가 튼튼하게 먹여 살리는 김주현이 되어야 하니까. 안 그러우, 엄마? ㅎㅎㅎ

참! 엄마는 예전에 시인이 되고 싶었다고 했지? 엄마 피를 물려받았을까? 만화 스토리 공모전에 스토리를 보냈는데 글쎄 철썩! 당첨이 됐지 뭐유. 상금으로 태국 왕복 티켓 두 장을 받았어. 공짜 티켓도 생기고 해서 남자친구랑 단합 겸 스트레스 해소 겸 여행을 떠난다우.

엄마~ 우리 희숙 씨한테 꼭 하고 싶은 말이 있었는데, 딸이 어느 장소에 있든지 상관없이 화나면 무턱대고 기차 화통부터 삶아 잡수시고 기적 소리 내지르시는 내가 사랑하는 우리 엄마. 때때로 황당하고 창피할 때도 있지만 그래도 기차 화통 삶아 잡수신 우렁찬 목소리로 큰소리 떵떵 치는 엄마가 계셔 든든합니다. 엄마~ 우리 윤희숙 씨잉~ 기차 화통처럼 씩씩하게 사는 엄마의 딸로 태어난 것은 내 인생의 행운이야. 엄마 딸로 태어나서 무한 감사해용~^^ 두 번째 오더받으면 예쁜 브라자 사 들고 발에 불이 나도록 달려갈게~ 기다

려용~ ㅎㅎㅎ

딸이 보낸 편지를 읽는 내내 주체할 수 없는 눈물이 편지 위로 후드득… 이렇게 속 깊은 딸에게 내가 지금 무슨 짓을 저질렀단 말인가.

엄마, 딸은 작품전시회 준비 작업하느라 얼마나 수많은 밤을 지새웠을까? 전시회에서 계약을 체결하기 위해 작품 홍보하느라 얼마나 애를 썼을까. 첫 계약하면 이 못난 어미한테 근사한 선물하려고 계약이 성사되기를 또 얼마나 학수고대했을까. 치열한 삶의 정글 숲을 한 걸음 한 걸음 뚫고 나가려 가열차게 고군분투하는 딸에게 응원은 못 할망정 친구 딸과 비교나 했다니. 내 뱃속에 열 달 품었다 낳은 자식의 마음도 헤아리지 못하면서 양말 한 짝 선물 받지 못했다고 원망이나 퍼부어 대는 찌질한 엄마라니. 나는 양말 한 짝에 내 영혼은 물론 딸까지 팔아버린 삼류 엄마라는 사실이 너무도 부끄럽고 부끄러워 죽어버리고 싶었어.

엄마, 돌아보면 나도 나 살기 급급하다고 엄마한테 근사한 선물도 드리지 못함은 물론 두둑하게 용돈 한 번 드려 본 적이 없잖아. 그런 주제머리에 딸한테 양말 한 짝도 얻어 신지 못했다고 기차 화통 삶아 먹은 목소리로 원망이나 해댔다니. 딸한테 양말 한 짝도 얻어 신지 못했다고 했지만 생각해 보니 딸한테 선물 받은 게 많네. 딸이 대학교 3학년 마치고 한 학년 휴학했었어. 요즘 대학생들은 졸업을 앞두고 휴학하는 학생들이 많지. 취업 문이 바늘구멍인 데다 졸업하고 취업도 못 하고 나이만 먹느니 학생 신분을 유지하고 싶어 휴학하는 거지.

"엄마는 눈썹이 선명하면 더 예쁘고 젊어 보일 거 같아."

딸이 휴학하고 문화예술회관에 1년 계약직으로 근무할 때 월급 받아서 눈썹 문신 잘하는 가게에 가서 문신을 해줬어. 그리고 고등학교 친구들이랑 여행보험 들어서 대만 여행 다녀올 때 면세점에서 유명 브랜드 아이크림을 사다 주면서 딸이 뭐라 했는지 알아?

"엄마 눈가에 주름 보면 내 맘이 슬프네. 나는 우리 엄마가 늙지 않았으면 좋겠어. 엄마의 세월을 밧줄에 꽁꽁 묶어놨으면 좋겠어."

딸은 내가 늙어가는 게 속상하다고. 엄마의 세월을 밧줄에 묶었으면 좋겠다고 말하는데도 이 무딘 나는 감동도 받지 않았어.

"아버지가 학수고대하던 아들을 낳았다는 걸 알았을 때 엄마가 불쌍했어. 나는 엄마를 배신하지 말자고 다짐했지."

첫 번째 남편이 아들을 낳았을 때 딸이 내게 했던 말이지. 나는 그때나 이때나 내 딸이 이렇게나 속이 꽉 찬 딸이라곤 생각지도 못했어. 저것이 말본새 하난 그럴싸하게 하네. 그렇게만 생각했다는 거지.

환갑을 앞에 두고 있는 세월을 살아왔으면서도 나는 엄마의 세월이 늦게 갔으면 좋겠다. 엄마의 세월을 밧줄에 꽁꽁 묶어 놓고 싶다는 생각을 꿈에서도 한번 해 보질 않았어. 이제 와 생각해 보니 스물네 살 딸이 엄마의 세월이 늦게 갔으면 좋겠다는 말은 심청이가 울고 갈 효심이었네. 딸의 효심은 몰라주고 양말 한 짝에 눈이 멀어 딸 가슴에 따발총을 난사한 비정한 엄마가 세상천지에 어디 또 있을까.

엄마, 딸이 벌이가 신통치 않아 항상 노심초사했던 거 나는 다 알고 있었잖아. 세상에 부귀영화를 누리고 싶지 않은 사람이 어디 있겠어. 따지고 보면 나도 다른 엄마들보다 돈도 못 벌어 지지리 궁상으로 사는 주제잖아. 그러면서 뭐가 잘났다고 딸한테 지청구해댔을까. 만일 내 딸이 친구 엄마는 돈도 잘 벌고 자식들한테 기차 화통 삶아 먹은 기적 소리로 다그치지도 않는다고 했다면 내 기분이 어땠을까. 나는 무척 자존심이 상하고 자괴감에 빠져 석 달 열흘 앓고도 딸을 호적에서 파양시키겠다고 했을 거야. 내 생각만 하는 나는 정말이지 입이 열 개라도 딸에게 할 말이 없네. 무엇보다도 이유 불문하고 따듯한 가정을 만들어 주지 못했잖아. 재혼으로 낯선 사람들과 한 가족이 되었을 때 딸은 얼마나 혼란했을까. 딸이 대학생이니만큼 어른이니 현실을 잘 적응해 가리라. 딸 입장은 한 번도 생각해 보지 않고 내 생각만 하면서 자식에게 이해하기를 강요했어. 이번 일도 그렇잖아. 딸의 생각을 존중해 주기는커녕 무조건 내 생각만이 인생의 정답인 양 밀어붙였잖아. 무지한 나의 행동을 후회하고 자책하는데 문득 "나 같은 딸이 태어나서 미안해요…" 딸의 마지막 말이 떠올라 겁났어. 혹시라도 딸이 자신의 처지를 비관하여 마음을 잘못 먹으면 어쩌나. 이 상황을 어떻게 수습해야 하는지 알 수가 없었어.

나는 뒤늦게라도 딸한테 전화해서 용서를 빌고 싶었어. 딸아 미안하구나. 엄마가 화가 나서 실언했어. 경솔했어. 열 번 백 번 엄마가 잘못했어. 용서해 주겠니? 다음부터는 정말 말조심할게. 네 가슴에 상처 주지 않을게. 그런데 전화할 용기가 나지 않았어. 내가 쏘아댄 따발총에 맞아 선혈을 흘리며 생사의 갈림길에 있을 딸을 생각하자니 내 가슴은 산산이 조각나는 것만 같아~.

엄마, 딸은 내 맘 알까? 내가 딸에게 석고대죄하고 있는 이 절절한 심정을. 내가 순간 욱하는 성질이 있어 물불 가리지 않고 모진 말들을 쏟아내도 진심은 뒤돌아서면 가벼운 입을 후회하고 또 후회하면서 가슴

아파한다는 걸.

엄마는 내 맘 알지? 내가 화가 나서 불알 두 쪽밖에 없는 놈을 왜 만나냐고 무식하게 소리 꽥꽥 질러댔지만, 막상 그 가난한 청년이 내 딸의 남편이 된다면 그 청년은 내게는 하나밖에 없는 금쪽같은 사위가 될 것이라는 걸. 금쪽같은 사위가 내 집에 오는 날 나는 그 사위 맞으러 눈밭을 버선발로 뛰어가 반길 것이란 걸 말이야. 사위 밥상엔 산해진미를 상다리가 부러지도록 차려 놓을 것인데, 그중에서도 씨암탉은 한 번도 빠지지 않을 것이란 걸. 나에게 있어 사위는 억만장자와도 비교할 수 없는 세상에서 가장 귀한 백년손님이 될 거라는 걸 말이야.

엄마는 알지? 남자친구와 섹스를 즐긴 딸에게 세인들이 순결 잃은 여자라며 돌을 던진다면 내가 대신 맞아줄 것이며, 세상 제아무리 돈 잘 버는 딸이 태산처럼 돈 싸 들고 내 딸과 바꾸자 해도 나는 절대로 바꿀 수 없음을. 나에게 있어 딸은 흰 눈보다 더 순결하며 보석보다도 더 빛나는 세상에 둘도 없는 최고의 딸이란 걸. 딸을 향한 나의 사랑은 빨간불이 한 번도 없는 오직 파란불, 무덤에 들어가는 그 날까지 일방통행 무한 질주라는 걸.

엄마, 딸의 깊은 마음도 헤아리지 못한 이 우매한 어미를 어쩌면 좋을까. 나는 딸이 보낸 로봇 청소기를 가슴에 꼭 품어 안고 목 놓아 울었다우. 딸아~ 미안해~ 이 못난 엄마를 용서해다오~

11

그녀와 그녀의 계보를 걷어찬 딸

엄마, 조금 전 딸은 내 집에서 내가 해준 점심을 먹고 제집으로 돌아갔어. 마음은 딸이 택시 타는 것까지 보고 싶었어. 하지만 딸은 엘리베이터 앞에서 나는 물가에 내놓은 세 살이 아니라면서 한 발자국도 나오지 말라고 했어.

1층에 있던 엘리베이터가 10층에 올라와 문이 열리자 딸은 냉큼 올라탔어. 나는 손을 흔드는데 어느새 문은 닫히고, 엘리베이터가 10, 9, 7, 5… 수직으로 내려가는데 콧잔등이 시큰거렸어.

나는 얼른 베란다로 나가 3, 4라인 출구를 내려다보았지. 곧 출입구에서 캐리어를 끌고 나오는 딸 모습이 보였어. 내 눈길은 딸 등에 달라붙어 있었건만 딸은 뒤 한 번을 돌아보지 않고 또박또박 경비실을 지나더니 이내 시야에서 사라졌어. 어쩜 저렇게 매정하게 뒤 한 번 돌아보지 않고 걸어갈까. 섭섭한 마음으로 딸이 지나간 텅 빈 경비실 앞을 바라보고 서 있는데 핸드폰이 울렸어. 딸이었지. 혹시 놓고 간 물건이라도 있는 걸까. 전화를 받으며 허둥지둥 집 안을 휙 둘러보았어.

"엄마, 기차 화통 엄마가 나에게는 노아의 방주야!"

내가 전화를 받자마자 딸은 그 한마디를 하고 끊었어. 손 한 번 흔들어 주지 않고 가길래 매정하다고 했는데, 내가 딸에게는 노아의 방주라네. 아! 가슴이 저미면서 눈물이…. 아무리 생각해봐도 내 딸은 환갑을 코앞에 두고 있는 세월을 살아온 나보다 생각이 깊네. 그런데 엄마, 이렇게나 속 깊은 어여쁜 내 딸이 글쎄 가고자 하는 길이 있다고 하네. 물론 딸이 가겠다는 길은 옳은 길이긴 하지. 하지만 그 길은 워낙 험난해서 마음을 다칠 게 뻔하지. 그러니 아무리 옳은 길일지언정 어미 된 심정으로는 가지 말았으면 하는 간절한 바람인데 딸은 기어이 가고 말겠대. 자식이 가겠다니 응원은 했지만 지금 나는 걱정이 태산 같아. 딸이 뭔 선전포고를 했기에 그리 노심초사냐고? 처음부터 죄다 말해보라고?

엄마, 어제 온종일 나는 딸 가슴에 대못을 박아놓은 죄책감에 시달렸고, 어젯밤도 자는 둥 마는 둥 아침을 맞았어.

아침 7시. 딸이 어제저녁 비행기를 탔다면 인천공항에 입국했을 시간이리라. 지금쯤 입국심사를 받고 있을까. 짐을 찾고 있을까. 마음 졸이며 행여나 딸한테서 메시지라도 왔을까 휴대폰 들여다보기를 수십 번. 영숙이한테서 카카오톡이 왔어.

"주현이한테 카톡했더니 태국 여행 갔다고 하네."

메시지 보고 답장하려는데 영숙이가 전화했어.

"두 시누이 년들 또 왔었니? 이혼해서 남남이 됐는데 왜 지랄들이라니! 나쁜 년들! 경찰에 신고해버려!"

시누이들한테 또다시 광장에서 조리돌림을 당했을까 걱정하고 있었나 봐.

"내가 딸한테 말했어. 엄마가 불가피하게 이혼했다고. 엄마가 많이 힘들어하시니 위로해 드리라고. 엄마 속마음 알아주는 건 뭐니 뭐니 해도 딸밖에 더 있니. 너는 아들이 없어 모르겠지만 아들은 잔정이 없다. 무슨 말을 해도 퉁하고 내쏘기나 하고 멋대가리가 없다는 거지. 너도 알다시피 내가 툭하면 딸년하고 싸우잖니. 나만 싸우는 줄 알았는데 딸내미 있는 엄마들 말이 딸하고 안 싸운 집이 없대! 그런데 딸 있는 엄마들이 이구동성으로 하는 말이 뭔 줄 아니? 딸내미하고 싸우면서도 그래도 엄마 맘 알아주는 자식은 딸이라는 거지. 두 번 이혼한 자괴감에 빠져 질질 짜고 있을까 봐 주현이한테 알렸어!"

딸과의 자초지종을 이야기하려다 영숙이가 출근하려 집을 막 나섰다고 하길래 듣고만 있었어.

"주현이가 한국 도착하면 엄마한테 간다고 하더라."

영숙이 말을 듣는데 심장이 벌렁벌렁 뛰었어. 딸이 나한테 받은 상처는 평생이 흘러가도 낫지 않을 것이고 때문에 천륜마저도 끊어진 줄 알았던 거지. 그런데 나한테 가겠다고 했다니. 설마 딸이 올까? 딸이 온다는 소식에 반신반의하면서도 기분은 하늘을 날아갈 것만 같았어.

"기름진 태국 음식 먹었더니 속이 느글느글 하대나. 담백한 한국 음식이 먹고 싶대. 맛난 거 해놓고 기다려~ 담에 통화하자고…"

파자마 바람으로 있던 나는 얼른 외출복으로 갈아입고 집을 나섰지. 엘리베이터 5층에서 젊은 엄마가 타더니 나를 힐끔 바라보았지만, 그녀의 눈빛엔 신경도 쓰이지 않았어. 머릿속엔 오직 딸이 좋아하는 찬거리만이 떠올랐지.

담백하면서 칼칼한 된장찌개를 끓이자. 바지락과 두부, 달래, 두부조림 좋아하니 두부는 넉넉하게 세 모. 잡채, 고사리, 시금치. 호박전도 좋아하니 호박 두 개를, 메추리알 조림도 만들자. 혹시 딸이 아침 먹고 잠 한숨 자다가 저녁밥까지 먹고 갔으면. 삼겹살을 좋아하니 저녁은 삼겹살을 구워 먹자. 삼겹살과 상추를 추가해 낑낑거리며 부랴부랴 집으로 돌아왔지.

딸과 만날 생각을 하니 기분이 좋으면서도 한편 무슨 염치로 딸 얼굴을 보나. 딸은 어떤 입장을 취할까. 겁도 났어. 그런데 정말 딸이 올까. 딸한테 단정한 모습을 보이고 싶어 욕실에 들어가 머리 감고 세수도 했어. 혹시나 그사이 딸한테서 카카오톡이 왔을까. 그러나 딸한테서는 어떤 메시지도 없었어.

엄마한테 갈 거라고 말은 했다지만 메시지가 없는 것을 보니 어쩐지 딸이 올 것 같지 않았어. 남도 아닌 엄마라는 사람한테 따발총을 맞아 가슴이 너덜너덜해졌는데, 그 어느 집 딸이든 엄마 얼굴을 평생 보고 싶지 않으리라. 염치없지만 그래도 딸이 와주기를 간절히 기다리면서 로봇 청소기를 작동시켰지. 청소기가 집 안에 돌아다니는 걸 보면 딸이 좋아하리라. 쌀을 씻어 불려 놓고 채소를 다듬고 데쳐 지지고 볶아 무쳐 식탁에 한 상 차려 놓고 시계를 보니 11시. 지금쯤 공항버스를 탔을까. 딸이 내게 온다면 12시쯤이면 도착하리라. 그런데 설마 딸이 올까. 가슴이 조마조마하는데 로봇 청소기는 보이지 않고 왱왱 소리만 들려왔어. 로봇 청소기가 돌아다니다 현관 신발 벗는 곳에 떨어져 올라오지 못하고 왱왱 헤매고 있었지.

엄마, 딸 덕분에 로봇 청소기로 청소하는 호사를 누리지만 사실 로봇 청소기가 생각만큼 유용하지는 않네. 청소기가 방 안을 이리저리 왔다 갔다, 또 왔다 갔다 하다가 현관 앞에 떨어지면 올라오지 못하고 빙빙 돌고만 있더라고. 성질 급한 나로서는 청소기로 후다닥 밀면 끝인데 로봇 청소기는 세월아 네월아 무한정 돌아다니니 로봇 청소기가 그리 유용하지 않다는 거지.

딸이 로봇 청소기를 산 것은, 두 번째 남편과 맞벌이하면서 집안일하느라 고생하는 엄마 가사 일을 덜어주고픈 심청이 마음이잖아. 첫 계약을 기념으로 큰맘 먹은 선물인데 내 어찌 마르고 닳도록 사용하지 않겠어. 로봇 청소기 작동을 잠시 멈추고 안방에 들여놓았지. 딸이 오는 시간에 맞춰 작동시키려고. 달래 된장찌개가 보글보글 한소끔 끓어 불을 끄고 잡채를 만들어 식탁에 한 상 차려 놓았지. 따끈따끈한 밥이 지어질 즈음 딸이 온다면 얼마나 좋을까. 밥솥 취사 버튼을 눌러놓고 베란다로 나갔어. 딸이 버스를 타면 놀이터 쪽에서 오겠지만 캐리어를 끌고 버스 타려면 아무래도 무리니 택시를 타겠지. 택시는 경비실을 지나 바로 110동 앞에서 서리라. 목 길게 빼고 경비실 쪽을 쳐다보았어. 딸이 나한테 받은 상처는 죽을 때까지 아물지 않으리라. 그 깊은 상처를 받고도 어미한테 올까. 아무래도 딸이 올 것 같지 않았어. 그래도 혹시 딸이 온다면 무슨 말부터 꺼내야 할까. 경비실과 놀이터를 두리번거리며 내려다보길 20여 분. 택시 한 대가 경비실을 지나 110동 앞으로 달려오고 있었어. 순간 큰북을 치는 듯 심장이 쿵! 쿵! 택시 안에 딸이 타고 있지 않을 수도 있는데 왜 그렇게 심장이 요동치던지.

택시는 110동 앞에 섰고 문이 열리더니 바닷가에서 방금 나옴직한 노랑 파랑 알록달록 비치웨어 옷차림의 여성이 차에서 내렸어. 그녀가 택시 뒤 트렁크에서 캐리어를 꺼내는데 뒷모습만 척 보아도 한눈에 딸이었어. 설마설마했는데 딸이 왔다니. 나도 모르게 눈물이 핑 돌았어.

나는 얼른 방에 들어가 로봇 청소기를 작동시키고, 주방에 가서 가스레인지에 된장찌개를 올렸지. 밥솥의 밥은 그사이 보온 상태로 되어있었어. 식탁에 반찬들을 한 번 훑어보며 시금치나물 간이 맞는지 집어 먹는데 초인종이 울렸어. 너무 깜짝 놀라 입안에 들어간 시금치나물을 꿀꺽 삼켰는데 글쎄 사레가 들렸지 뭐예요. 캑캑거리며 삼키느라 눈물이 쏙 나왔어. 부랴부랴 물을 마시고 인터폰 화면을 보니 딸이었어. 딸이 왔구나. 나 같이 무지한 사람이 그래도 엄마라고 와줬구나. 딸아 고맙다 고마워. 마음이야 딸을 와락 끌어안고 싶었지. 하지만 차마 딸 얼굴을 바라볼 면목이 없어 고개를 푹 숙인 채 대문을 열어주고 얼른 돌아서 주방으로 왔지.

"누굴 위해서 이렇게 상다리가 부러지도록 차려 놓았을까? 혹시 세 번째 남친?"

딸은 농담을 던지며 반찬들을 집어 먹었어. 나는 재빠르게 밥 한 공기를 퍼서 딸 앞에 놓아주고 뚝배기에서 보글보글 끓는 된장찌개도 올려놓았지.

"세상에나~ 눈이 퉁퉁 부었네. 그러게 딸 가슴에 대못을 박으니 눈이 퉁퉁 붓지. 된장찌개는 칼칼하니 맛있네~"

딸은 된장찌개를 떠먹으며 넉살을 떨어댔어. 모녀 사이의 어색함을 풀어내려 억지웃음 만들어 내는 딸이 더없이 고마웠어. 그러나 나는 딸 앞에 죄인. 딸 앞에 마주 앉아 밥을 먹는데 모래알을 씹는 것만 같았어. 딸은 밥 한 공기를 후딱 먹고 나더니 후식을 달라고 했고, 커피 주냐고 물었지.

"커피 말고 달곰한 꿀물 같은 거~ 스트레스 받고 짜증 날 때는 달곰한 게 최고래~"

딸은 뼈 있는 농담을 하면서 빙그레 웃었어. 딸의 웃음이 고맙고 미안했어. 딸아~ 너의 웃음마저도 받아 줄 수 없는 죄인이구나. 석고대죄하는 심정으로 꿀물을 탔지. 그런데 글쎄 방 안에서 빙빙 돌던 로봇 청소기가 방을 빠져나와 윙윙거리며 딸 곁으로 다가오지 뭐야.

"뭔 텔레비전을 저렇게 크게 틀어 놨나 했더니 청소기였네."

나는 당황스러우면서 코가 간지러웠어.

"뭐 청소기 작동시켜 놓으면 내가 엄청 감동할 줄 알고? 천만의 말씀! 만만의 콩떡이네요~"

딸은 웃음기 머금은 얼굴로 넌지시 나를 건너다보며 입술을 비죽 내밀었어. 순간 찹쌀떡이 목구멍에 걸린 거 같으면서도 기분이 좋았어.

"엄마, 용감한 울 희자 씨가 왜 갑자기 사춘기 소녀가 되셨을까?"

딸이 나를 건너다보는데 차마 딸 얼굴을 마주 바라볼 수 없었어. 딸 얼굴을 외면하면서 꿀물을 놓아주었지.

"엄마가 내 가슴에 따발총 쏴댔던 게 어디 한두 번이야? 내성이 생겨서 따발총 따윈 끄떡없어. ICBM 탄도 미사일이라면 모를까."

딸 가슴에 알알이 박힌 총알을 어떻게 헤아리고 풀어주어야 하는지, 보듬어 안아주어야 하는지 몰랐어. 그런데 딸이 되레 나를 보듬고 있었어.

"엄마, 지금 엄마 행동이 남의 옷 빌려 입은 사람 같아. 누가 지금 우리 모녀를 봤더라면 딸이 엄마를 학대하는 줄 알겠어. 그냥 엄마 식대로 하셔~. 이년아~ 내일이면 서른 살 되는 아가씨가 점잖지 못하게 알록달록이 뭐냐! 그것도 옷이라고 입고 다니냐~ 한바탕 해야 하는 거 아니야?"

딸은 비치웨어 앞자락을 잡아당겼지.

"허구한 날 그렇게 막무가내는 아니다~"

변명하느라 무심코 얼굴을 들었다가 딸과 정면으로 마주친 거지. 딸도 나도 피식 웃고 말았어. 그래. 기회는 지금이다. 미안함은 가슴에 담아놓는 게 아니다. 표현하라! 소통의 시작이다!

"주현아, 엄마가 잘못했어. 정말 미안해."

딸은 턱을 고이고 나를 빤히 바라보면서 고개를 끄덕였어.

"딸이 오늘 엄마한테 오려고 마음먹기까지 힘들었을 거로 생각해. 힘든 발걸음을 해 줘서 무어라 말할 수 없을 만큼 감사해. 진심이야."

딸은 입을 비죽 내밀며 어색한 분위기를 불식시키려 어깨를 좌우로 들썩이는 동작을 취했어. 화해 분위기를 만들려고 자꾸만 애쓰는 딸이 고마웠어.

"오늘 우리 두 모녀는 서로에게 하고 싶었던 말, 차마 하지 못해 가슴에 쌓아 놓았던 한이 있다면 오늘 다 꺼내 놓고 살풀이하는 시간이 되었으면 좋겠어."

"엄마는 나한테 쌓인 한이 입이 열 개라도 모자라겠지만 나는 입 한 개도 충분합니다. 엄마가 먼저 하셔. 내가 가슴에 다 담을게~"

딸은 태국 바닷가에서 샀을 법한 알록달록 후드 비치웨어 지퍼를 쭉 내려 벌려놓고 두 손바닥으로 가슴을 탁탁 쳤어.

"남자친구랑 같이 오지 그랬니?"

내일이라도 딸을 결혼시키기로 마음먹었으니 남자친구 얼굴 또한 보고 싶었지.

"살풀이에 웬 남자친구? 남자친구 데려왔다가는 뼈다귀도 못 추릴걸~"

"내가 식인종이니? 엄만 네 남자친구한테 정말 잘해 줄 거야."

이 엄마는 내 딸이 사랑하는 그 남자친구랑 결혼했으면 좋겠다고. 남자친구가 마음에 들지 않는다고 전화로 했던 말은 순간 욱해서 한 말일 뿐이라고. 옛말에도 사위 사랑은 장모라고 했잖아. 엄마는 내 딸이 사랑하는 남자친구는 조건 같은 건 묻지도 따지지도 않고 무조건 좋고 아주 많이 아껴 줄 거야. 진심을 담아 말했지.

"엄마, 내가 전화로 말했잖아. 결혼은 안 한다고!"

딸은 결혼하지 않겠다는 의사를 다시 한번 강조했어. 남자친구랑 잤다고 동네방네 소문내놓고 인제 와서 결혼은 안 하겠다니. 그새 남자친구와 헤어졌을까.

"엄마는 네가 결혼을 하지 않겠다고 하니 사실 걱정스러워. 남자친구랑 여행 가서 사진 찍은 거 SNS에 올렸으면 지인들은 너희 둘의 관계를 다 알잖아?"

딸은 심드렁한 표정으로 고개를 끄덕였어.

"너는 엄마를 구시대적 사고자로 취급하겠지만 엄마 시대에는 남자들이 여자의 처녀막을 확인했어. 이른바 순결이지."

나의 발언이 혹시나 딸의 심기를 불편하게 하면 어쩌나. 딸 눈치를 보면서 최대한 목소리 톤을 낮췄어.

"성교하고 혈흔이 수건에 묻어 있지 않으면 다른 남자와 잠자리했다고 간주했어. 엄마는 혼전 경험이 없는데 수건에 혈흔이 묻지 않았지.

네 아빠는 나를 혼외 경험이 있는 여자라고 하면서 걸핏하면 폭력을 휘둘렀어. 엄마 시대에 여자는 순결을 잃으면 배우자한테 책잡히는 거였지."

딸아, 너는 천명했지. 세상은 많이 변했고 여성의 순결은 조선 시대에나 있던 악습이고 21세기를 사는 지금은 궤멸됐다고. 그래. 세상은 눈부신 속도로 변해왔지. 그런데 21세기를 사는 남성들의 의식이 변화됐을까? 절반은 변했겠지. 그러나 절반의 남성들은 내가 결혼할 여성이 다른 남성과 여행 갔었던 사실을 안다면 무척이나 기분이 상하고 결혼을 재고해 볼 거라고.

"엄만 네가 배우자한테 순결을 잃었다고 책잡혀 결혼생활 내내 남편 눈치나 보면서 살기를 원치 않아. 그 청년을 진심으로 사랑한다면 결혼해!"

나는 진지하게 결혼을 권유했지.

"남자친구 사랑해. 아침에 눈 뜨면 내 옆에 남자친구가 자고 있기를 바라고, 매일매일 순간순간 내 눈앞에 남친이 있었으면 좋겠어. 남친이 아프면 내가 대신 아파주고 싶을 정도로 아껴! 그런데 결혼은 하고 싶지 않아!"

딸은 남자친구에게 간이라도 떼어 줄 만큼 사랑하고 있는 게 분명했어. 그렇게 사랑하는데 왜 결혼은 안 하려는 걸까. 아니면 직업이나 돈 같은 건 필요 없는 것처럼 말은 했지만, 막상 결혼하려니 아르바이트로 근근이 살아가는 남자친구의 직업이 걸리는 것일까. 아니면 유행가 가사처럼 연애는 필수, 결혼은 선택인가. 결혼도 안 하면서 남자친구와 사진을 SNS에 올려 동네방네 소문은 왜 냈냐고, 사람들이 너를 뭐라 하겠니? 나도 모르게 기차 화통이 튀어나오려는 걸 억지로 참았다우.

"SNS는 우리 시대 소통이야. 언어라고!"

딸은 발끈 화를 내면서 아무리 부모라도 자식의 사생활까지 통제하는 건 민주주의 사회에서 민주주의 근간을 흔드는 일이라고 했어.

"아빠가 엄마를 때린 건 엄마의 혼외 섹스를 의심해서가 아니야. 원래 아빠는 폭력적인 성향의 사람이었어. 내가 국제학교 다닐 때도 영어 공부 안 하고 그림만 그린다고 때렸어. 폭력을 가하는 사람은 폭력을 저질러 놓고 이런저런 핑계를 대지. 폭력은 정당화될 수 없는 폭력일 뿐이고 비겁한 자들의 자기합리화일 뿐이지."

딸도 남편한테 맞았다는 말을 듣는데 참 미안하고 속상했어. 내가 마음 아플까 봐 아빠한테 맞은 걸 함구한 속 깊은 딸에게 나는 죄인이었고, 영어 할 줄 모른다고 손찌검을 했다는 사실에 화가 났어. 그놈이 옆에 있었더라면 빰이라도 때려주고 싶었어. 낯선 외국인 틈바구니에서 언어도 통하지 않고 아빠한테 혼나며 사춘기를 견뎌내느라 딸은 얼마나 외로웠을까. 딸의 가슴에 어떤 트라우마가 있는지도 모르면서 남의 자식과 비교나 한 내가 얼마나 못나고 부끄러운지 나를 때려주고 싶었어.

"나는 엄마처럼 많이 맞지는 않았어. 다 합해서 빰 다섯 대 정도?"

딸은 웃으며 다 지나간 일이라고 했어. 딸아, 너의 사춘기 얼마나 아팠니. 얼마나 외로웠니. 그런데 세월은 이렇게 흘러버렸고 어느덧 결혼 적령기구나. 다친 마음은 사랑하는 사람에게 위로받기를. 하여 사랑하는 남친과 결혼하여 안정된 가정 이루기를.

"딸~ 사랑하는 남자가 있는데 결혼을 미루는 이유가 뭐야? 남친이 능력이 안 돼서?"

남자친구의 안정적이지 않은 직업을 거론하는데 조심스러웠지. 하지만 속마음 다 풀어내 살풀이하기로 했으니 이왕지사 말이 나온 김에 청년의 직업을 다시금 언급하지 않을 수가 없었어. 딸에게 상처를 준 죄인이지만 그래도 나는 엄마이고, 진정 딸이 결혼은 하지 않겠다는 속마음을 제대로 알고 싶었지.

"엄마는 왜 남자친구랑 결혼을 못 시켜서 안달하는 사람처럼 말해? 직업도 변변치 않다고 당장 헤어지기를 바랐으면서."

"네가 남자친구 사랑하잖아. 결혼은 사랑하는 사람이랑 하는 게 맞아. 직업이 없다는 말에 네가 고생하며 살까 봐 걱정되니 욱했지. 사윗감이 이왕이면 경제력 있고 직장 탄탄해서 내 딸이 편하게 살았으면 하는 게 부모 맘이지."

"그게 문제야. 여자는 왜 남자한테 의존적이어야 하는데? 그러니까 남자들이 여자들을 무시하는 거야! 딸을 둔 세상의 부모들은 내 딸이 재벌과 결혼하기를 바라겠지. 나는 재벌이 결혼하자고 해도 안 해. 물론 재벌이 나하고 결혼하자고 하지도 않겠지만 말이야. 재벌을 혐오한다는 게 아니라 내가 혐오하는 건 여자들은 부잣집, 혹은 돈 많은 남자와 결혼하는 게 인생의 성공처럼 평가하는 세상의 잣대야."

딸의 목소리가 상기되었어. 드라마에도 여자들이 우여곡절 끝에 재벌 2세나 돈 많은 남자와 결혼하는 스토리가 많다고. 나는 그런 콘셉트 드라마를 보면 화가 나. 재벌과 서로 사랑해서 결혼할 수는 있다고. 그러나 사랑은 없는데 재벌이라서 결혼한다는 건 모든 여자를 기생충으로 폄하하는 모독이라고 했어. 그러면서 나한테 진지하게 물었어. 여자는 재벌과 결혼하는 게 인생의 성공일까? 여자는 남편의 재력으로 육신의 안락함을 누리며 사는 게 성공일까? 성공은 내가 무슨 일을 하든지 내 육신을 한 끼니도 거르지 않고 먹여 살리고 있다면 성공한 인생이 아닐까?

"나는 육신의 안락함을 위해 재벌과 사랑 없는 결혼을 해서 시댁 식구들 눈치 보며 정신이 황폐해져 가는 인생을 사는 사람이 되고 싶지 않아."

딸은 대한민국 청년들 중에 금수저로 태어난 자식들이 몇이나 되겠느냐고 되물었어. 그러면서 헬조선을 살아가고 청년들 90%가 흙수저라고, 기성세대들은 흙수저 청년들을 마음으로 이해해줘야 한다면서 남자친구를 비호하는 발언을 했지.

"여자는 직장 다니고 살림도 해야 하고 양육까지. 여자들이 힘든 건 사실이지."

딸이 결혼하여 직장 다니랴 아기 낳으면 양육하랴 나처럼 고생하며 살아갈 것을 생각하니 마음이 아팠어.

"두 사람이 같이 돈을 벌고, 두 사람이 집안일도 나눠서 해야지. 아기 낳으면 양육을 위해서 돈 많이 버는 쪽은 일하고, 적게 버는 쪽은 육아를 담당해야지."

자녀를 출산했을 때 딸이 돈을 많이 벌면 당연히 남편이 집안일을 해야 하고 아기도 보아야 한다고 했지. 그러면서 남성들은 집안일을 할 때도 해주는 거라고 표현하는데 그건 잘못된 사고방식이라고. 집안일을 해주는 게 아니라 집안일은 해야 하는 거라고. 혼자 사는 공간이 아니고 부부가 함께 사는 곳이니만큼 부부가 공동으로 집안일을 해야 하는 건 당연한 거라고.

딸의 남자친구도 집안일은 해주는 게 아니라 당연히 해야 하는 것으로 생각하는 청년일까. 매우 궁금했지만 차마 물을 수는 없었어.

"부부가 사는 곳인데 왜 남자가 부엌에 들어가면 불알이 떨어지는 거냐고? 불알이 그릇 몇 개 설거지하고, 청소기 돌리고, 빨래 넌다고 그렇게 쉽게 떨어지나. 손으로 잡고 늘어져도 떨어지지 않을걸?"

딸이 피식 웃으며 하는 말에 내 얼굴이 후끈 달아올랐지.

"엄마 앞에서 불알이라는 말을 그렇게 얼굴색 하나 변하지 않고 하니?"

"엄마, 불알은 생식기야. 눈, 코, 입, 배꼽이 우리 몸에 붙어서 제 기능을 하는 것처럼 불알도 제 기능을 하는 생식기일 뿐이라고!"

딸은 불알을 불알이라고 지칭하지 못하는 날 보고 대단히 실망했다고 했어. 이를테면 자칭 변화하는 시대를 맞춰가는 의식을 가진 사람이라고 하면서 불알이라는 명사 지칭을 민망하게 생각한다고 말이야. 그런 생각이야말로 구시대에 매인 노예라는 거였지.

"그래 딸 말이 맞아. 요즘 시대 홑벌이로 힘드니 당연히 맞벌이해야지. 그렇게 구체적인 계획도 있으면서 남자친구랑은 왜 결혼은 안 한다는 건데? 무슨 이유에서?"

나는 내 딸이 사랑하는 사람과 결혼하여 따듯한 가정 안에서 행복하게 살기를 진심으로 바란다고 했어.

"근데 어른들은 왜 나이 차면 당연히 결혼해야 한다고 생각하지? 사랑한다고 무조건 결혼해야 한다는 생각은 구시대적 발상이야. 사랑은 사랑일 뿐이고. 모든 사랑이 결혼으로 귀결되는 건 아니라고 생각해. 성인이 되면 무조건 결혼을 하여 자식을 낳아 피로 가족을 묶으려는 가족문화. 이런 고정관념은 노노!"

딸은 결혼은 "노"라며 도리질을 하면서 검지를 좌우로 흔들어 댔어.

"우리 세대들은 결혼보다는 동거가 곧 가족이야."

딸의 입에서 '동거'라는 말이 튀어나오는데 올 것이 왔구나. 저 딸이 기어이 동거하려는구나. 동거하다가 임신이나 덜컥한다면. 아! 빨리 결혼시키자.

"우리가 말하는 동거는 남녀 간의 동거만을 말하는 건 아니야. 비혼끼리의 동거, 마음 맞는 동성 간에 동거도 있지. 동거인들은 규칙을 만들어 생활비, 가사노동을 철저히 분담하면서 알콩달콩 예쁘게 살아. 여력이 되면 아기도 입양해 키울 수도 있는 거지."

딸은 전통의 틀에서 벗어난 새로운 형태의 가정이라고 정의했어. 그러면서 가정이라는 게 꼭 남녀 간의 섹스로 한 몸을 이루고 자녀를 낳아야만 한다는 획일적 가정문화만을 고집하지 말라고 했어.

엄마, 세상이 제아무리 첨단으로 변해가도 사랑을 하고 아이를 낳고 가정을 이루며 인류는 발전의 발전을 거듭해 왔고, 곧 섭리잖아. 그런데 딸은 섭리를 따르는 게 만고의 진리라는 내 입장과 정면으로 배치되는 다름의 가정을 언급했어. 딸은 지금 무슨 말을 하려는 걸까. 기존 가정의 형태를 고정관념이라며 동성 운운하는데 그럼 이성과의 동거를 넘어 동성과의 동거? 혹시 딸의 남자친구가 동성인가? 헉! 그럼 내 딸은 동성애자? 그래서 사랑은 하는데 결혼은 안 한다고 뻗대는 건가? 나는 잠시 혼란스러웠어. 동성애를 비난하는 게 아니라 내 딸이 동성애자라면 나는 어떻게 대응해야 하는지 정신이 하나도 없었어.

"지금은 다양성이 존중받는 시대잖아. 엄마는 진보적인 사고를 하는 사람으로서 딸이 어떤 가정을 이루든 다 존중해. 그런데 동거든 결혼이든 한집에서 같이 사는 거잖아? 기왕이면 동거보다 결혼하여 혼인신고하고 아기를 낳아 키우는 가정이 더 이상적인 가정이 아닐까?"

내 딸이 사랑하는 사람이 이성인지 동성인지 슬쩍 떠보았지.

"결혼은 사랑하는 사람과 한집에서 같이 살고 싶어서 결혼하는 거잖아. 그런데 여자는 결혼하는 순간부터 '나'라는 사람은 없어지고 의무만 있는 며느리라는 새로운 이름이 부여되잖아. 제사며 명절엔 천 리 길 달려가서 음식 만들어 제사 지내고, 시댁 친인척들이 먹은 그릇들 설거지를 도맡아 하는 효부가 되어야 하잖아. 내 인생이 송두리째 남편 집안에 가사도우미가 되는 결혼을 내가 왜 해?"

딸은 결혼하지 않는 진정한 이유를 여자는 결혼과 동시에 무수리가 되는 결혼문화 때문이라고 했어. 딸이 결혼제도를 문제 삼는 것은 미처 생각해 보지 않은 터라 매우 뜻밖이었고 무척 놀랐어. 게다가 여자 쪽은 마당쇠 집안으로 쇠퇴해 남편 형제들에게 도련님 아가씨로 호칭하고, 남자 쪽은 대감댁으로 격상되어 부인 형제들에게 처남 처제로 불린다는 게 형평에 어긋난다는 거였지.

"근자에 시댁 식구에게 도련님 아가씨, 처가에 처남 처제 호칭이 바뀌어야 한다는 여론도 있었지. 하지만 언제 그런 공론화가 있었냐는 듯 여전히 도련님 아가씨, 처남 처제로 불리고 있어."

딸은 하루라도 빨리 사회적 합의를 통해 처가 시댁 식구들의 호칭부터 바뀌어야 한다고 했어. 그러면서 며느리가 되면 명절 때마다 천 리 길 시댁에 가서 음식 만들어 제사 지내고 시댁 식구들 뒤치다꺼리에 녹초가 된다고. 내 집 같으면 누워 쉬기라도 하고 엄마가 잔소리하면 말대꾸라도 한다고. 그런데 시부모한테는 말대꾸도 못 한다고. 시댁에서 다리 쭉 뻗거나 누워 있으면 가정교육도 못 받았다는 소리 듣는 그런 며느리 신분은 정말 싫다고. 그 때문에 결혼하고픈 마음이 십 리는 달아난다고 했어.

"우리의 부모님들은 참 이상해! 자식이 미혼일 때는 그저 잘 있냐 걱정만 하다가 결혼만 하면 갑자기 양가 부모님들은 며느리 사위에게 도리와 예의를 강요하잖아. 며느리 사위가 되면 싫어도 좋아도 시댁에 처가에 도리를 다해야 하는 효도 도리야말로 족쇄지 족쇄! 나는 족쇄는 싫어!"

딸은 결혼은 노라고 천명하면서 결혼제도가 특히 여성에게는 더더욱 불리하다고 했어. 나를 낳아 정성 들여 길러준 부모님은 찾아뵙지도 못하면서 시부모님께 문안 인사를 꼬박꼬박 드려야 하고, 그 어떤 조건에서도 시부모님을 우선순위로 봉양해야 하는 게 합리적이지 않다고. 사랑하는 사람과 행복하게 살고 싶어 결혼하는 것인데 지금의 결혼제도는 남자의 집안에 무수리가 되는 것이나 진배없다고. 그러면서 사위가 백년손님이면 며느리도 당연히 백년손님이 되어야 남녀평등한 결혼이라는 거였어. 사위가 백년손님이면 며느리도 백년손님이 되어야 한다는 딸의 말을 듣는데 나도 모르게 헛웃음이 저절로 흘러나왔어. 시댁 가서 음식 만들지 않는 것만도 감지덕진데 한 술 더 보태어 백년손님이라니.

엄마, 세상은 무궁무진하게 변했고 변해가잖아. 그런데 가부장적 전통문화는 빛의 속도로 변화하는 세상에서도 견고하게 명맥을 이어가고 있잖아. 앞으로도 100년은 까딱없이 이어질 것 같은데 내 딸은 백년손님이 되는 며느리가 되어야 한다네. 하루라도 빨리 딸을 결혼시키리라 했던 계획은 아무래도 무산될 것 같은 불길한 예감이 들었다우. 나는 커피를 마시며 딸의 입에서 튀어나올 무쌍한 다음 말을 기다렸어. 휴~ 속으론 한숨을 내쉬면서.

12
여신이 강림하시다!

엄마, 딸은 남자친구를 사랑하지만, 무수리가 되는 며느리가 싫대. 더욱이 온종일 음식 만들어 시할아버지, 증조 시할아버지, 고조 시할아버지 제사까지 지내야 하는 집안의 며느리가 된다는 건 생각만으로도 끔찍하다고 했어.

"대한민국의 전통문화인데 어떻게 그게 바뀌겠니? 명절이 되면 며느리 사위로 양가 부모님을 찾아뵙고 인사드리는 건 웃어른에 대한 효이자 도리라고 생각해."

딸은 쓴웃음을 지으며 말했어. 전통문화라는 이름으로 가사노동 착취에 도를 넘는 시부모님 수발을 강요하니 고부간의 갈등이 생기는 거라고.

"명절에 부모님이 자식을 호출한 건 수발을 받으려는 마음보다는 가족들 간의 돈독함이지. 명절날만이라도 내 자식들과 한데 모여 맛난 음식을 나눠 먹으며 하하 웃음 짓는 돈독한 가족애를 보고 싶은 거지. 너도 자식 낳아봐라. 장성한 내 자식들이 한데 모여 돈독하게 지내는 모습이 제일 좋을 거다!"

"부모님들이 내 자식들이 모여 맛난 음식 나눠 먹으며 하하 웃음 짓는 모습만 바라시나? 자식들 양육한 청구서를 은근 바라며 자식들이 가져온 봉투에 따라 자식 된 도리, 부모님에게 효를 압박하니 시댁이 족쇄가 되는 거지."

딸은 도리며 예의라는 명분을 앞세워 자식들 총출동을 명령하지만, 명절에 부부싸움이 최고조이며 이혼율이 늘어나는 걸 부모님들은 깨달아야 한다고 일갈했어.

"엄마도 친할머니, 두 시누이의 횡포 당하며 살았잖아? 그런데 날 보고 결혼해서 엄마처럼 살라고? 내가 엄마처럼 시댁에 가서 아가씨, 도련님 하면서 제사 음식 만들고 시댁 식구들 사돈의 팔촌까지 뒤치다꺼리하면서 살기를 바라?"

엄마, 딸의 반문에 나는 어떤 말을 해줘야 할지 난감했어. 나는 진심으로 내 딸이 시집살이하며 살지 않기를 간절히 바라지. 그렇지만 세상은 아직도 남성우월주의가 만연하니 어쩌겠어. 하는 수 없이 세상에 맞추는 수밖에.

"전통적으로 내려오던 결혼문화가 하루아침에 바뀌겠니? 그래도 지금은 많이 바뀌었잖아?"

할머니와 비교하면 내 세대는 그나마 나았고, 내 시대와 비교하면 네 시대는 더 많이 나아졌다고 했어. 혼기도 찼고 사랑하는 사람도 있으니 결혼하라고 타일렀지.

"바뀌었다고? 우리 세대도 엄마 세대랑 똑같아."

딸은 지난 구정에 친구들과 있었던 일화를 말했어.

"고등학교 때 단짝 친구 네 명이 강릉으로 2박 3일 여행 가자고 계획을 세웠지. 겨울 바다 구경도 하고 맛난 음식도 먹고 수다도 떨자고. 직장 다니는 친구들은 황금연휴지. 그런데 한 친구가 불참한다는 거야. 그 친구는 스물여섯에 결혼했는데 2살 아들이 있어. 우리는 아기 때문에 못 가는 줄 알았잖아. 친구들은 출산율이 뚝뚝 떨어지는데 자녀를 낳아 국가에 애국하신 모자를 고급 승용차로 귀하게 모시겠다고 했지. 아기 엄마가 풀이 죽어서 뭐라 했는지 알아? 글쎄 명절 이틀 전에 아들 둘러업고 고속버스 타고 시댁 가서 음식 만들어야 한대. 요즘 세상에도 명절에 시댁 가서 음식 만들어? 했더니 친구가 펄쩍 뛰면서 요즘 세상이라니. 현재 진행형이야!"

친구들이 이구동성으로 물었다는 거야. 그럼 친정엔 가느냐고? 그 친구 왈, 시댁 가서 며칠 녹초가 되는데 친정은 힘들어서 못 가지. 친정에선 나 힘들까 봐 되레 오지 말라고 한다고.

"시댁에도 애 데리고 힘들어서 못 간다고 말하라고 했더니 친구 하는 말, 오지 말라고 하긴 해. 그런데 시어머니 말씀이, 나는 시집살이 엄청 했다. 명절에 며느리 오지 말라는 시어머니가 세상천지 어디 있으면 나와 보라고 해라. 그 말 듣고 집에 있으면 가시방석에 앉아 있는 거 같아. 고생을 바가지로 하더라도 차라리 시댁에 다녀오는 게 마음 편해."

천인공노할 며느리 소리 듣지 않으려면 명절엔 하늘이 두 쪽 나도 시댁에 가야만 하고, 친정 부모님은 이해해 주시니 안 가도 되는 거라면서 딸은 그 친구 말 듣고 깨달았다고 했어. 여자는 결혼하면 시댁에 무덤이 되는 결혼문화가 여전히 종식되지 않았다는 걸.

"엄마, 여자는 왜 결혼하면 가사도우미가 되어 시댁에 충성을 다해 좋은 며느리, 도리 예의를 아는 며느리로 평가받아야 하는 거야? 명절이면 사위가 천 리 길을 마다치 않고 처가에 가서 조상님께 귀한 손녀와 결혼하게 해 주셔서 감사합니다, 라고 제사 올리는 남자는 왜 없어? 만일 대한민국의 전통이 여성우월주의로 바뀐다면 어떻게 될까? 명절에 남자는 누구나 할 거 없이 내 부모님은 제쳐두고 처가에 버선발로 달려가서 음식 만들고 제사 지내라고 한다면 폭동이 일어날걸!"

남성들은 어렸을 때부터 남성우월주의에 젖어 살아왔기 때문에 결혼하면 내 아내가 효부가 되어야 아들로서 효를 다하는 것으로 인식하고 있다고. 며느리가 시댁에 절대복종하는 결혼문화가 종식되려면 지금의 남녀 불평등한 사회가 정비되어 남녀평등의 시대가 열려야 한다고 했어.

"남녀 불평등이 하루아침에 변하겠니? 그동안 여성들은 꾸준히 남녀 불평등을 제기해 왔고, 그 때문에 세상은 변했고 너는 지금 과도기에 살고 있어."

딸이 결혼하면 시댁 뒤치다꺼리하면서 살아야 한다는 걸 뻔히 알면서도 남자친구와 결혼하기를 바랐어. 세상은 변했다고 말했지만 의식은 획기적으로 변하지 않았고, 내 딸은 변하지 않은 세상에 순결 잃은 여자로 주홍글씨를 새기게 될까 봐 결혼을 독촉했던 거지.

"세상은 아직도 남자, 시댁 쪽으로 기울어져 있어!"

딸은 나처럼 며느리한테 잘해주는 시어머니가 조선 팔도에 없을 거다, 라고 생각하는 시어머니의 인식부터가 며느리 위에 군림하겠다는 시집살이라고 했어. 즉 며느리가 명절에 시댁에 가지 않아 마음이 불편함은 곧 시댁 일에는 만사를 제쳐두고 가야 한다는 암묵적 강요가 전제

되어 있다는 방증이고, 그 때문에 예나 지금이나 며느리의 시집살이는 변한 게 하나도 없다고.

"세상이 변했다고 말만 하는 게 아니라 생각의 틀, 의식의 전환!"

부모님들은 무엇보다도 자식이 소유물이라는 생각의 틀에서부터 먼저 벗어나야 한다고 했어. 선남선녀가 결혼하면 각각의 부모님들은 내 자식들이 내 품, 내 집에서 완전히 떠났다는 걸 겸허히 받아들여야 한다고. 선남선녀 역시 부모님으로부터 완전히 분리되어 새로운 독립적 한 세대가 탄생하는 것이라는 걸 온몸으로 받아들여야 한다고. 독립된 부부는 부부만의 생활 방식이 있는데 우선순위가 배우자 존중이고, 부모님으로부터 분리되었으므로 시댁과 처가에 예를 다해야 한다는 정신적 물질적 도리의 족쇄로부터도 자유로워야 한다고.

"딸이 주장하는 남녀불평등 결혼문화는 바뀌어야 하고, 결혼하면 독립된 부부로서 존중받아야 함도 전적으로 동의해. 그런데 말을 듣고 보니 결혼하면 그날부로 부모님들은 싹 잊어버리고 남남으로 살자는 것처럼 들리네? 부모마저 의절하겠다는 건 동의할 수 없어. 그건 남녀불평등과는 아무런 상관이 없는 후레자식이야!"

부모와 자식은 하늘이 맺어준 천륜이라고, 부모님에게 예를 다해야 하는 건 강요가 아니라 나를 낳아 길러주신 부모님에 대한 최소한의 예의라고 했어.

"엄마 얼굴이 상기되었네!"

딸은 내 얼굴을 바라보면서 쓴웃음을 지었어. 하늘이 맺어준 천륜. 피는 물보다 진한데 어떻게 인연을 끊느냐고. 낳아 키워준 은혜를 자식들이 잊어버리면 큰일 나지. 끊는다고 했으면 큰일 날 뻔했네. 딸은 도리질을 해대며 물었어.

"부모님이 호출하면 자식은 언제 어느 때나 달려가려고 비상대기를 하고 있어야만 효일까? 명절이면 내 생활 계획은 다 내팽개치고 주차장 도로를 뚫고 몇 시간씩 시댁에 달려가야만 효일까? 제사 음식을 만들어 제사를 드려야 조상과 시부모님에게 자식으로 해야 할 도리이며 은혜 갚음일까?"

꼭 명절이 아니더라도 자식들이 시간이 되는 그 어느 날에 부모님 찾아뵙고 용돈도 드리고 음식도 대접하면 안 되는 거냐고, 고로 명절이나 경조사 때 부모님을 찾아뵙고 인사를 드리는 건 의무가 아닌 출가한 세대의 선택이고, 시댁에 가지 않았다고 천하에 불효자식의 죄명으로 시부모님께 소환되어 비난받는 문화는 사라져야 한다고. 즉 자식 된 도리며 예의를 앞세워 명절에 시댁이나 처가에 이유 여하 따질 거 없이 무조건 가야 한다는 의무를 강요하지 말아야 한다는 거였지.

독립된 가정은 두 사람만의 생활이 시작되었으므로 양가 부모님은 자식의 일정과 계획에 대해 간섭하면 안 되고, 양가로부터 독립한 세대는 명절에 시댁이든 처가든 가고 싶으면 부부가 가든지 아니면 혼자 가는 것이고, 여행을 가고 싶으면 여행을 가고 친구들을 만나거나, 황금연휴는 온전히 나를 위한 힐링의 시간을 가져야 한다고, 명절이나 평일이나 부부 중심의 사생활이 비난이 아니라 존중받아야 한다는 거였지. 그러면서 자식이 부모님에 대한 예의는 있고, 부모가 자식에 대한 예의는 없는 거냐고 했어.

"부모님들은 자식들 살림살이에 콩 놔라 팥 놔라 간섭하면서 아무 때나 호출하지 말라는 거지."

그저 두 병아리가 앙증맞게 잘 살도록 먼발치서 지켜보는 게 부모님이 자식에 대한 도리이며 예의라는 거였어. 부모님들이 자식을 놓아주어야 남편도 부모님으로부터 완전히 분리되어 독립적인 한 가정이 탄생했다는 걸 받아들이고, 부인에게 효부가 되기를 강요하지 않음으로써 고부갈등도 생기지 않는다고. 여성들이 '시' 자가 들어가는 시금치도 먹지 않는다는 말이 괜히 나온 말이 아니라면서 작금의 결혼문화는 남녀평등으로 바뀌어야 한다고.

"엄마, 나는 결혼보다도 더 중요한 인생의 과제가 남녀가 평등한 세상을 만드는 일이야. 사회가 남녀불평등이니 며느리가 시댁에 종속되는 결혼문화가 자리 잡은 거지. 내가 이번에 그릴 만화 모티브는 남녀불평등에 대한 적폐야. 남녀불평등을 제기하는 '국제재판소에 회부된 아들'을 주제로 만화를 그릴 거야!"

남녀가 평등한 세상이 되어야 부인이 남편 시댁에 종속 관계가 되지 않고, 여자는 결혼하면 남편의 집에 무수리가 되는 구시대적 관습에 얽매인 결혼문화에 결연히 항거한다고 목소리를 높였어.

엄마, 내 딸이 설파하는 남녀불평등 결혼문화에 백 프로 공감해. 딸이 남녀불평등에 반기를 드는 건 며느리는 시댁에 무수리 존재밖에 되지 않는 삶을 종식하고, 여성 이전에 한 사람으로서 존중받는 인생을 지향함이잖아. 딸의 지향은 나의 오랜 여망이기도 했어. 나는 생각만 했지 감히 반기들 엄두를 꿈에서조차 해보질 못했는데 딸은 남녀불평등을 사회적 적폐라고 규정했어. 적폐 전통은 절대로 미풍양속이 될 수 없고 쓰레기통에 버려져야 한다고 주장하는 딸이 대견하고 자랑스러웠어. 하지만 내 딸이 남녀불평등에 반기를 들면서 남녀평등 공론화장의 중심인물이 되는 것에는 결연히 반대했어.

남성우월주의는 선대부터 공고하게 뿌리 내려 자자손손 전통문화, 미풍양속으로 둔갑해 사회적 지지를 받고 있잖아. 견고한 지지를 뒤엎고 남녀가 평등한 사회를 이끌어내는 게 어디 말처럼 쉬운 일인가. 무엇보다도 그 무엇이든 이룸은 희생이 담보되어야 하는 거잖아. 남성우월주의를 비판하고 남녀평등을 주장하는 그 여정이 얼마나 험한 길이겠어. 또한 그 길에서 힘센 남성우월주의자들로부터 손가락질 받고 상처받을 딸을 생각만 해도 가슴이 캭! 막혔어. 무엇보다도 자자손손 전통으로 공고하게 자리매김한 남녀불평등이 딸의 항거로 남녀평등이 실현될 거라고는 믿기지 않았지. 설령 딸의 제물을 담보로 남녀평등 시대가 도래할지라도 나는 절대로 내 딸을 제물로 바칠 수는 없었어. 내 딸이 상처받지 않기를. 내가 시댁 뒤치다꺼리하면서 살아왔던 것처럼 내 딸이 내 길을 고스란히 밟고 갈지라도 힘센 세력들로부터 지탄받고 상처받는 것보다는 나을 거라고. 하여 내 딸이 평범한 인생을 살아가기를. 작금의 딸들은 억압받고 살아가는 여성들의 삶에 종지부를 찍으려 갈망하고 있으니 머지않아 남녀평등 시대가 열리리라. 내 딸이 혁신의 아이콘이 되지 않기를.

"딸! 엄마는 혁신적인 생각을 하는 딸이 너무너무 대견해. 그렇지만 내 딸은 평범하게 살았으면 좋겠어. 여성단체 또는 페미니즘 활동가들이 남녀불평등에 대한 문제를 제기하고 바꿔어 가고 있잖아. 너는 그분들을 마음으로 응원하면서 웹툰 작가로서 열심히 살았으면 좋겠어."

"엄마, 우리의 부모님들도 알아. 남녀불평등한 사회 구조는 남녀평등으로 바뀌어야 한다는 걸. 남들이 앞장서는 건 괜찮은데 내 자식이 나서는 건 상처받을까 봐 싫은 거잖아? 왜 누군가가 변혁의 바람을 몰고 오길 바라? 누군가가 아니라 우리 여자들 모두가 지금 혁신하지 않으면 안 돼!"

누군가 변해주기를 기다리다가는 앞으로 100년이라는 세월이 흘러가도 남녀평등 시대는 오지 않는다고. 남성이 한 인간으로서 존중받는 것처럼 여성도 한 인간으로서 존중받아야 한다! 딸은 어떤 상처를 받더라도 목이 터져라 남녀평등을 외칠 거라고 했어.

"남녀평등을 외치던 여자들도 결혼하면 수동적으로 변하는데 그건 기성세대들이 남녀불평등에 길들여 살아온 학습을 대물림한 탓이야!"

할머니와 엄마가 살아왔던 것처럼 남편이 바람을 피우고 혼외 가정을 꾸려도 불알 달린 사내니까 수용하고, 남편에게 억압받으며 사는 게 여자의 숙명이라고 받아들이다 보니 남자들은 하늘인 양 부인에게 떠받들기를 무한 강요하는 거라고.

"엄마, 영숙이 이모님이 엄마가 두 번째 이혼한 거 말해줬어."

나는 대답 대신 고개를 끄덕였지.

"엄마의 두 번째 남편 역시 가사 분담이 전혀 없었고, 생활비 족집게 점검과 시누이들의 횡포를 엄마는 수용하고 싶지 않은 거였어. 즉 결혼한 대부분의 여자는 며느리가 된 후의 삶은 남편 시댁에 눈높이가 맞춰져 있는데 엄마는 거부한 거지. 그러니까 엄마는 남편에게 종속된 착한 여성이기를 거부한 거야. 인격을 가진 사람으로서 남편 시댁의 무수리로 살고 싶지 않아 두 번의 이혼을 강행한 거지."

딸은 내 마음의 중심을 정확히 진단했어. 딸의 진단대로 나는 남성들의 기쁨이 되는 착한 여자의 표본, 즉 남편 시댁이 어떤 요구를 해도 하해와 같은 마음으로 이해하고 참는 게 미덕이라고 여기며 사는 인형이 되기 싫었어.

"할머니가 할아버지로부터 억압받고 폭력에 노출되어 살아오신 삶을 엄마가 지켜봐 왔고, 엄마 자신도 두 남편, 시댁에 부당한 대우를 받으며 살아온 산증인이면서 왜 딸에게 엄마의 삶을 대물림하려는 거야?"

정녕 당신의 딸들이 남편 시댁의 군림에 길들여져 살아가는 착한 여성이 되기를 바라느냐고 반문했어. 그러면서 나는 남편의 폭력에 노출되어 억압받으며 살아왔지만 내 딸만큼은 나처럼 살지 않기를. 나의 딸들이 남녀평등을 외치겠다면 도시락 싸주면서 지지해줘야 하거늘 오히려 우리의 부모님들은 자신의 삶을 대물림하고 있다고 일침을 가했어.

"남편한테 맞아도 어떡하겠니. 남자는 철들지 않은 애란다. 아들 하나 더 키우는 거로 생각해라. 젊어 바람피워도 늙으면 조강지처가 최고라 여기니 모른 척 넘어가라. 어떡하느냐 자식이 있는데 아비 없는 자식은 만들지 말아야 하지 않겠니. 희생 없이 이루어지는 산물은 어디에도 없느니라. 집안의 평화를 위해서는 여자는 참고 또 참고 희생을 해야 하느니라. 아~ 아~~ 여자~이기 때문에~ 참아야만 한다고~ 아~ 아~ 눈물로 보냅니다. 여자의 일생~~"

딸은 벌떡 일어서더니 여자의 일생이라는 노래 한 대목을 방탄소년단 버전으로 손짓 몸짓을 하면서 불러댔어.

"이 노래 가사를 생각해봐~ 여자로 태어난 게 죄라서 무수리로 살아가는 여자의 한이 담긴 노래야~ 왜 여자로 태어난 게 죄야? 왜 여자는 참고 또 참아야만 하는데? 왜 참음을 미덕이라고 포장하면서 남자들에게 맞춤형 착한 여자가 되기를 강요하는데? 나는 죄인이 아니야. 한 번

뿐인 내 인생, 여자로서 처음인 내 삶을 남자의 인형으로 살지 않을 거야! 자식의 인권이 말살되는 걸 뻔히 알면서 왜 엄마의 삶을 대물림해? 엄마! 내 앞날이 창창한 구만리야! 처음인 내 인생~ 나는 '나'로 훨훨 자유롭게 살 거야~!"

딸은 기차 화통 삶아 먹은 목소리로 냅다 소리 질렀다우. 내가 지금 변화하지 않으면 귀한 내 자손들이 내 삶을 그대로 답습한다는 걸 깨달아야 한다고.

"엄마의 바람은 내 딸이 사랑하는 남자랑 결혼해서 아이 낳고 평범하게 사는 인생이 되었으면 좋겠어."

내 딸이 상처받지 않기를. 파란 없이 행복하게 살기만을 진심으로 바랄 뿐이라고 거듭 강조했지.

"나도 사랑하는 사람과 결혼해서 나를 쏙 빼닮은 딸을 낳아 키우고 싶어. 울 엄마 윤희숙 씨처럼 내 딸한테 이년아! 내가 너를 어떻게 키웠는지 알아? 너 임신해서 얼마나 입덧이 심했는지 똥물까지 토했어! 세상에 너처럼 유별나게 사춘기 보낸 애는 대한민국에 다시 없을 거다! 귀걸이 다섯 개가 주렁주렁 다는 것도 모자라 콧구멍 입술 피어싱까지! 네가 아프리카 원주민이냐! 빨강, 노랑, 파랑 레게머리 땋고 돌아다니게! 누가 너를 보고 대한민국 사람이라고 하겠니? 지팡이 하나만 들고 있었더라면 야생동물을 잡으려 아마존 정글을 누비는 사냥꾼이 울고 가겠다! 이년아! 아프리카 원주민 하라고 국제학교 보낸 줄 알아! 너 유학비 마련하느라 예쁜 브라자 하나를 입어보지 못했고, 브랜드는 꿈도 꿔보지 못하고 길거리표만 입고 살았어! 그런데 공부는 안 하고 만화만 그려! 만화 그려서 밥이 나오니 떡이 나오니! 엄마 고생하는 것도 몰라주고 띵까띵까 베짱이처럼 사는 너를 낳고 미역국을 먹은 내가 한심하다 이년아~ 버럭버럭 기적 소리를 내고 싶다고! 하지만 여자에게 무덤이 되는 결혼을 어떻게 하느냐고~ 사랑 아니라 사랑 할아비를 할지라도 결혼할 수가 없다는 거지~ 나는 남자들의 인형이 아니라고! 나는 레게머리에 지팡이 들고 아프리카 초원을 누비는 전사가 될 거야~"

그동안 내가 딸에게 퍼부었던 욕바가지를 딸이 똑같이 흉내 내는데 가슴이 뜨끔거렸어. 나한테 받은 상처가 가슴 곳곳에 깊게 박혀 있구나. 그런데도 아프다고 내색 한 번을 하지 않았구나. 상처받은 딸의 마음도 몰라주고 소리나 버럭버럭 지르던 내 모습이 떠올라 한없이 미안했어.

"레게머리에 귀걸이 주렁주렁, 코걸이, 입술 피어싱했다고 엄마는 사람들 앞에 딸을 창피해했었지? 나는 엄마가 두 번 이혼했어도 하나도 창피하지 않아. 엄마는 두 번의 이혼녀라는 사회적 주홍글씨를 새기더라도 남자로부터 억압받는 인생을 거부한 혁신적인 엄마야! 울 엄마 멋져! 최고!"

딸은 두 손으로 내게 엄지척을 하면서 말했어. 요즘 젊은 남성들이 경쟁 사회에서 우리 남성들도 살기 힘든데 여성들이 특권을 달라고 아우성쳐 역차별을 당한다고, 남성들이 역차별을 당한다는 소리야말로 지나가던 소가 다 웃을 일이라고.

"우리 여자들은 세상에 특권을 달라는 게 아니야. 여자들은 넘지 말라고 곳곳에 설치된 붉은 허들이 남자들한테는 자유 통과잖아?"

우리 여성들도 남성들과 똑같이 자유 통과해 달라는 것, 즉 남성들은 제멋대로 넘어가는데 여성들만 넘어가지 말라는 붉은 허들을 치워 달라는 것뿐이고.

"엄마가 나한테 전화할 때마다 잘 있냐, 밤길 조심해라 걱정하는 건 남자들한테 묻지 마 폭력이나 성폭력 당하면 어쩌나 하는 노파심이잖아?"

서른을 앞에 두고 있어 철이 들었는지 딸 가진 부모 심정을 헤아리는 거 같았어.

"남자들은 말들 하지. 세상은 많이 변했다. 여권신장이 높아져 여자들이 살판났다! 여성의 목소리가 높아졌다는 작금에도 남편, 전남편, 내연남, 남자친구, 연인 등 남자들에 의해 살해당하는 여자들이 얼마나 많은지 알아?"

한국여성의전화가 발표한 '2017년 분노의 게이지' 보고서에 따르면 언론 보도를 바탕으로 남편, 남자친구, 애인 등 친밀한 관계나 생면부지의 남성에게 살해된 여성의 수(살인미수 포함)가 최소 103명으로 1.9일마다 한 명이 살해되거나, 살해 위기에 처했다는 거였어. 언론에 보도되지 않은 것을 더하면 여성들이 매일이다시피 남성들에 의해 살해당한다는 통계를 듣는데 끔찍했어.

폭력을 가한 남성들이 하는 말의 통계를 내보니, 집구석에서 빈둥빈둥 놀면서 냉장고 청소를 하지 않아 음식물이 썩어간다. 애들 교육도 제대로 하지 못하고 남편 입에 맞는 반찬도 못 한다. 대낮에 식당 가보면 죄다 여자들이다. 남편이 뼈 빠지게 벌어다 주는 돈으로 호의호식하면서 하늘 같은 남편 알기를 개똥으로 안다. 어디 가서 나 같은 남자를 만나느냐. 네 주제에 나를 떠난 너를 용서할 수 없다. 마누라가 맞을 짓을 했으니 때리는 거다. 남자들은 예나 지금이나 변명 일색이라는 거였다고.

2018년 가정폭력행위자 상담 통계를 보면 남편에 의한 아내 폭력 비율이 59.6%였어. 59.6%는 두 가정 중에 한 가정에서는 여성들이 남편의 폭력에 노출되었다는 거야. 이 통계가 믿어지지 않았지.

"북어랑 여자는 사흘에 한 번씩 패야 한다는 옛날 말이 요즘은 삼일 한이라고 하는데, 조선 시대도 아니고 지금 세상에도 남편한테 맞고 사는 여자가 있느냐고 하겠지만 옛날 일이 아니야."

딸은 내게 물었어. 가정폭력으로 머리를 많이 맞으면 뇌 손상이 생겨서 충동적, 공격적 과잉살인으로 이어진다는 말 들어보았냐고.

"이모할머니가 남편을 살해했잖아? 이모할머니는 평소 폭력에 노출돼 사셨잖아. 얌전하시던 분이 남편을 칼로 찔렀다는 건 뇌 손상 때문에 공격적 살인으로 이어진 사례가 아닐까?"

피투성이 이모가 칼로 이모부 목을 찌르던 모습은 잔인했어. 엄마가 아버지에게 낫을 휘둘렀던 건 우연이 아닐 거라는 생각이 들었어.

"우리 여자들은 대중교통이나 화장실 이용 시 누군가의 몰카를 걱정해야 하고, 밤길 성추행, 성폭행당할까 항시 불안에 떨어야 하잖아. 성폭행을 당했어도 CCTV 영상이 없으면 폭행범은 당당하고 여자는 꽃뱀으로 취급받아 무고죄로 처벌을 받고, 여자가 성추행이며 폭행을 당했다는 뉴스가 나면 여자가 치마를 짧게 입어 남자들이 성적 호기심을 불러일으켜 성폭행이 일어나는 거라며 여자들 탓으로 돌리지."

직장 상사가 성추행해서 고발하면, 요즘은 세상이 어찌 돌아가는지 여자 손만 잡아도 성추행이라고 고발당하니 이게 정상적인 세상이냐고, 옛날에는 여성들이 회사에서 잘리지 않으려면 상사한테 몸도 바쳐야 했다면서 고발한 여성은 유별난 여성이 되고, 직장 상사이니 어쩌지 못하고 눈감아 주면 헤픈 걸레 같은 여성이 된다고. 남자가 다수의 여성을 성추행했다고 헤픈 남자, 걸레 같은 남자라는 소린 하지 않으면서 술자리에는 어김없이 여성을 상대로 영계, 중계, 노계, 폐계, 결혼 안 한 올드미스에게 상장폐지에… 여성의 성을 따먹었다. 훔쳐 먹는 사과가 더 맛있다. 여자 주제에 깝죽거린다 등등 낄낄거리면서 음담패설을 술안주 삼는데 과연 세상이 변했을까 되물었어.

환갑을 코앞에 둔 세월을 살아오면서 익숙하게 들었던 말을 딸 세대도 듣다니. 딸 말대로 사회는 여전히 변하지 않았다는 걸 새삼 느꼈어.

"엄마, 슬프고 기막힌 일은 남성우월주의가 우리나라뿐이 아니라는 거지."

전 세계 여성들이 학력과 관계없이 연인, 배우자나 남성들한테 폭력을 당하고 한 해에 8,700명이 살해되고, 약 6만여 명의 사춘기 소녀들이 폭력으로 인해 죽임을 당한다는 통계에 비통함을 느낀다고. 특히 멕시코는 중남미에서도 여성폭력이 심각한 국가로 꼽히는데, 유엔에 따르면 멕시코에서는 한 해 3,825명, 하루 평균 10여 명이 여성이 남성에 의해 살해된다고 했어. 멕시코 통계지리연구소는 여성의 44%가 배우자 또는 남자친구로부터 폭력을 당했고, 66%의 여성이 어떤 형태로든 폭력을 경험하고 있고, 최근 몇 해 동안에 흔적도 없이 사라진 실종 여성의 수도 수천 명에 달한다고 발표했어.

지구촌에서는 여성을 상대로 끔찍한 일들이 이렇게 많이 벌어졌고 벌어지고 있다면서 지금도 세계 곳곳에서는 폭력, 살해, 인신매매, 성기절제, 성폭행의 대상은 모두 여성이며, 젊은 여성은 수출품 중의 하나라고 했어. 여성을 성폭행하고 그녀가 낳은 아기는 버리면서 그녀들에게 타락한 여자라고 비난하는 게 바로 남성이라고.

문명이 첨단으로 발달한 21세기에도 지구촌 곳곳의 여성들은 남자를 위해 순결해야 함을 강요당하고, 남성들은 여러 명의 여자와 섹스를 해도 죄가 되지 않지만 여성은 성폭행을 당했어도 순결을 잃은 여자로 낙인이 찍혀 평생 남편에게 죄인이 되어 노예로 살아야 한다고. 특히 끔찍한 건 전통관습이라는 이름 아래 여성들이 할례를 해야 하는 나라도 있는데, 그 할례의 목적이 여성들이 섹스의 희열을 느끼지 못하도록 하기 위함이라는 거였어. 성은 오직 남성들만의 것이기에 남편의 성 만족도를 위하여 할례를 해야 한다고. 할례를 하다가 과다출혈로 죽는 피해자가 2억여 명에 달한다는 딸의 말을 듣고 나는 절망하고 말았어.

"유니세프는 2012년 여성 할례를 금지하기로 결의하고 2030년까지 이 전통관습을 근절하겠다는 목표를 세웠대. 그동안 여성들은 남자의 성 만족을 위하여 끔찍한 할례를 해야 하고 하다가 죽어가겠지. 이렇듯 세계 곳곳에서는 전통이라는 미명하에 여성들은 목숨을 위협받고 죽어가고 있는데 구경만 하면서 나만 잘 살면 되는 걸까?"

여성들을 폭행하고 어린 소녀들을 인신매매하고, 남성의 성 만족도를 위해 할례를 해야 하고, 여성을 성폭행하고 아이를 낳으면 아이와 여성을 버리면서 타락한 여자라고 손가락질하는 남성들에 대한 법정 최고형은 어느 나라에도 없다고. 세상이 온통 남성 위주로 돌아가고 우리 여성들은 언제까지 남성들의 기쁨조, 인형으로 살아야 하느냐며 딸은 통탄했어.

"동서고금을 막론하고 정조 잃은 여자들은 단두대에 세우면서 만행을 저지른 남자들에겐 왜 법정 최고형인 사형이 없는 건데? 인권! 인권! 하면서 인신매매로 팔려가 성 노리개로 살다가 살해당한 소녀의 인권보다 여자의 인권을 유린한 자들의 인권이 더 중요한 거야? 강력한 법 제재가 뒤따른다면 감히 여자를 상대로 만행을 저지를 수 있을까?"

딸은 여성을 상대로 만행을 저지른 남성들은 어느 국가 국민을 막론하고 국제재판소에 회부되어 전 세계에 죄명을 공표하고 법정 최고형에 처해져야 한다고 일갈했지.

"엄마가 여성의 순결을 강조했던 마음 이해해. 아무리 시대가 변해가도 여자의 순결은 여전히 사회적으로 대두되고 단죄하려는 단두대가 두 눈을 시퍼렇게 뜨고 있으니까!"

남성들은 돈이 많든 가난뱅이든 열 여자와 섹스를 해도 죄의식은커녕 오히려 자랑이 되고, 부인이 있음에도 기회가 된다면 남의 여성까지 탐하면서 자기의 부인이나 여자친구에게는 요조숙녀가 되길 바라는 게 지구촌 남성들이라고.

"여자를 상대로 일련의 만행이 벌어지는 것은 전 세계적으로 사회 전반에 걸쳐 있는 남녀의 불평등한 성별 권력 관계 때문이야!"

지구촌 여성들은 남성들의 강제된 제도에 길들여 살아왔고, 그 강제된 길들임 문화가 형성되고 대물림되어 할머니 엄마가 남성들한테 억압받으며 살아왔다고. 나도 할머니처럼 으레 남편한테 속박당하며 사는 게 여성의 인생이려니, 여자로 태어난 죄려니, 숙명이려니 받아들이며 살아가는 반인권적 남성우월주의 전통문화는 반드시 종식되어야 한다고 천명했어.

"엄마, 사람은 여자 남자 똑같이 평등한 사람이야. 단지 성별만 다를

뿐이지. 그동안 우리 여자들은 전 세계적으로 자자손손 전통이라는 관습의 노예였어. 남자들에게 억압받아도 여자이기에 용인하는 문화였다는 거지. 나는 여자를 상대로 폭력, 폭언, 성희롱을 용납할 수 없는 사회문화가 자리 잡힐 때까지 남녀평등시대를 설파할 거야. 잘못된 문화를 바로잡지 않으면 세상은 자자손손 남성우월주의로 흘러갈 수밖에 없어! 내가 남녀평등을 설파하겠다는 건 폭력, 폭동, 과격주의가 아니야. 잘못된 전통, 문화를 바로잡는 일이라는 거지. 남자들은 자자손손 누려왔던 기득권을 빼앗길까 봐 기운 운동장을 바로잡겠다는 여자들의 안티가 될 수밖에."

딸은 여성들을 상대로 벌어지는 인권 말살을 근절하기 위해서는 남녀평등 시대가 열려야 함이 마땅하고, 그 때문에 한쪽으로 기운 운동장을 평평한 운동장으로 만드는 그 길을 기꺼이 가고 말겠다고 했어.

남녀평등을 내 나라에서만 외치는 것이 아니라 전 세계까지 보폭을 넓히겠다는데 한숨이 저절로 흘러나왔어. 당장 월세 내기도 바쁘게 사는 주제 머리에 대한민국을 뛰어넘어 전 세계를 무대로 남녀평등이라니.

'네가 지금 쥐도 새도 모르게 죽으려고 환장을 했구나! 남자친구랑 잠잤다는 소문을 전 세계에 자랑질하더니 노는 물도 아주 글로벌하구나! 인생살이가 네 맘대로 이뤄질 줄 아는 모양인데 착각하지 마라! 자칫하다가는 네 인생 쪽박 찰 수가 있어! 세상 무섭다는 걸 알기나 하면서 지금 불나방처럼 날뛰는 거냐 바보 등신아! 개 풀 뜯어 먹는 오지랖은 집어치우고 네 발등에 떨어진 불이나 끄고 살아 이년아!'

한바탕 퍼붓고 싶은 말 폭탄이 턱밑까지 차오는데 억지로 참았다우.

엄마, 엄마가 아버지의 폭력에 노출되어 살아왔고, 엄마처럼 살지 않으리라던 나 역시 엄마처럼 살아왔는데 내 딸은 남녀불평등으로 기운 운동장에서 나처럼 살지 않겠대. 남녀가 평등한 운동장을 만들고 말겠대. 그것도 전 세계를 무대로. 무엇이든 외쳐대면 도깨비방망이처럼 뚝딱! 마음대로 다 이루어질 줄 아는 모양이야. 세상 물정 모르고 남녀평등 위험천만한 꿈을 꾸고 있는 망둥이 같은 딸. 조마조마하네. 그래요. 생각해 보면 딸의 주장은 천번 만번 옳아. 그러나 남성우월주의를 타파하는 일이 쌀을 씻어 밥솥에 밥하는 것과 같은 일은 아니잖아. 내 눈에 비친 딸은 절벽 끝에 만개한 봄꽃을 잡으려고 혈기 왕성한 젊음을 담보로 외줄을 잡고 벼랑을 아슬아슬 건너가는 것처럼 위태롭게만 보였어.

"원대한 꿈을 이루는 것만이 인생의 성공이고 의미일까? 사랑하는 사람과 결혼해 열심히 살면서 방 한 칸 늘려가며 아이 낳아 재롱부리는 거 보면서 사는 것도 성공한 인생이고 세상에 태어난 의미는 있다고 생각해."

딸이 가겠다는 그 길은 가시밭길이 자명하기에 나는 마지막까지 말렸어.

"엄마 말씀에 100% 공감. 나는 행복한데 한쪽에선 단지 여자라는 이유만으로 폭력에 노출되고, 세상 근심이 무언지 모르고 살아야 할 티 없이 맑은 여아들이 인신매매에 팔려가 남자들의 성 노리개가 되다가 살해당하고 있어. 오늘도 그녀들은 고통받고 있는데 그저 남의 일, 먼 나라 일이다 침묵하면서 나만 잘 살면 되는 걸까? 우리 여자들의 삶은 변화되어야 해! 상처받을까 두려워서 혁신을 주저하면 여자들은 자자손손 남자들에게 매 맞고 성적 노리개로 살다가 살해당하는 인생이 될 수밖에 없어!"

여성들은 더는 남성들의 강제된 제도에 길들여 살지 말아야 한다고, 우리 여성들도 남성들하고 똑같은 인간이다! 남성우월주의로 기운 운동장을 평평한 운동장으로 바로잡는 일에 누가 아니라 내가 네가 함께 걸어가야 한다고 목소리를 높였어.

"21세기 남성들은 기성세대보다 의식이 진보됐고 남녀평등을 지향하는 추세로 가고 있어. 그동안 우리 여성, 딸들이 남녀불평등에 꾸준히 반기를 든 결과지. 이제 남녀불평등 타파가 변곡점에 이르렀는데 기성세대들이 문제야. 금쪽같은 딸을 둔 엄마들이 내 딸이 행복하기를 바란다면서 남자들의 희망 사항 정형화에 맞춤형으로 양육하고 있어!"

기성세대들이 남성우월주의를 자식에게 대물림해 주니 남녀불평등이 종식되지 않는 거라고. 부모들이 내 딸의 행복을 위해서라며 순결 운운하니 남성들이 슬그머니 여성의 순결을 다시 테이블에 올려놓는 거라고. 관성의 법칙에 따라서.

"너는 전사일지 모르지만 내 눈에는 상처받은 영혼으로 신음하는 모습만 보여!"

딸이 가고자 하는 길을 걸으며 많은 상처를 받고 좌절할 게 안 봐도 훤했어.

"엄마의 걱정대로 내가 가는 길에서 가슴이 너덜너덜해질 수도 있겠지!"

딸은 험난을 예감했어. 그렇지만 너덜너덜해진 가슴을 청색, 자색, 홍색 실로 꿰매고 또 꿰매면서 기꺼이 그 길을 걸어가 끝내는 마침표를 찍겠다고 했어. 내가 아무리 말려봤자 내 말은 귓등으로도 듣지 않을 게 뻔하니 어쩌겠어. 가라고 할 수밖에.

"딸이 가고자 하는 길에 응원의 박수를 보낸다. 응원하지만 꼭 부탁하고 싶은 게 있어."

딸은 귀를 쫑긋, 눈을 동그랗게 뜨고 나를 바라보았어.

"2016년 서울 강남역 부근 한 노래방 남녀 공용 화장실에서 20대 여성이 조현병을 앓던 남자에게 흉기에 찔려 숨졌잖아?"

엄마, 그 사건 이후 내 눈에 비친 작금에 대한민국은, 젊은 세대들 사이에 여성 혐오, 남성 혐오 갈등이 첨예하게 대립하는 거 같아 사실 우려스럽고 안타까워. 딸에게 간곡하게 부탁함은, 남녀평등 지향이 오직 여성은 피해자, 남성을 폭력꾼이나 살해범으로 매도하는 매도를 위한 매도의 장이 된다면 또 다른 남녀불평등, 여성혐오, 남성혐오의 편가르기로 변질되어 남성들과 대립 구도만을 초래하여 양분된 사회가 될 거라고 했지. 엄마도 알다시피 여성 남성은 서로 대립 관계는 아니잖아. 여성과 남성은 서로 조력자이고 상생의 관계가 되어야 하는 게 신의 섭리잖아.

"딸! 21세기 청년들은 기성세대들보다 학력도 높고 변화무쌍한 세상을 바라보는 혜안 또한 깊고 폭넓다고 생각해."

"스톱! 엄마가 뭔 말을 하려는지 듣지 않아도 비디오!"

딸은 서당 훈장님 같은 나의 훈시는 사절이라며 두 손을 내저었어.

"남녀가 평등한 세상이 열리려면 여자 남자가 서로 혐오하면서 대립각을 세우지 말라. 여자 남자가 한 테이블에 앉아 우리의 할머니, 엄마가 아버지의 아버지로부터 억압받으며 살아온, 사회 전반에 자리 잡은 남성우월주의에 눌려 살아온 여자들의 인생 근거를 바탕으로 치열한 논쟁을 해야 한다는 것이고, 논리를 통해 합리적 담론을 끌어내 공적인 지지를 받아야 관습에 젖어 있는 남성들의 의식 변화가 온다는 것이고, 남녀가 평등한 평평한 운동장이 펼쳐지는 거라고 말하려는 거잖아?"

옹골찬 딸 앞에 나는 더는 할 말이 없었어.

"21세기를 사는 우리 세대 여자들은 모든 남자를 가해자로 몰아붙여 여자 팔자는 뒤웅박 팔자라면서 남편, 남자들 때문에 내 인생이 쪽박 되었다는 피해자 코스프레를 뛰어넘고 있어!"

할머니, 엄마가 남편에게 억압받고 살아온 인생은 분명 남자 탓이라고. 그러나 인생은 누구의 탓 이전에 '나는 어떤 모습으로 살아야 하는가?'라는 물음에서 시작되는 것이라고. 남자들이 얼마나 멋진데 남자를 혐오해? 헤헤 웃었어.

"만일 이 세상에 여자들만 있다면 무슨 재미? 여자 남자 두 인종이 있으므로 세상은 아름답고, 두 인종이 조화를 이루며 지구촌은 생육 번성하는 게 아니겠어~ 나는 남자 없는 세상은 상상할 수가 없다우~ 남자가 없다면 이 세상 삭막해서 어떻게 살아~ 남자는 세상을 아름답고 풍요롭게 만들어 가는 데 꼭 필요한 내 인생의 아름다운 파트너야~ 나는 남자를 엄청 사랑한데이~~"

딸은 팔짱을 끼고 온몸을 부르르 떨면서 남자친구가 보고 싶다고 했어. 헤어진 지 몇 시간이 되었다고 그새 남자친구 타령이니? 한마디 하고 싶은 걸 꾹 참는데, 세상의 멋진 우리 여성들이여! 우리는 여성 남성 평등한 인간으로서 서로 존중하고 존중받는 조건에서 멋진 남성들을 엄청 사랑합시데이~ 너스레를 떨어댔어.

엄마, 금쪽같은 내 딸은 '국제재판소에 회부된 아들'을 주제로 한 만화를 그려야 한다면서 "기차 화통 엄마가 내겐 노아의 방주야!" 한마디 남겨놓고 제집으로 갔네. 그나저나 걱정이야. 딸이 가는 길에서 뭇사람들로부터 상처받으면 어쩌나. 내심 불안하기만 한데 문득 '불꽃페미액션' 활동가들이 떠올랐어.

엄마, 지난해 6월. 서울 강남구 페이스북코리아 사옥 앞에서는 여성단체 '불꽃페미액션' 활동가들이 상의를 탈의하는 시위를 벌여서 대한민국이 들썩였지. 무슨 이유에서 그런 망측한 시위를 벌였느냐고? 아님 멋지다고?

여성단체 활동가들이 페이스북 계정에 여성 상의 탈의와 남성 상의 탈의 사진을 나란히 올렸대. 그런데 페이스북 측에서는 남성들의 상의 탈의 사진은 그대로 둔 채 여성 사진만 지우면서 1개월 계정 정지 처분까지 내렸다는 거야. 페이스북은 여성의 상의 탈의를 성적대상물로 판단한 거지. 이에 분노한 여성 활동가들은 '성차별 징계'였다면서 '여성의 몸은 음란물도 성폭력 대상도 아니다', 남성의 나체는 '보편 인간의 몸'으로 인식되지만 여성의 몸은 '남성 중심적 아름다움과 음란물의 이미지'를 부여하는 것이라며 이에 항의성 상의 탈의 시위를 벌인 거야.

불꽃페미액션 활동가들의 그날 상의 탈의 퍼포먼스는 여성들은 남성들의 인형으로 살아가기를 결연히 거부하겠다는 경종이었으며 동시에 여성 남성 몸은 똑같이 소중하고 존중받아야 한다는 언도였지.

엄마, 나는 그 여성 활동가들을 보면서 참 멋지다 감탄이 절로 흘러나왔어. 요즘 젊은이들 용어로 정말이지 멋짐이 쩔었어. 나는 감히 상상도 해보지 못했는데 어디서 저런 용기가 났을까. 마음속으로 뜨겁고 힘찬 박수를 보내고 또 보냈지.

내가 여성 활동가들에게 박수를 했던 건, 상의 탈의를 찬성해서는 아니야. 물론 반대해서도 아니었어. 불꽃페미액션 활동가들이 우리 여성은 성적대상물이 아닌 존엄한 인간이다! 세상에 공표는 우리의 할머니도 어머니도 나도 해내지 못한 남녀불평등 제기를 내 딸과 같은 젊은 여성들이 표출했다는 것에 크나큰 감동을 받은 거지. 아님을 아니라고 말하는 담대한 그녀들의 멋진 모습에 존경심이 저절로 우러나와 뜨거운 박수를 치고 또 쳤던 거야. 그런데 엄마, 감동이 채 식기도 전에 나를 우울하게 한 건 여성 활동가들의 상의 탈의 시위에 대한 대중들의 엇갈린 평이었어. 여성의 상의 탈의 시위가 급진적이라 불편하다는 시선과, 여성의 몸의 주인은 여성인데 남성들에 의해 음란물로 표현되는 것에 사회에 경종을 울린 멋진 메시지였다는 두 부류로 나누어진 거지.

나는 그녀들의 액션에 세상은 당연히 만장일치로 손을 들어줄 거라고 믿었어. 그런데 엇갈린 평을 통해 내 딸들이 살아가는 세상 또한 내가 살아온 세상보다 나아지지 않았다는 걸 다시금 깨달은 거지.

세상 절반의 사람들 냉소에도 굴하지 않고 여성의 몸, 남성의 몸은 인간으로서 똑같이 존중받아야 함을 당당하게 외쳐댄 '불꽃페미액션' 활동가들의 행보는 정말 멋졌고, 나는 그녀들의 용기에 뜨거운 박수를 해주었으면서 내 딸이 남녀가 평등한 평평한 운동장을 만들겠다고 외치다가 상처받으면 어쩌나. 내 딸만은 상처받지 않기를 바라는 내 모습에서 지금 이 순간에도 남녀불평등을 외치는 세상의 딸들 앞에 참으로 부끄러웠어.

나는 딸에게 카카오톡을 보냈지.

"딸아! 엄만 남녀평등 평평한 운동장을 만드는 길에 뛰어든 딸이 대견하고 자랑스러워! 딸아! 푸른 결기로 걷고 또 걸어가기를!"

딸에게서 답장이 왔어. 근데 엄마, 딸이 뭐란 줄 알아? 글쎄 순결 운운하는 내 의식이 조선 시대 알에서 부화하지 못하고 웅크리고 있는 전형적인 꼰대라고 비꼬았어.

"엄마랑 대화를 나눠보니 꽉 막혔네. 꼰대가 어떻게 두 번 이혼이라는 주홍글씨를 새기는 획을 그었는지 도저히 이해할 수가 없어~ 꼰대여! 조선 시대 의식을 제발 21세기로 혁신하라!"

꿀꿀 돼지가 방귀를 뿡뿡 뀌는 이모티콘을 보내놓고 나한테서 꼰대 냄새가 풀풀 난다고 놀려댔어. 꿀꿀 돼지가 나를 비웃으며 방귀를 뿡뿡 뀌어대는 걸 보고 알았어. 남성에게 억압받는 인생이 아닌 '나'로 살리라. 두 번 이혼했음에도 의식은 여전히 가부장제 전통 멍에를 잔뜩 짊어지고 있는 나. 딸의 일침에 비로소 조선 시대 전통문화에 갇혀 있던 의식이 21세기로 부화할 수 있었어.

엄마, 내가 주홍글씨를 새길지언정 두 번의 이혼을 강행함은 여자의 인생은 남자의 인형이 아님을! 여성의 성은 한 남성을 위해 지켜야 하는 순결이 아님을 외치고 싶었음을!

에필로그

엄마, 황금새가 날개를 활짝 펴고 비상하는 수의를 입고 잠자는 엄마 모습은 평온해 보였어. 동네 분들은 어디서 이렇게 멋진 수의를 장만했느냐 부러워하면서 나도 이런 수의를 장만해야겠다고 했어. 역시 딸이 최고구나! 입이 마르도록 칭찬하셨지.

"나 죽거든 행여 너희 아버지랑 부부묘 하지 마라!"

엄마가 화장해 달라고 할 때마다 나는 매장한다고 우겨댔잖아. 엄마가 좋아하는 예쁜 꽃 많이 심어 묘소 예쁘게 꾸며놓을 거라고. 엄마가 보고 싶을 때면 음식 싸 들고 소풍 가듯 엄마 묘소에 가서 막걸리 한 잔 따라 드리고 밥도 먹고 놀다 오겠다고.

"이년아~ 대명천지에 거짓부렁도 잘한다! 나 살아서도 맨날 살기 바쁘다고 낯짝도 비치지 않은 년이 내 묘지에 소풍 온다고? 아이고, 누가 들었으면 천 년에 한 번 날까 말까 한 효녀 났다고 하겠다! 그래. 후하게 쳐줘서 자식들 말 한 번 믿어보자. 한데 너희들 꼬부랑 늙은이 되면 누가 묘지 풀을 깎을까? 너희는 평생 젊을 줄 알지만 젊다고 자랑하지 마라!

늙음은 어느 날 불시에 어둠처럼 온다! 그때는 손자들이 벌초한다던? 풀이 강산 같은 묘처럼 보기 싫은 것도 없지만 이 엉덩짝만 한 묫자리도 내 땅이다! 네 땅이다! 머리 터지게 쌈박질하는 꼴은 더 보기 싫다!"

사람이 태어나 죽는 건 정한 이치. 부모라서 화장하면 불효하는 것 같은 심정 섭섭한 건 그때뿐이라고, 땅도 좁은 나라에서 뭔 매장. 다 낭비다. 화장해서 산이나 바다에 훠이훠이 뿌려도 좋고, 그래도 맘에 걸리거들랑 납골당에 안치해라!

우리 삼 남매는 논의 끝에 엄마를 납골당에 모셨어. 그런데 엄마, 장례식에 순자 엄마가 왔었어. 엄마 영정 앞에서 굵은 눈물을 뚝뚝 흘리며 슬피 우는데 차마 가라고 할 수가 없었어. 물론 엄마 평소 분부대로 순자 엄마는 미워하지 않기로 했어. 아버지는 삼 남매 낳아주신 천륜이고, 순자 엄마는 아버지의 부인이니까.

엄마, 부모가 돌아가시면 불효자식이 제일 많이 운다고 했잖아? 막내가 얼마나 슬피 울던지. 막내가 엄마 속 어지간히도 썩였잖아. 그나마 이제 정신 차려 다행이야. 오빠는 9월에 정년퇴직하는데 곧바로 엄마 집에 내려와서 '나는 자연인이다!'로 살겠다네. 엄마 삼우제 지내고 오빠와 동생은 직장 때문에 돌아가고, 나는 엄마 집에서 며칠 지내다 가려고 혼자 남았지. 집 안 청소를 끝내놓고 잠시 낮잠을 청했어.

나는 마당에 멍석을 펴놓고 앉아 밭일 간 엄마를 기다리고 있는 유년의 희숙이가 되어있지 뭐야. 새하얀 뭉게구름이 둥실 떠 있는 파란 하늘에 황금빛 큰 새가 두 날개를 활짝 펴고 천천히 날고 있었어. 내 생에 처음으로 보는 큰 새였어. 큰 새가 날갯짓하면서 점점 낮게 내려오더니 글쎄 내 머리 위를 빙~ 돌지 뭐야. 어찌나 낮게 나는지 곧 내 손에 잡힐 것만 같았어. 벌떡 일어나 손을 높이 치켜들어 황금빛 날개를 잡는 그 순간 눈이 번쩍 떠졌어.

엄마, 꿈속에서 황금빛 날개를 활짝 펴고 자유로운 날갯짓으로 훨훨 날아가는 큰 새를 떠올리면서, 벚꽃 잎을 머리에 이고 첫눈처럼 떨어져 내리는 벚꽃 잎을 차분차분 밟으며 새가 두 날개를 활짝 펴고 훨훨 날아가는 수의를 사리라 했던 마음을 오늘에서야 알았네. 엄마가 아버지 굴레에서 벗어나기를. 이제는 엄마 자신만을 위하여 자유롭게 살아가는 여성이 되기를 소망했었음을. 그리고 벚꽃의 아름다움을 처음 보는 듯 가슴이 설레던 까닭은, 두 남자의 늪에 갇혀 있던 내 인생에도 겨울이 가고 봄이 오고 있음을.

세상 학식보다 인생 학식이 많았던 나의 엄마! 미련할지언정 삶에 재주 부리지 않고 가시밭길 뚜벅뚜벅 걸어 나온 엄마는 나에게 언제나 큰 산이었고 어느 위인보다도 존경했어.

사랑하는 나의 엄마 함창순 여사님~ 엄마의 딸로 태어나게 해줘서 정말로 고마웠어. 다음 생에서도 엄마와 딸로 다시 만나요~ 그때는 꽃무늬 그득한 빤스, 브라자도 사 드리고 용돈도 두둑하게 드릴게. 흰소리 집어치우고 딸 소식이나 고하라고?

'국제재판소에 회부된 아들' 주제로 만화를 그린다며 바쁘다고 제집으로 간 딸은 두 달여 동안 전화 한 통 없었어. 할머니가 돌아가셨다고 하니 부랴부랴 왔지. 엄마가 화장장 실로 들어가실 때, 대쪽 같았던 울 할머니 함창순 여사님! 뭐가 급하다고 나한테 작별인사 한마디 없이 가셨냐고, 할머니 우리 다시 만나요! 섧게 울더니 엄마를 납골당에 모시고 나니 딸이 뭐란 줄 알아요?

"할머니, 다음 생에선 기차 화통 삶아 먹는 희숙이 같은 딸은 낳지 말아요~ 아동학대로 감방 가요~ 제가 희숙이 감방 갈까 봐 맘이 조마조마 죽겠네요~"

엄마가 모셔진 유리문에 엄마 사진을 붙이고 나를 돌아보며 히죽 웃지 뭐유. 딸 등짝을 후려치고 싶은 걸 엄마 앞이라 꾹 참았다우.

엄마, 엄마 장례식 마치고 딸은 바쁘다면서 냉큼 돌아가서는 잘 갔다는 메시지 하나 없이 감감무소식이야.

딸은 지금쯤 '국제재판소에 회부된 아들'을 주제로 만화 그리느라 여념이 없을까. 아니면 남자친구랑 낭만 찾아다니느라 띵까띵까 하고 있을까? 그래요. 설령 내 딸이 남자친구랑 낭만을 찾아 조선 팔도를 넘어 전 세계를 유랑하고 있을지라도 결국엔 자신의 신념대로 걸어가리라는 걸 백 퍼센트 믿어.

딸에게 카카오톡을 보냈어.

딸아! 이 엄마가 변덕이 죽 끓듯 해 너를 낳고 미역국을 먹은 내가 한심하다고 입버릇처럼 말했지만 그건 어디까지나 순간의 실언. 엄마가 세상에 태어나 정말 잘한 게 딱 하나 있는데, 그건 바로 너를 낳은 거란다. 엄마 인생에 딸을 낳음은 위대한 업적이며 딸이 없는 세상은 상상할 수가 없어! 딸은 나의 구원의 동아줄이며 우주란다. 내 가슴속엔 딸의 은하수로 가득 들어차 벅차오르고 있음을~. 사랑하는 딸! 이 못난이 엄만 어떠한 난관을 헤치고라도 남녀가 불평등한 성별 권력 관계를 바로잡겠다는 딸에게서 희망을 보았단다. 이 시대의 딸들이 전 세계를 남녀가 평등한 평평한 운동장을 만들 동아줄임을.

세상의 딸들이여! 사랑하고 또 사랑하라! 간을 빼줄 만큼!